本书系湖南省哲学社会科学基金项目
"日本文化语境视域下青木正儿的中国文学研究"
（编号：14YBA089）最终成果
"中央高校基本科研业务费专项资金"项目

School of Foreign Languages
Hunan University

刘正光　主编

湖南大学外国语学院
新人文话语丛书

京都学派
青木正儿的中国文学研究

曹莉 著

中国社会科学出版社

图书在版编目(CIP)数据

京都学派：青木正儿的中国文学研究 / 曹莉著 . —北京：中国社会科学
出版社，2018.4

（湖南大学外国语学院.新人文话语丛书）

ISBN 978-7-5203-1574-6

Ⅰ.①京…　Ⅱ.①曹…　Ⅲ.①中国文学-文学研究　Ⅳ.①I206

中国版本图书馆 CIP 数据核字（2017）第 288618 号

出 版 人　赵剑英
责任编辑　曲弘梅
责任校对　郝阳洋
责任印制　戴　宽

出　　版　中国社会科学出版社
社　　址　北京鼓楼西大街甲 158 号
邮　　编　100720
网　　址　http：//www.csspw.cn
发 行 部　010-84083685
门 市 部　010-84029450
经　　销　新华书店及其他书店

印刷装订　北京君升印刷有限公司
版　　次　2018 年 4 月第 1 版
印　　次　2018 年 4 月第 1 次印刷

开　　本　710×1000　1/16
印　　张　15
插　　页　2
字　　数　209 千字
定　　价　66.00 元

丛书总序

"新人文话语"是湖南大学外国语言文学学科推出的系列开放性丛书。本丛书 2007 年推出第一批,由湖南人民出版社出版,共五部,即《隐喻的认知研究:理论与实践》(刘正光著)、《二语习得与外语教学》(肖云南著)、《翻译:跨文化解释》(朱健平著)、《华莱士·史蒂文斯诗学研究》(黄晓燕著)、《亨利·詹姆斯小说理论与实践研究》(王敏琴著)。推出这个丛书的最初想法是,鼓励老师们潜心学术研究,助力学院学科发展。

转眼到了 2017 年,过去的十年见证了本学科的快速发展。2007 年的时候,本学科的教授不到十名,具有博士学位的教师也不多。十年后的今天,本学科在 2012 年国务院学科评估排名中并列第十七位,2017 年在"软科中国最好学科"排名中位列第十二,排在前 10% 的第一位。

湖南大学外国语学院有着悠久的办学历史,其最早可追溯到岳麓书院创建的译学会(1897)。1912 年至 1917 年,岳麓书院演进到时务学堂以及湖南高等师范学校后,正式设立英语预科和本科部。1926 年创建湖南大学外国语言文学系,2000 年组建外国语学院。陈遹、黎锦熙、杨树达、金克木、林汝昌、周炎辉、徐烈炯、宁春岩等许多知名学者先后执教于此。

经过几代人的不懈努力,本学科凝练成了理论语言学、应用语言学、文学与文化、翻译学四个稳定且颇具特色的研究方向。

理论语言学以当代认知科学理论为背景,以语言与认知的关系研究为重点,以认知与语言交叉研究为基本范式,寻找认知发展、语言认知机制与语言本体之间的内在联系。

应用语言学以语言测试、二语习得与外语教学为研究重点，强调研究成果在学生能力培养中的实际应用。

文学与文化以小说与诗歌创作理论和生态诗学为重点，紧跟全球化语境下文学理论与文化批评理论的研究前沿，探索文学、文化、政治、历史话语之间的互动关系。

翻译学以哲学、文学理论、文化理论、认知科学、语言学等为理论基础，探索本土文化对异域文化的接受历程和中国文化在西方世界的旅行轨迹，阐释翻译与认知的内在关系以及翻译理论、翻译实践与翻译教学的互动关系。

学科进步的重要标志是人才培养质量和高水平的科学研究。本学科聚集了一大批学术能力很强、潜心研究的中青年学者。"70 后"贺川生教授在 *Synthese*（当年哲学类排名第一）、*Syntax*、*Lingua* 等一批国际一流期刊上发表的系列论文引起了国内外学术界的高度关注；"80 后"王莹莹教授在 *Language* 和 *Journal of Semantics* 等重要期刊上发表了一系列语义学论文；全国"百优"田臻（"80 后"）在英汉语构式对比研究方面取得了令人瞩目的研究成果。

近年来，本学科中青年学者学术研究成果丰富，为此，学院决定继续定期推出第二批和第三批研究成果，做到成熟一批，推出一批。

第二批推出六部著作，分别是《汉语儿童早期范畴分类能力的发展研究》（曾涛著）、《违实条件句：哲学阐释及语义解读》（余小强著）、《认知视阈下日语复句的习得研究》（苏鹰著）、《京都学派——青木正儿的中国文学研究》（曹莉著）、《〈楚辞〉英译研究——基于文化人类学整体论的视角》（张娴著）、《语言边界》（艾朝阳著）。这些著作中，除第六部外，其余的作者均为"70 后"，体现出学科持续发展的坚实基础和潜力。

第三批著作也在酝酿之中。作者的主要群体也许将是"80 后"了，他们承载着本学科的未来和希望。相信也还会有第四批、第五批……

　　湖南大学外国语言文学学科的快速、健康发展，得到了各兄弟院校和各界朋友的大力支持。为此，我们衷心感谢，同时也恳请继续呵护我们成长。

　　是为序。

刘正光

于湖南大学外国语学院双梧斋

2017 年 12 月 12 日

序　言

回顾中国的历史，晚清至民国初期，特别是中日甲午战争至中日战争全面爆发这段时期最令人心痛神伤。日本两次打断古老中国之现代化和平转型的进程，堪称为祸最烈。但是话又说回来，面对西方坚船利炮与制度文化的强烈冲撞，日本及时调整国策，短时间内使国势强盛并晋入强国之林，为我国提供了一个东亚文明之现代转换的成功模板，因此，客观上它又是我国之现代化变革的一个有力的推动力量。

中日甲午战争至中日全面战争的爆发，大致对应于日本明治时代中期、大正时代以及昭和时代早期。这一时期，我国内战外争不断，百姓贫弱，国人的尊严遭到极度践踏，一些中国人甚至自己都对自身的历史、文化乃至种族产生了怀疑和藐视。按照吉川幸次郎的说法，这一时期也是"日本人对中国最不怀敬意的时候"。不过就是在这样的时代，仍然有些日本学者对古代中国"怀有文化的乡愁"（尽管没法对现实的中国赋予赞美之辞），更不轻易地否定中国的历史和传统。其中，青木正儿（1887—1964）算是一个典型代表，他的一生都在试图追踪和品味古代中国的"文化馨香"。他对于中国的态度，可能与京都大学中国学研究（所谓"京都学派"）的开创人、他的老师狩野直喜（1868—1947）有关系，后者强调，研究中国的学问首先应当喜欢中国，对中国具有"同情之了解"。作为京都学派的第二代学人，青木正儿不仅"接着"他的老师往下"讲"，而且还接着一代大师王国维往下讲，且敢于突破，提出新解，这实在不是一件容易的事，所以，青木正儿在我国学界被翻译和被接受的程度也远超他的老师。在曹莉博士的这本以博士学位论文为基础的专著之前，国内已有了一些以青木正儿的汉学成果为研究对象的博士和硕士论文，讨论也较为深入，这无疑给其研究的进一步推进造成了一定的困难。曹莉博士在经过反复的思考之后，决定集中探讨青木正儿的中国戏曲研究和中国文学史研究。她的研究工作的展开，主要是从方法论的问题入手。正如她所指出的，明治维新以前，日本传统汉学几乎完全依附于中国文化，以中国文化为主导，在汉学研究中罕见日本的"自我"，而明治维新之后，新汉学的成立，在方法上受益于欧洲的学术思想、方法论以及知识分类观念，日本学者把这些新观念、新方法落实于中国文化之再研究，自然会造成对传统汉学的批判和颠覆，同时，日本的自我意识也会油然而生。伴随着自我意识的生长，日本的新汉学研究者往往将汉学归置为"日本文学"的一部分，而中国的文学则相应地被视为"外国的文学"，简言之，在近代日本的汉学思想脉络里，中国开始并日益鲜明地变成了日本的"他者"。因此，曹莉认为，日本新汉学的方法论首先应该被放置在日本文化之"自我"建构的层面来把握，而结合青木正儿的中国戏曲研究，"汉文直读"便不仅仅是一种中国经典翻译的方式，而更是一种通过回归中国文化的本原来确立中国之"差异性"的探索。这一探索，始终蕴含了对日本的"自我"的本质寻求。很显然，从这样一种视野和立意来考察青木正儿的中国戏曲研究，它的意义就不限于在时间范围上对王国维的推进（明清戏曲"接着"宋元戏曲），或在某些局部观点上对王国维的深化与改进（如以亚里士多德之强调剧情与剧场结构的"戏剧观"来补充王国维对戏曲内涵的片面认知）等具体的内容，而是具有了更深层、更细微的理论价值。

曹莉对于青木正儿的中国文学史研究的再诠释也有自己的特点。相比于以往的研究常常瞩目于青木正儿的"分期论"与地理环境论，她的研究则试图首先厘清青木正儿的文学观与文学史观的关系。特定的文学史观很大程度上取决于特定的文学观，因为，什么样的"文学"的性质认定，决定了对文学的实际材料与范围的认定和选择。曹莉认为，青木正儿的中国"文学观"是根据西方的"literature"确定的，南北文学论也是受到西方气候与地理环境论的影响才形成的，而这些也正是"先着其鞭"的日本中国文学史著述之所以受到中国学人效仿的重要原因。

阅读曹莉此著，我感到她的为学境界有了明显的提高。她认为，一切学术研究都是一种发生学的研究，所以，她的研究自觉以"辨章学术，考镜源流"为目标。体现在这部著作里，便是一方面能够注意青木正儿汉学研究赖以生成的宏观背景和时代情势，另一方面也能细致地梳理出青木的学术养成之根茎脉络，因此全书具有相当清楚的发展线索和逻辑层次。所引用的材料大都是日文原著，表现出较为严谨的治学态度。这部著作，在经过专家审查之后，由她所在的单位予以资助出版，我认为是理所当然的一个结果。这里在祝贺曹莉的同时，也祝她在未来的日子里不断做出新探索，取得新的好成绩。

是为序。

刘耘华

2017 年 9 月 12 日于沪上

目　　录

导　论

一

京都学派这一名称最早出现于户坂润（1900—1945）的论文《京都学派的哲学》（1932），在文章中，户坂润（1900—1945）将京都大学文科大学以西田几多郎（1870—1945）为主的唯心主义哲学团体命名为"京都学派"。[①] 此后，"京都学派"这一概念在许多著作中出现，[②] 具有广义和狭义之分。据哲学家三木清（1897—1945）回忆："当时京都大学的文科大学，说它是日本文化史上的一大壮观，恐怕也不算过分。哲学方面的西田几多郎、哲学史方面的朝永三十郎、美学方面的深田康算、西洋史方面的坂口昂、中国学方面的内藤湖南、日本史方面的内田银藏，等等，从全国聚拢来的铁中铮铮的学

[①] 大橋良介：《〈近代の超克〉と京都学派》，《脱西欧の思想》，新田義弘编集，东京：岩波书店，1994 年，第 104 页。

[②] 例如日文书籍有：竹田篤司《物語〈京都学派〉》，东京：中央公论新社，2001年；山田宗睦《昭和の精神史：京都学派の哲学》，东京：人文书院，1975 年；细谷昌志《田辺哲学と京都学派：認識と生》，东京：昭和堂，2008 年；江上波夫编《東洋学の系譜》，东京：大修馆书店，1992—1996 年；藤井讓治、礪波護编《京大東洋学の百年》，京都：京都大学学术出版会，2002 年等。中文书籍有：严绍璗《日本中国学史稿》，学苑出版社 2009 年版；李庆《日本汉学史》，上海外语教育出版社 2002 年版；刘正《京都学派》，中华书局 2009 年版等。

者们，正处于活动的鼎盛时期。"① 众所周知，京都大学建立之初衷，就是要创立异于东京大学学风的竞争者。京都大学文科大学于1906年成立，此后如三木清所说，文科大学各学科鼎盛发展，自然使得后来研究者对特色概念"京都学派"的最初所指不再只局限于西田几多郎为主的哲学团体，而包含更广泛的范围。这就是广义上的"京都学派"。而狭义的"京都学派"就是特指京都大学文科大学的某一学科领域的研究者们。例如，日本大修馆书店出版，江上波夫主编的《東洋学の系譜》第1集（1992）中的《狩野直喜》篇以及《内藤湖南》篇就使用了"京都学派"这一概念。② 也就是说在汉学（中国学）领域，"京都学派"成为京都大学文科大学的中国学研究的学术群体的固定所指，本书即是采用这个概念。

京都帝国大学成立于1897年，1906年设立文科大学并开设哲学科，1907年史学科设立，随后1908年文学科才得以设立。京都大学文科大学的中国学草创期，贡献最大的是狩野直喜（1868—1947）。他不仅是哲学科的创始人，同时也开创了京大的文学科。1908年12月受狩野之邀，铃木虎雄（1878—1963）作为助教授加入中国文学史讲座的授课，文学科师资力量得以壮大。1919年京都大学增设文学讲座，铃木虎雄被任命为教授。随着狩野直喜、铃木虎雄的相继退休，二人的学生，文学科第一期生青木正儿（1887—1964）1938年开始担任文学部教授，直至1947年从京都大学退休。可以说狩野直喜、铃木虎雄是近代日本京都学派中国学中文学研究主要草创者，而青木正儿则是继狩野直喜、铃木虎雄之后的第二代中国文学研究者。因此，根据本书主题，首要做的就是梳理考察狩野直喜、铃木虎雄的中国文学研究，来明确京都学派中国文学研究的学风特色，以明晓青木正儿的师承所学。

---

① 转引自近代日本思想史研究会《近代日本思想史》第2卷，李民、贾纯等译，商务印书馆1992年版，第153页。

② 详细论述见钱婉约《从汉学到中国学——近代日本的中国研究》，中华书局2007年版，第39—40页。

　　青木正儿出生于日本山口县下关市的一个中医家庭，号迷阳，自幼喜欢书画音乐，喜欢文学。1908 年，从熊本第五高等学校毕业，成为京都帝国大学中国文学讲座的第一期学生，师从狩野直喜、铃木虎雄等。1911 年青木以论文《元曲研究》大学毕业，在京都从事自由文化事业。1923 年到东北帝国大学任教。青木曾三次来中国，1938 年任京都大学帝国大学文学部教授，1947 年退休。退休后，曾任教于关西学院大学、立命馆大学、山口大学、九州大学，1964 年应邀在立命馆大学讲《文心雕龙》，下课后因心脏停搏在楼道突然去世。青木一生著作、论文颇多，收录于《青木正儿全集》（10 卷），1969 年由春秋社出版发行。

　　青木正儿的第四子、中国文化史学者、立命馆大学名誉教授中村乔在总结其父的学术成就说："青木的学问可以分为三个领域：一是关于俗文学方面的；二是关于绘画艺术方面的；三是关于风俗、名物学方面的。"① 俗文学方面，青木正儿主要从事于中国戏曲研究，这方面的著作有《支那近世戏曲史》②《元人杂剧序说》，而当时的俗文学研究作为中国文学研究的新领域，青木正儿以上成就得到学界广泛的认可。同时，中村乔也指出，"但是，青木绝没有无视所谓的正统诗文文学，其《中国文学概说》（1935 年）、《中国文学思想史》（1943 年）、《清朝文学批评史》（1950 年）等著作就是明证"③。基于中村先生的论述，本书认为青木正儿中国文学研究可以概括分为两大类，一类是戏曲研究，另一类就是整体性文学史的研究。青木正儿在《支那学研究中邦人的立场》中指出，作为日本的中国学者，必须采用西方先进的方法与模式来进行研究，具体到文学领域，就是采

---

　　① ［日］中村乔：《中华名物考·序言》，范建明译，中华书局 2005 年版，第 8 页。

　　② "支那"一词历史由来已久。但近代以来，日本对其有不同的解读，包含有对中国蔑视之意。本书为了保持历史语境，不做修改，特此注明。

　　③ ［日］中村乔：《中华名物考·序言》，范建明译，中华书局 2005 年版，第 8—9 页。

用文学的史的研究方法，以及开拓戏曲小说等俗文学新领域。① 由此可见，青木正儿不仅自身致力于这两方面的研究，同时也呼吁日本的中国文学研究者对这两方进行拓展。而之所以出现这样的治学走向，显然与青木当时对中国的认识以及日本中国学界的研究状况有着密切联系。因此，本书的主体部分分两个层面，首先明确青木正儿的中国观、方法论及治学走向，然后再进一步着重对青木正儿的戏曲研究与文学史研究两方面进行考察。

二

众所周知，日本明治维新以前中国文化一直处于日本文化的主导地位，甚至在近代以前的江户时代，朱子学被幕府推崇上升至官学地位，成为国家意识形态的特征尤为明显。至近代以来，日本明治维新，实行文明开化，大量吸收近代西方国家的先进文明思想，以往与中国的"师生"关系发生颠覆性变化。美国学者任达就指出："中国在 1898 年至 1910 年这 12 年间，思想和体制的转换都取得令人注目的成就。但在整个过程中，如果没有日本在每一步都作为中国的样本和积极参与者，这些成就便无从取得。"② 作为第三者而言，任达的言说可以说比较客观地描述了近代中日两国的"颠覆性"师生关系。事实上，中国思想、学术等方面在实现近代化转型过程中，日本所起到的重要中介作用的确不可否认。晚清到民初，中国相当多的知识分子认为："日本比中国更接近西洋式的'文明'，而西洋式的'文明'就等于近代国家和民族的'富强'。"③ 很多人毫不犹豫地效仿日本，步日本的后尘，追求文明进步。可以说，近代以来，日本在各方面都

① 《青木正儿全集》第 7 卷，东京：春秋社，1984 年，第 46 页。

② ［美］任达：《新政革命与日本——中国：1898—1912》，李仲贤译，江苏人民出版社 1998 年版，第 7 页。

③ 葛兆光：《西潮又东风：晚清民初思想、宗教与学术十论》，上海古籍出版社 2006 年版，第 36 页。

领先于中国，成为中国效仿的对象。

中国文学研究领域也不例外，吉川幸次郎（1904—1980）指出，"中国文学本身的历史非常悠久。但是对其历史现状以及美的法则进行体系性叙述和研讨的事业，可以说是到了本世纪（20世纪），受了西洋方法的启示才开始的。而且，比起中国人来，日本人执其先鞭。首推狩野直喜、铃木虎雄为该事业先驱，但对两位先驱的研究进行继承并使之发展且产生很多独创业绩的是青木（正儿）博士"①。吉川的这段话表明了两个事实：其一，近代日本的中国文学研究受西方的研究方法与模式的启示，率先步入近代学术研究行列，因而对中国本土的文学研究而言有不可忽视的重要模范作用；其二，以狩野直喜、铃木虎雄、青木正儿为代表的京都学派的中国文学研究在近代日本中国文学研究领域占据重要地位。的确，就京都学派的成就而言，俗文学领域的开拓、文学批评史、文学思想史等近代文学研究范式的确立都与京都学派的中国文学研究密切相关。尤其是青木正儿在文学研究领域，除了继承第一代中国文学研究者狩野直喜、铃木虎雄的事业外，对中国文学研究事业近代化的推进与创新也发挥了重要作用。本书以京都学派中国学学者青木正儿为主要研究对象，考察青木在中国文学研究方面的一系列成果，具体到其独特的研究视角、解决了何种问题、开拓了何种方法论等，目的就在于"以斑窥豹"，最终能够对京都学派中国文学研究的特点有所了解。陈平原指出学术史研究"不外'辨章学术，考镜源流'。通过评判高下、辨别良莠、叙述师承、剖析潮流，让后学了解一代学术发展的脉络与走向"②。而本书对以青木为中心的京都学派中国文学研究进行梳理和考察，站在学术史的角度而言，可以说是对近代中国文学研究生成的一种追根溯源。在文学研究纷纭错综、蓬勃发展的今天，我们似乎有必要稍微停顿下来，

①　《吉川幸次郎全集》第17卷，东京：筑摩书房，1971年，第337页。
②　陈平原：《"学术史丛书"总序》，载陈国球《文学史书写形态与文化政治》，北京大学出版社2004年版，第1页。

用以回顾与反思近代以来近百年的文学研究学术史，而对近代中国文学研究生成的梳理与考察，显然是其中必不可少的一环，因而其重要性也就自不待言。同时，就日本中国学（Sinology）（也可以说是海外汉学）的学理而言，它是中国文化在海外的一种延续。因而站在文化传播的角度来看，对海外汉学的研究，具体到本书主题研究——对青木正儿的中国文学研究的了解与把握，可以了解中国文化在日本的传播以及融合状况。

此外，日本中国学还有一个重要的学理特点，即它还具有"本土文化语境"的基本特征。正如严绍璗指出那样，它还是日本近代化构成中的一个层面，是日本在近代国民国家形成和发展中建构起的"国民文化"的一种表述形态。① 青木正儿的中国文学研究也不例外，尤为值得一提的是他对中国当代文学的介绍，对中国新文学革命的高度礼赞，体现了大正民主时代的时代特征。但是，对同时代的中国文学研究并没有成为青木正儿治学的重心，随着他对中国的实际了解，治学方向转向了中国古典文学，这些都与当时日本的文化大语境有着密切关系。诸如此类，受本国文化语境因素影响，在青木正儿的戏曲及中国文学史研究皆有所体现。因此，本书在注意中日两国学术交流的同时，着重立足"日本文化语境"，力图深入全面地把握其海外汉学研究的本质特征。正如王晓平所言，海外中国学对于国学来说是"不宜回避的他者"②。通过对以青木正儿为中心的京都学派中国文学研究的梳理和考察，不仅有利于我们了解近代日本对中国认识的转变，了解近代日本文化、了解日本人，同时对"他者"充分了解，还有助于我们反思自己，透过"他者"看自己，使自己得到更好的发展。

---

① 严绍璗：《日本中国学史稿·前言》，文苑出版社 2009 年版，第 5 页。
② 参见王晓平《日本中国学文萃·总序》，载青木正儿《中华名物考》，范建明译，中华书局 2005 年版，第 2 页。

三

青木正儿著作 10 卷，其中《支那近世戏曲史》《支那文学概说》《支那文学思想史》《元人杂记序说》《清代文学批评史》《中华名物考》《琴棋书画》《江南春》《竹头木屑》等著作都被译介成中文。较之译介的发展，目前国内外对青木正儿本人的研究却相对薄弱。

有关青木正儿的研究，早期主要是其生前好友、学生或后辈为了怀念他撰写了一系列文章。主要有《青木正儿全集月报》《青木正儿全集·解题》《学问の思い出—青木正児博士》，以及《吉川幸次郎全集》17 卷中《青木正児博士の業績大要》等。这些文章对青木正儿博士的学风、学术人格等进行了回忆或介绍。尤其是提到青木正儿性格的"狷介不羁"，而这一点显然非常有利于理解青木缘何撰写《邦人支那学革新的第一步》《以胡适为中心的汹涌澎湃的文学革命》《吴虞的儒教破坏论》等文章。这类文章的作者基本都是与青木本人有过直接接触的，因而这些文章的刊出，也为后来学界研究青木正儿及其成果提供了很重要的佐证。

二十多年来，学界开始对日本中国学研究有了较多的关注，推出了一系列有关日本中国学学术史研究的著作。主要有严绍璗《日本中国学史》（第 1 卷）（江西人民出版社，1993）、《日本中国学史稿》（学苑出版社，2000）、李庆《日本汉学史》（第 1、2 部）（上海外语教育出版社，2002、2004）以及江上波夫编《東洋学の系譜》（1—2）（大修馆书店，1992—1996）等。这些著作对京都学派以及青木正儿的中国文学研究有了全方位的介绍，并对其研究意义有较准确的定位。尤其是严绍璗先生提出的研究海外汉学所包括的四个层面：第一，中国文化向域外传递的基本轨迹和方式；第二，中国文化在传入对象国之后，对象国对中国文化的容纳、排斥和变异的状态；第三，关于世界各国在历史的进程中在不同的政治、经济和文化条件中形成的"中国观念"；第四，关于中国文化各个领域中的世界各国学者具体的研究成果和他们的方法论，^① 为海外汉学研究提供了重要的学术理念。而本书的第二章、第三章、第四章就是基于其中的第二、第三、第四层面来展开讨论的。

　　青木正儿是一位涉猎非常广泛的汉学家，其研究涉及文学、戏曲、文化风俗等领域。随着海外汉学研究的展开，青木正儿也逐渐得到学术界更多的关注，陆续出现相关青木正儿中国戏曲、文艺思想或者文学革命研究方面的研究成果。首先戏曲方面有王晓平《近代中日文学交流史稿》（湖南文艺出版社，1987）、孙歌等《国外中国古代戏曲研究》（江苏教育出版社，2000）、陈维昭《20 世纪中国古代文学研究史·戏曲卷》（上海东方出版中心，2006）等著作中部分章节内容，论文有汪超宏《一个日本人的戏曲史观——青木正儿〈中国近世戏曲史〉及其影响》（《戏剧艺术》2001 年第 3 期）、曹振《民国时期中国学界对于青木正儿〈支那近世戏曲史〉的接受与批评》（《书品》2007 年第 6 期）、童岭《汉唐经学传统与日本京都学派戏曲研究刍议》（《戏曲》2009 年第 2 期）、周阅《青木正儿与盐谷温的戏曲研究》（《中国文化研究》2012 年夏之卷）、李楠《论汉学家青木正儿的中国戏曲史研究》（硕士学位论文，华东师范大学，2008年）等。这些成果的特点是介绍了青木正儿中国戏曲研究的业绩，肯定了其研究的价值意义及影响。其中孙歌、陈维昭、童岭三人的研究指出了青木正儿戏曲研究中注重结构、南北中国观的特色，给本书的研究提供很大的启发，但不足的是没有更深入挖掘为什么青木的戏曲研究会具有这样的特色。基于此，笔者不再采用传统的归纳和复述研究对象的学术成果，而是试图将青木正儿及其戏曲研究置于日本的近代戏曲文化语境中，并结合青木正儿前期或同期的中国戏曲研究成果，通过比较来探讨青木正儿戏曲研究特色形成的深层次原因，从而实现对其中国戏曲研究的全面了解的目的。

　　其次有关青木诗文思想方面研究成果有赵彩芬《青木正儿先生

---

　　① 严绍璗：《日本中国学史稿·附录四》，文苑出版社 2009 年版，第 561—562 页。

〈中国文学思想史〉稚语片言谈》（《邢台学院学报》1994 年第 1
期）、李勇《论青木正儿的文艺思想研究》（博士学位论文，北京师
范大学，2012 年）等。李勇的博士论文可以说是目前国内学术界青
木正儿研究中最为重要的学术成果，该论文主要以青木正儿的文艺思
想为考察对象，分 "文学史研究模式与中国文艺理论史的时期划分"
"'文学思想史'与青木正儿的中国文艺理论史研究模式" "名物学研
究模式与艺味论" "中日学术视野中的'魏晋文学自觉说'" "反复
古主义、高蹈主义与'性灵说'的现代学术命运" "文人画与诗画理
论的汇通" 六大部分展开论述，部分内容已经公开发表，此处不再一
一列出。其中第一章相关文艺理论史的时期划分以 "青木正儿中国文
学理论史'三个时期'观点的形成" 为题发表在《咸阳师范学院学
报》2010 年第 1 期上。该文从铃木虎雄《中国诗论诗史》、内藤湖南
的 "宋代近世说" 两个方面寻找青木正儿中国文学理论史 "三个时
期" 观点形成的影响因素，给本书论述青木正儿《中国文学思想史》
研究以较大参考作用。本书在该文的基础上，结合日本文化语境进行
论述，从青木正儿的中国历史、文学史观层面论述了其文学思想史
"三个时期" 划分的生成经由。其余部分作者似乎花费较多的笔墨用
于相关理论的评析和介绍，游离于相关文艺理论的追根溯源中，而对
青木正儿的文艺思想研究的生成、具体方法论等方面缺乏论述。总的
来说，其考察并非立足于 "日本文化语境" 角度，没有充分体现出
青木海外汉学研究的本质特征，因此使其研究意义相对减弱。

　　再次就是青木正儿中国文学革命研究或中国游方面的研究成果。
主要有刘萍《青木正儿对中国儒学的思考——日本中国学读书札记》
（《多边文化研究（第一卷：北京大学比较文学与比较文学研究所学
术纪要）》，2001）、旅日学者陶德民《五四文学革命に对する大正
知识人の共鸣－吉野作造・青木正儿の文学革命観》及《近代にお
ける "汉文直读" 论の由绪と行方－重野・青木・仓石をめぐる思
想状况》（中村春作等编：《训读论——東アジア汉文世界と日本
語》勉诚出版，2008）等。周维强《在旧的和新的之间——青木正儿

说西湖》（《西湖》2005 年第 10 期）、杨仕斌《近代日本来华游记中的中国印象》（硕士学位论文，上海师范大学，2013 年）、胡天舒《青木正儿的中国认知——以〈江南春〉为中心》（《东北师范大学学报》2016 年第 1 期）等。这类论文属于对汉学家青木正儿自身的思想及其对中国认知方面的研究，而对于其戏曲、文学史研究方面鲜少涉及。其中陶德民的研究侧重于近代日本的政治形势来论述青木的文学革命观、"汉文直读"主张，对于了解当时的社会文化语境有较大的参考作用，不足的是没有与青木正儿的学问方法结合起来。

　　青木正儿是位活跃于大正与昭和年间的日本汉学家。作为中国新文化运动的介绍者之一，青木与中国当时的新进文人有着频繁的书信交往。同时青木三次来中国游学，游历了许多地方，拜访了中国当时有名的文人，与这些文人也有书信往来。关于这方面的整理性资料有张小纲编注《青木正儿家藏中国近代名人尺牍》（大象出版社 2011 年版）、耿云志主编《胡适研究丛刊》第一辑（北京大学出版社 1995 年版）、《吴虞日记》（四川人民出版社 1984 年版）等；相关论文有戈宝权《青木正儿论鲁迅》（《社会科学战线》1978 年第 1 期）、张小钢《青木正儿博士和中国——关于新发现胡适、周作人等人的信》（《吉林大学社会科学学报》1994 年第 6 期）、加藤国安《中国社科院蔵青木正児書簡について—胡適との往復書簡》[《名古屋大学文学部研究論集》（文学 55）2009]、徐雁平《胡适与整理国故考论——以中国文学史为研究中心》（安徽教育出版社 2003 年版）中部分章节内容等。此外，青木正儿文库设在日本名古屋大学，大学图书馆制作了《"遊心"の祝福：中国文学者・青木正児の世界》小册，介绍青木正儿的学问研究情况，同时有相关青木正儿收藏的整理性论文有中塚亮《青木文庫蔵図像資料目録》（《名古屋大学中国語学文学論集 1》，2009）、张小钢《青木正児博士の名物学と名古屋大学図晋館の青木文庫》（《名古屋大学中国语学文学論集 6》，1993）等。总而言之，信函文献对于了解青木正儿与近代中国文人的互动有重要的史料参考价值，而整理性论文则可以帮助我们了解青木正儿与中国的渊源，有利于加深对青木汉学研究的理解。

从目前所掌握的有关青木正儿的研究成果来看，对青木正儿的研究应该算是多方面的，但总的特点是比较散乱，且多数是对其研究成果进行归纳，从中探讨其文学观、戏曲观或中国认识等。而综合其中国文学研究成果，从其海外汉学的本质特征出发，将其置于日本文化语境中进行系统的考察尚显不足，因此这方面具有较大的学术探讨空间。

鉴于以上的学术意义及研究现状，本书拟立足于日本文化语境，对以青木正儿为中心的京都学派的中国文学研究进行梳理和考察。葛兆光指出："明治维新的成功，使日本从根本上摆脱了以中国文化为中心的朝贡体制的羁绊，摆脱了中国文化的笼罩，重新确立了日本的自我和他者。"[①] 显然，日本的"自我"和"他者"的确立是以明治维新为契机的。明治维新前，中国文化一直占据日本文化的主导地位，传统的汉学研究就是在对中国文化的价值趋同基础上展开的。明治维新后，日本对中国文化研究不再以追随、趋同的方式作价值上的认同，而是结合西方的学术思想和方法论，将中国文化视为一种"异质文化"进行研究和考察。此外，不可忽视的是，明治维新，日本国力的逐渐强盛，与中国国力衰弱成鲜明的对比，这种华夷秩序的改变对近代日本的中国文化研究产生很大的影响。中国文学研究领域也不例外，受本国的时代变迁、政治演变、学术的转向等语境因素影响较大，因此，所运用的学术规范、方法论上"自我"特色非常明显。基于以上，本书从日本文化语境出发，具体而言，就是结合时代、思想、学术等各方面因素，考察以近代日本京都学派第二代中国学者青木正儿的中国文学研究的特点及其生成路径，以探讨其在学术规范、方法论的"自我"特色。"他山之石，可以攻玉。"不说为研究做出大的贡献，至少为了解"他山之石"做出一小点参考，那也是荣幸之至了。

----

① 葛兆光：《西潮又东风：晚清民初思想、宗教与学术十论》，上海古籍出版社 2006 年版，第 31 页。

第一章

京都学派的中国文学研究：
形成背景及主要代表

　　中国学界一般把国外关于中国与中国历史文化的研究称为汉学或中国学。① 中日两国，历史源远流长。纵观日本历史，其最大的特点就在于对外国文明的敏感性。而这种敏感性使日本自有文明之始就开始大量摄取先进的中国文明，用以建构自己文明的基础。江户时代，可以说是日本吸取中国文化的顶点时期。② 日本与中国的这种特殊关系，也使得日本对中国的历史文化研究即"汉学"传统历史悠久。总的说来，近代以前的汉学研究"在价值观念、道德标准、行为模式等方面与中国文化趋同"，③ 江户时代甚至把中国文化的意识形态作为日本文化意识形态的主体。

　　然而到 19 世纪中期，中国清政府逐渐衰弱，成为西方列强侵略的对象。日本也由于"黑船"事件，幕府封建统治的弊端和软弱性不断被暴露出来。中日两国都面临的"西力东渐"的危险。鸦片战争，中国清政府的节节失利，中国最终沦为半殖民地半封建社会的境地，成为日本的前车之鉴。1868 年日本倒幕运动成功，公家重掌政权，建立以明治天皇为中心的中央集权政府，开始进行维新改革。文化方面，以西方先进文明为模范，开始了近代西化的进程。

　　从江户时代以前的大量吸收和摄取中国文化到明治维新后的全盘

---

① 钱婉约：《从汉学到中国学——近代日本的中国研究》，中华书局 2007 年版，第 3 页。

② 《吉川幸次郎全集》第 17 卷，东京：筑摩书房，1971 年，第 14 页。

③ 钱婉约：《内藤湖南研究》，中华书局 2004 年版，第 1 页。

西化，日本对外国文明的吸收发生了根本性的转向。在这个过程中，日本汉学发生了很大的变化，首先是传统汉学的主导地位开始瓦解，让位于西方思想。其次，随着近代教育制度的改革，东京大学与京都大学东西两所帝国大学的建立，对中国文化的研究不再是价值的趋同，而开始吸收近代西方的学术思想，以西方理性主义与实证主义为向导，发生了近代性蜕变。尤其是与文、史、哲不分的传统学问不同，中国文学摆脱了经学的束缚，作为一门独立的学科，成为近代学术研究的对象。

下面将梳理汉学的近代化蜕变过程，了解中国文学科确立的经由；并在此基础上考察京都学派中国文学科创始人狩野直喜、铃木虎雄的中国文学研究。

第一节　形成背景：明治维新期汉学的概观

江户时代，传统汉学在日本进入到发展成熟阶段。汉学（儒学为中心）不仅作为一种学术展现在日本文化史中，而且作为封建社会的意识形态与日本的社会融合在一起发展。明治维新，日本步入近代化，一系列近代化改革运动，不可避免地冲击到了传统的封建统治制度与意识形态，汉学（儒学为中心）也就相应地发生了一系列的改变。

一　明治初期汉学（儒学）的衰弱

江户时代末期，实际封建统治者幕府政权的衰弱之势逐渐显现出来，阶级矛盾十分激化。1853 年美国东印度舰队司令佩里率领的舰队闯进江户的浦贺港，至此日本被迫开国。幕府在美国的武力威迫之下，签订了《日美亲善条约》。随后英、俄、荷等国以美国为例，也与日本签订一系列不平等条约，日本很快濒临陷于西方列强半殖民地与附属国的境地。幕府统治的无能以及民族危机的双重压力下，日本各阶层有识之士要求"改革幕政"并提出"尊王攘夷"口号，并成为运动的主体，即"尊攘派"。"尊王攘夷"运动持续四年半（1860年 3 月—1864 年 8 月），最后以失败而终结。运动的失败，使"尊攘派"深刻地意识到唯有推翻腐朽的幕藩体制，才能摆脱封建束缚，发展先进科学技术，建立富强的近代民族国家。由此"尊王攘夷"运动转变为"倒幕"运动。

1867 年 12 月"倒幕派"发动维新政变，废除幕府将军制度，宣告"王政复古"。随着"倒幕"运动的成功，1868 年 3 月 14 日，天皇发表《五条誓文》，宣布废除幕府的封建专制与独裁统治，提出了维新的一些纲领性方针，确定了日本的前进方向和指导原理。其中第五条"求知识于世界，以振皇基"，掀起了日本向西方学习，实行"文明开化"的近代化文化运动。这也表明，羸弱的近代中国，逐渐丧失了日本效仿及学习的价值。

在开展"文明开化"的运动中，为了向西方学习，以求缩小与欧美近代化国家的差距，日本政府采取的措施之一，就是到欧美实地考察。1871 年 5 月派遣十三大藩海外视察团赴欧洲考察。半年后，又派遣岩仓使节团赴欧美考察，这是日本有史以来规模最大的一次西方文化考察团。两个视察团的路线一致，都是由旧金山经纽约、华盛顿到英国，然后巡视法国、比利时、荷兰、俄国等国，再从马赛回国。除了岩仓使节团有修改旧不平等条约的政治目的外，两个考察团都肩负有考察欧美先进资本主义国家制度与文化的任务。考察团与使节团的归国，更加快了文明开化的进程。

在近代化进程中，首当其冲的就是教育制度改革，而这种改革可以说是根本上对日本传统儒学官学地位的一次瓦解。

明治政府教育体制改革中，首先对官学进行改革。江户时代学校教育体制主要由幕府官校、诸藩藩校、各乡乡校以及寺庙主办的世俗教育学校寺子屋和私塾、家塾构成。虽然江户时代就有"兰学东渐"，受其影响，不少藩校开设了算术、洋学、医学等教学内容，但由于儒学的官学体制，各学校基本上还是以儒学为主。德川时代的官学是设立在江户（1868 年 7 月改名东京）的昌平黉。昌平黉是 17 世纪林罗山的家塾，后经幕府的支持，上升到官学地位，成为全国的最高学府，且长时间以教授朱子学为主。1868 年 6 月 29 日，明治新政府复兴昌平黉并改名为昌平学校。当时，在东京受政府直辖的还有开成学校（旧开成所，教授洋学）和医学校（旧医学所，传授西洋医学）。1869 年，明治政府以昌平学校为主干，下令三校合并建立一所兼有教育与行政两方面功能综合性大学校（该年 12 月改称为大学），大学校的宗旨是"依神典国典，辨国之体，兼而讲明汉籍，以成实学实用"①。

　　原本昌平、开成、医学校各有自己的学风，且明治初期百事草创，教育行政方面的根本方针尚未确立，因此，三校合并，作为独立机构在教育学问上却并没有统一的地方。明治政府在"大政复古"的背景下，复兴昌平学校之初衷就是欲以国学为中心，以儒学为辅，后至建立大学校，倡导尊皇道、辨国体，且以此为神典、国典的研究为第一所需，充分显示了国学中心主义思想。这与一直以来以汉学（儒学）研究为主的昌平学校旨趣全然不同，引起了一直以来在日本学界占主导地位的汉学者（儒学者）的不满。明治元年（1868）8 月，大学校遵照国学者的意见举行学神祭，更加表明汉学处于国学的下风。② 最终，1870 年由于国学、汉学、洋学的纷争，明治政府下令废止大学，关闭昌平学校，而只留洋学南校（开成学校）与东校（医学校）作为独立学校继续办学。这样的结果，也表明在文明开化的过程中，汉学（儒学）与国学同时败在洋学的风潮之下。从儒学的角度而言，既充分表明江户时代作为官学的地位最终瓦解，也是明治维新中儒学脱政治化的一种先兆。

　　1877 年开成学校与东京医学院合并，创建了日本最早的大学东京大学，并划分法、理、文学、医学四个学部。文学部由"史学哲学及政治学科"与"和汉文学科"两个学科组成。而对于和汉文学科

---

①　《東京帝国大学五十年史》上册，东京：东京帝国大学，1932 年，第 16 页。

②　同上书，第 25 页。

的设立理由，当时担任法理文三学部综理的加藤弘之（1836—1916）
在提交给文部省的文书中这样写道：

> 盖因目今之势，斯文几如寥寥晨星，今于大学科目中设置此
> 科，不仅在于应永久维持，而且，将来之所谓日本学士，如只通
> 英文而茫然不知国文，必不能收文运之精英，当然，只通和、汉
> 文不免有固陋之忧，使之并学英文，哲学、西洋历史，以培育有
> 用之人才。①

从"斯文几如寥寥晨星"字样可以看出，在文明开化，洋学盛行
的风潮之下，国学与汉学的凋落状况。同时，也表明洋风鼎盛之下，
随着民族主义、国粹主义的高涨，开始出现重新关注传统学问，要求
对上述极端状况进行反拨之势。另外，"只通和、汉文不免有固陋之
忧，使之并学英文，哲学、西洋历史，以培育用之人才"又反映出传
统学问对新学的一种调和、妥协。

但事实上，当时的大学完全仿照欧美的学习体制，且大学教师基
本上都是聘请的外国教师。青年学生都投向于新学一途，就明治 10
年（1877）到明治 19 年（1886）间，和、汉文专业毕业学生只有两
人，也可以看出江户时代处于官学地位的传统汉学，由于官学体制改
革，在近代高校教育体制中完全趋于没落。

此外，教育体制中对藩校、寺子屋的改革对儒学产生的影响也是
巨大的。1878 年，文部省颁布第一个教育改革法令《学制》。在此之
前，明治政府先颁布了《关于奖励学事的指示》，明确了"邑无不学
之户，家无不学之人"的教育改革大方针。《指示》废除了江户时代
规定的受教育的身份限制，体现了受教育机会均等的主张，同时改变
江户时代教育以儒学为主的倾向，将教育重心转向了科学技术教育。

---

① 《東京大学百年史》，东京：东京大学出版会，1984 年，第 502—503 页。中文为笔
者自译，后不再注明。

而《学制》将改革进一步推进，规定效仿法国教育制度，全国设立大、中、小学，并废除传统的藩校和寺子屋，全方位贯彻教育改革大方针。可以说"《学制》确定了日本资产阶级国民教育的方向"①。

显而易见，学制改革的一些举措，国学、汉学都没能参与进来，说明治维新初期，日本的汉学（儒学）极其式微之势。首先，《学制》的宗旨，把重心放在功利主义的知识教育上，而丝毫没有言及道德修身的教育，对学儒学、讲仁义忠孝者等传统之人来说无疑是一种沉重打击。其次，藩校及寺子屋等传统学校的废除，对于儒学的研究与传播几乎是毁灭性冲击。以寺子屋为例，尽管它主要教授读、算等知识，但读的主要是汉学书籍，且在寺子屋受教育的层面也比较广。如明治4年（1871）在东京区的调查中发现，寺子屋在府下就有521家，学生中男生有422人，女生991人，再加上家塾合起来就有775户。② 这些传统学校的废除，使教授儒学的先生们生活无疑受到极大影响，没有收入来源，自然无法专注儒学的研究；同时，接受儒学教育的人群也减少，其结果是读汉籍者不断减少，汉学研究最终只限定于极小部分人。

更有甚者，曾经作为儒学根据地的孔子庙大成殿，孔子像遭撤，殿堂则改成博览会场、图书馆或者地方官会议议定场所等。诸如此类，可见明治维新初期，汉学（儒学）衰败之势已不可逆转。

二　儒学的再兴：道德教化功能的强化

明治政府在"文明开化"的近代运动中，以西方国家为学习榜样，大力移植和建设资本主义文明。在教育制度方面仿照西方学制进行近代化改革的同时，政府领导人和一部分洋学家也大力倡导，在思想、学问、习俗、生活方式等方面学习西方，开展新文化运动。这种自上而下的"近代化"最初目的是实现统治者"上"的要求，但所

① 武家隆、王家骅：《日本明治维新》，商务印书馆1984年版，第35页。
② 牧野谦次郎：《日本漢学史》，东京：世界堂书店，1938年，第255页。

吸收的外国文明，除了有当权者统治人民和进行剥削的东西，也开始吸收了站在人民立场，反对现实统治的理论和思想。自由民权思想就是其中之一。①

近代民主思想的启蒙教育，使日本国民摆脱了传统封建思想的束缚，但却不可避免地触动了包括"皇权观"在内的日本传统价值观念体系。狼狈的明治政府不得不采取措施对新文化运动进行"纠正"。

1. 欧化过程中新思想的传播与"鹿鸣馆"文化

在全民西化的热潮以及"向全国进行思想启蒙教育"的大背景下，兴起了一批启蒙思想家。他们著书立说，大量介绍资本主义国家的思想和学问，其主要代表人物就是福泽谕吉（1835—1901）。福泽谕吉是幕府时代末期，较早赴欧美进行实地考察的人士。他在考察过程中对西方近代化科学技术以及自由民主思想感触非常深，回国后极力介绍西方自由民主思想，倡导民权，促进文明开化，对日本资本主义发展和资产阶级民主运动起到了很大的推动作用。《劝学篇》和《文明论概略》是他的代表性著作。

《劝学篇》是福泽谕吉的一部宣扬资产阶级启蒙思想的力作，主要写于1872年到1876年，由17篇文章组成。文章的开头"天不生人上之人，也不生人下之人"成为一时的名句，其中所体现的"平等"思想可以说与西方启蒙思想家提出的"天赋人权"有异曲同工之妙。它对德川末期遗留下来的传统儒学倡导的"大义名分"确定的等级观念无疑是一种极大挑战。在《劝学篇》中，福泽把社会上的富贵贫贱归之于后天学习所造成的"贤愚之别"，敦促国人通过新知识的学习，创造个人独立、家庭独立、国家独立。这些言论，对从幕府封建统治下走过来的国民而言，具有极大的解放思想的启蒙作用。因而，这本书在当时非常畅销，可谓影响深远。

---

① 井上清：《日本历史》（中），天津市历史研究所译校，天津人民出版社1974年版，第559—560页。

《文明论概略》则是福泽谕吉的另一部重要著作，发表于1875年。这部著作主要体现了福泽谕吉的文明史观。首先，福泽把人类文明进化分成了文明、半文明、野蛮的三个阶段，认为欧美国家是当时阶段发展最极致的文明阶段，而土耳其、中国、日本等都属于半开化国，呼吁日本致力摆脱半文明状态，向欧美型文明社会迈进。福泽谕吉认为"文明有两个方面，即外在的事物和内在的精神。外在的文明易取，内在的文明难求"，[①]而主张"先求其精神，排除障碍，为汲取外形文明而开辟道路"，[②]进而对纯粹的专制政府和神权政府进行批判，认为"在这种统治下的人民的思想趋向必然偏执，心胸狭隘、头脑单纯"。[③]其次，福泽谕吉从文明的角度提出了政府的体制应该建立在对国家的文明发展好的原则基础上，对建立在"五伦"基础上的封建君主体制进行了批判。并认为孔孟之道只是伦理之道，而不适用于政治。在文明进化的过程中，福泽认为德与智非常重要，批判了儒学的迂腐而束缚了人的德智的发展，等等。书中充满了"自由""民主""自主独立"等思想，并以文明进化的观点批评了旧儒学的因循守旧，阻碍社会文明的历史发展局限性，对解放国民思想，推动国民向欧美资本主义学习发挥了巨大作用。

需要指出来的是，福泽谕吉对内宣扬资产阶级启蒙思想外，对外则主倡"脱亚"言说。1885年3月16日，福泽谕吉在他自己主办的《时事新报》发表以"脱亚论"为题的社论。文章指出，在西方文明东进势不可当之时，日本虽已开始摆脱"亚细亚之固陋"，但要在整个亚洲开创新格局，唯有"脱亚"二字。认为中国、朝鲜不思进取，固守陈陋，因此"为今之谋，与其待邻国开明而兴亚洲之不可得，则宁可脱其伍而与西洋文明共进退"。[④]"脱亚论"虽然是日本积极谋求

---

① 福泽谕吉：《文明论概略》，北京编译社译，商务印书馆1982年版，第12页。

② 同上书，第13页。

③ 同上书，第16页。

④ 福泽谕吉：《脱亚论》，《时事新报》1885年3月16日。转引自严绍璗《日本中国学史》第1卷，江西人民出版社1993年版，第163页。

近代化思想文化发展的成果，但也成为日本近代"国权扩张"的理论依据。①

此外，明治初期在思想启蒙教育与宣传中起重要作用的还有"明六社"。该组织于 1873 年由森有礼（1847—1889）发起，成员包括福泽谕吉、西周（1827—1897）、加藤弘之（1836—1916）、中村正直（1832—1891）、西村茂树（1928—1902）等 10 人，其发行的刊物称为《明六杂志》。杂志主要介绍当时西方资本主义国家先进的知识与文化，内容非常广泛，涉及政治、经济、社会、思想、宗教、艺术等各个方面，向正步入近代化的日本提供了丰富的新文化知识，受到当时日本社会的政治家、青年以及学者的欢迎。

明治初期，日本除了在思想、知识文化方面广泛地向西方学习外，在生活方面也掀起了欧化的浪潮，衣食住行无不以效仿欧美的生活方式为豪。明治 18 年（1885）伊藤博文（1841—1909）组阁，以修改条约为目的，开启了极端欧化的时代。当时的外相井上馨（1836—1915）鼓吹极端欧化政策，甚至提出"脱亚入欧"的口号。1883 年政府耗 18 万日元巨资建立鹿鸣馆，用以接待外宾。1892 年总理大臣伊藤博文在鹿鸣馆举办有名的化装舞会。在这十年间，所有一切模仿欧美文化的行为都受到鼓励，欧化风潮可谓风靡一时，这就是所谓的鹿鸣馆时代。

鹿鸣馆时代的欧化风潮，很显然是由当时上流社会的为政者阶层洋气十足的趣味所激发，且其政策所追求的目标也只是模仿近代欧美文化的外表，把它机械地照搬过来。而对于触及民主主义的根本理念，政府是采取镇压的措施。②事实上，随着"文明开化"的近代化步伐的加快，民主思想的广泛传播，不免与日本的传统价值体系发生根本冲突。"大义名分""王政复古"等口号推动下建立的明治政府

---

① 严绍璗：《日本中国学史》第 1 卷，江西人民出版社 1993 年版，第 165 页。
② 近代日本思想史研究会：《日本近代思想史》第 2 卷，李民等译，商务印书馆 1992 年版，第 6 页。

其本质是绝对主义政权。民主思想中的"自由""民权"在国民中的传播与高涨，自然会与传统价值体系中政治上绝对效忠天皇的"皇权观"相抵触。因而一旦触及统治阶级的利益，明治政府必定会采取措施对其进行"纠正"。

2. 儒学的道德教化功能的强化

明治初期，"文明开化"进程中贵族气息的欧化主义潮流，引起人们的反感，尤其是欧化政策的推行并没有实现修改条约的预想目标，政府内部、旧自由党员、改进党员以及国粹的国权主义者们展开了积极的反对活动。当时在思想界和言论界起主导作用的是德富苏峰（1863—1957）创刊的《国民之友》以及三宅雪岭（1860—1945）等人创办的《日本人》。前者主张平民主义，站在平民立场，从内部贯彻欧化主义；而后者则反对政府的欧化主义政策，倡导国粹保存主义及国民主义。当时的日本陷入了欧化主义、国粹主义、国民主义等思想混乱交织的状态，民心涣散，思想陷入一片迷茫之中。对于当时的思想混乱状况，井上哲次郎（1856—1944）有过这样描述：

> 传统性道德也罢、宗教也罢、多被严重破坏，且无取代之物，在善意正邪之歧路迷失者众多，社会性欠缺亦决然不少。……只因国民之道德教养一面，遗憾之处甚多，于是明治二十三年十月三十日颁发《教育敕语》。①

如前所述，民主思想对传统价值体系产生极大的冲击。尤其是1874 年1 月17 日板垣退助（1837—1919）等人提出《民选议院设立建白书》，引起思想界关于"自由民权"的论争。明治10 年（1877）爆发西南战争，之后"自由民权"与"文明开化"一同成为当时国民所关注的焦点。另外，欧化运动也引起对立思想国粹主义与国民主

---

① 转引自坂出祥伸《東西シノロジー事情》，东京：东方书店，1994 年，第18—19 页。

义的兴起，国民思想呈现混乱状。尤其是"自由民权"思想让以天皇为中心的绝对主义统治感觉受到威胁，明治政府深切地感受到有必要实施东洋性的道德教育来代替西方知性的、功利性教育。

明治 12 年（1879）年天皇命侍讲元田永孚（1818—1891）记述《教学大旨》，内容如下：

> 挽近专尚知识才艺，驰文明开化之流，破品行，损风俗者不少。之所以如此，乃维新之初，首破陋习，广充世界知识为主之卓识而致。虽一时取西洋之长，奏日新之效，其流弊，置仁义忠孝为不顾，唯洋风是竞，于此，将来恐终至不识君臣父子之大义，而不可测。非我邦教学之本意。故自今以往，基祖宗训典，明仁义忠孝，道德之学，以孔子为主，人人尚诚实品行，后各科之学，随其才器，日益长进，道德才华，本末全备，大中至正之教学布天下，则我邦独立之精神于宇内无可损也。①

从中可以看出，《教学大旨》首先肯定了文明开化以来所取得的日新月异的效果，但也指出所带来的不讲仁义忠孝、不顾君臣大义的弊端，最后确定在遵循"祖宗训典"的基础上，以儒学道德教育为主的教育方针。明治 13 年（1880）政府颁布《改正教育令》，确立了以儒学道德教育为中心的课程设置；紧接着元田永孚受天皇的旨意编纂《幼学大纲》，确定道德教育在幼儿教育中的中心地位。明治 22 年（1889）二月十一日，日本政府发布帝国宪法，规定了国体的基本法规，明治 23 年（1890）十月三十日，颁布《教育敕语》。通过一系列的法令，最终确定了以儒学伦理为基础的教育论在教育界的支配性地位。从而，"一度曾经灭绝的儒学，重新通过政治权利被再生利用，也就是说，儒学作为政治理念的一面被丢弃，其作为道德教育

---

① 元田永孚：《明治思想集》1，《教学大旨》，东京：筑摩书房，1976 年，第 263 页。

手段的一面被利用起来"①。

在文明开化的过程，教学体制改革使得汉学为中心的传统学问知识体系一度瓦解。极端的欧化，反过来又促进民族主义与国粹主义的高涨，开始了对西化思潮的反拨。同时，《教学大旨》的颁布，确定了儒学作为道德教育手段在教育体制中的支配地位。在这种社会思想背景下，使得以儒学为中心的汉学得以回温。

三　汉学的近代化蜕变：东洋史学及中国文学科②

明治维新，日本开始步入近代化，思想风貌进入跌宕起伏的变动期。日本的汉学也历经起伏，跟随时代发生着改变。从中国大陆文化的输入到接受与融合，再到江户时代儒学融入日本思想文化中，汉学已经成为日本传统学术的一部分。到明治时代，欧美思想与学术的涌入，汉学的发展已经不可能如同从前一样，固守在其学问体系内部发展。与其他文化一样，在欧美文化的浸润下，日本的汉学也开始步入近代化的进程。

1. 汉学近代化蜕变的契机

明治维新以后，日本的汉学开始了近代化的转型，其契机就是新学制的建立。如前所述，在文明开化的思潮下，重要的改革举措就是一改江户时代的传统教育体制，代之以法国国民教育体制为参照的新学制。新学制的建立虽然摧毁了汉学（儒学）的传统地位，使汉学一度式微，但从另一方面而言也为汉学的近代化转型提供了契机。

在新学制的改革中，为了尽快地吸收西方文明，明治政府大量聘请外国专家与学者参与本国的文明建设，式微中的汉学得以有机会接触到西方近代化的知识学问体系。1875 年，明治政府通过驻外公使，选择了一批外籍专家担任了从开成学校到东京大学的日本高等教育体制的创建工作，且当时实行"外国人教学制度"，他们的薪水就占了

---

① 坂出祥伸：《東西シノロジー事情》，东京：东方书店，1994 年，第 18 页。

② 因论题需要，哲学领域的近代化不在考察范围。

全校预算的 1/3。在雇用的外国教师指导下，学校全面采用欧美式的教育，讲述的全都是西方的知识学问。

1877 年东京大学创建之初，文学部设立第一学科"史学哲学及政治学科"与第二学科"和汉文学科"。如前所引，加藤弘之对于东京大学设立"和汉文学科"的理由就在于"盖因目今之势，斯文几如寥寥晨星"，而对于如何在新时期培养和汉人才，则更是具体描述"只通和、汉文不免有固陋之忧，使之并学英文，哲学、西洋历史，以培育用之人才"。明治 12 年（1879）文学部学科改革，第一学科改为"哲学政治学及理财学科"，第二学科仍为"和汉文学科"。"和汉文学科"改革后科目课程如下：

第一学年　和文学、汉文学及作文、史学（法国史 英国史）、英文学及作文、逻辑学、心理学大意、法语或德语；

第二学年　和文学及作文、汉文学及作文、英文学或史学或哲学；

第三学年　和文学及作文、汉文学及作文、英文学或史学或哲学；

第四学年　和文学及作文、汉文学及作文、英文学或史学或哲学及毕业论文（和汉两文）。①

从科目课程设置来看，除传统学问和文学、汉文学外，西方学术比重非常大。尤其是史学，因考虑教授的资质及生源问题从第一学科中删除，但作为课程却编排至每学年。且从内容上来看，以西方史学为主，无疑为西方史学方法论的导入提供了平台，同时也表明明治时期，和汉学人才的学习与培养不再局限于传统的汉学学问体制内部，而是通过学制改革，广泛地接触到了新时代的学问体系，开阔了学术眼界。

---

① 《東京帝国大学五十年史》上册，东京：东京帝国大学，1932 年，第 693—696 页。

明治 15—16 年（1882—1883），东京大学增设附属于文学部的
"古典讲习科"。"古典讲习科"招收了两届学生，第一届毕业生有 28
人，第二届毕业生有 16 人。在"文明开化""自由民权"等欧化大
潮中，"古典讲习科"设立初衷就是要保持传统，抵抗西化。然而由
于经费等问题，在西化的大潮中，仅仅维持了两届，尽管如此，仍然
难免受到欧美先进的学术思想的影响，其毕业生后来的成就充分体现
当时新旧交替的时代特色。在 40 多名毕业生中，涌现出了许多近代
汉学研究领域中有名的汉学家。例如第一届中有市村瓒次郎（1864—
1947）、林泰辅（1854—1922）、泷川龟太郎（1865—1946）、冈田正
之（1864—1927）、西村天囚（1865—1924）；第二届中有儿岛献吉
郎（1866—1931）、黑木安雄（1866—1923）等。町田三郎指出，
"古典讲习科"的毕业生们走的是学问与政治、道德分离的纯粹学问
之路，近代汉学正是从这里开始；同时他们开拓了古代史、甲骨文等
新的学术领域，在西洋学术影响下，开始了汉学的历史性研究。[①] 因
此，"古典讲习科"的毕业生们是明治时期"继承了汉学素养，并在
时代氛围中吸收了西方的新观念和新方法的过渡性人物，他们是传统
汉学向近代中国学过渡的'承前继后'的重要人物"[②]。

此外，留学生的派遣，也加快了汉学近代化研究的进程。日本明
治政府为鼓励欧美留学，于 1870 年颁布《海外留学生规则》。1869
年到 1870 年派遣留学生 174 人，到 1873 年增至 373 人，经费高达 25
万日元，为当时财政预算的 18%。由于官费留学出现了很多弊端，
1875 年明治政府命令所有的官费学生回国，换成开成学校即后来的
东京大学的优秀学生出国。随着留学制度几经修改、日益完善，留学
生素质有所提高，且人数也不断增加。从东京大学毕业的大学生被派
往德、法、英、美等先进国家继续深造，他们回国后都在东京大学或

---

① 町田三郎：《明治の漢学者たち》，东京：研文出版社，1998 年，第 147—149 页。
② 钱婉约：《从汉学到中国学——近代日本的中国研究》，中华书局 2007 年版，第
13 页。

后来的京都大学以及其他大学任教。这些有过留学经历的、在欧美国家接受先进的西方学术的训练与熏陶的学生，学成归国后，积极尝试把西方的学术思想与方法运用在汉学研究领域。其中，在汉学领域出类拔萃的有井上哲次郎、白鸟库吉（1865—1943）、姊崎正治（1873—1949）、服部宇之吉（1866—1939）、狩野直喜（1868—1947）、宇野哲人（1875—1974）等人。① 因此，可以说明治初期新学制改革下对内人才的培养，对外留学生的派遣为实现汉学研究的近代化转变提供了前提准备。

2. 汉学近代化蜕变：东洋史学及中国文学科

明治政府实行文明开化，改革教育体制，建立新学制，教育领域引进外国专家与学者，再加上留学生的派遣，为汉学的近代性研究提供了契机与前提准备，汉学也逐渐与西方的近代化学术体系靠拢。

其表现之一是"东洋史学"的确立。日本近代史学的成立，与明治维新后，政府组织的修史事业以及大学制度两方面的原因分不开的。② 明治2年（1869）天皇下达敕书，开始了明治政府的修史大业，负责部门几经变迁，1888年转由东京帝国大学接管。所谓的"考证史学"也就是在修史工作中开始出现，为1882开始编撰《大日本编年史》的过程，带来些活力。另外从大学制度来看，1877年创建的东京大学，文学部开设的"史学哲学及政治学科"，由外山正一（1848—1900）担任文明史的课程。几年后，该"史学科"被废止。1887年，东京帝国大学的文科大学又开始增设"史学科"。并于1889年增设了"国史科"。史学科的中心人物就是1887年东京帝国大学恢复史学科时所聘请的德国兰克学派的继承人里斯（L. Riess，1861—1928）。兰克学派讲究实证主义的方法，主张史

① 李庆：《日本汉学史》第1卷，上海外语教育出版社2002年版，第374—378页。
② 柴田三千雄：《日本におけるヨーロッパ歴史学の受容》，荒松雄编：《岩波講座・世界歴史30》别卷，东京：岩波书店，1971年，第457页。

学的任务就在于考证和求真，历史就是客观存的历史本身。里斯到东大后，负责组建史学科，并主讲西洋史学理论及西洋历史，其实证主义的史学研究方法对日本史学研究产生了很大的影响。国史科教授则由大学接管的历史编纂所的重野安绎（1827—1910）、久米邦武（1839—1931）、星野恒（1839—1917）担任。1889 年，在里斯的建议下，东大成立了史学会，由重野担任会长。重野在学会创立大会上明确史学会在于"依据以往史局收集之材料，参用西洋历史研究之法，考证或编成我国史之事迹，以裨益于国家"①。这显然与封建时代的王朝史、帝王史的编撰表现出极大的不同。此后，重野又在学会刊物《史学会杂志》（后改名为《史学杂志》）的创刊号中，鲜明地表明考证史学的立场，认为历史的本来任务就是史实考证，从而与儒学的名分论划清了界限，而其宣扬与兰克派客观主义性史料批判方法的共鸣，也表现出兰克派思想的影响。② 这也意味着史学界治学方式从封建传统的帝王史、王朝史的注重名教方式中脱离出来，步入近代史学的行列。

　　明治 40 年代日俄战争后，东京帝国大学"支那史学"学科改名为"东洋史学"。事实上，"东洋史学"的名称始于明治 27 年（1894）那珂通世（1851—1908）的倡导，他建议中学教育中外国历史应该分别设置为"西洋历史"与"东洋历史"。通过东洋史的设立，于是"日本史在昔为支那史之附庸者，今则蔚然独立"。③ 就当时的历史背景而言，1894 年甲午战争以及 1895 年日俄战争，两次战争的胜利使日本对中国的认识以及对自我的认识产生巨大的转变。明治维新文明开化以来，日本开始有了关于"东洋"的自觉以及在"东洋"的日本地位的自觉。随着战争的胜利，这种自觉不断高涨。这种形势下，关于"东洋"的研究著作应运而生。主要有儿岛献吉

---

① 五井直弘：《近代日本と東洋史学》，东京：青木书店，1976 年，第 22 页。

② 柴田三千雄：《日本におけるヨーロッパ歴史学の受容》，荒松雄编：《岩波講座・世界歴史 30》别卷，东京：岩波书店，1971 年，第 458 页。

③ 贺昌群：《日本学术界之"支那学"研究》，《图书季刊》1934 年第 1 卷第 1 期。

郎的《东洋史纲》、市村瓒次郎的《东洋史要》、桑原骘藏（1871—1931）的《中等东洋史》等。对于"东洋"的界定，那珂通世的学生桑原骘藏在其所著的《中等东洋史》的总论第一章"东洋史的定义及范围"中说道：

> 东洋史，是以东方亚细亚为主，阐明民族兴衰以及邦国兴亡的一般历史，与西洋史相并立，构成世界史的另一半。[①]

从桑原的这段话里，明显让人能够感觉到与"西洋"相并立的自信。从其研究内容来看以中国历史为主，此外涉及地理、经济、宗教、艺术、政治等诸方面历史；研究范围则是以东亚中国为主，包括与东亚中国有关的南亚、中亚的历史沿革，所涵盖的地方除了满蒙、西藏边疆地区外，还包括印度、西域、朝鲜、安南等周边民族与国家地区。有历史论者认为"东洋史学"的确立，使"日本史如日中天，支那史降为附庸，与朝鲜蒙古西藏等量齐观"，[②] 也就是说，东洋史学的确立，是日本借助于"西洋史学"，将中国历史作为一种"异质文化"相对化的一种表现，表明近代日本的中国学研究者开始摆脱传统汉学中与中国的主从关系，将中国历史视为世界史的一部分，中国也就作为"他者"被确立起来。

汉学近代化蜕变的另一表现就是中国文学摆脱经学的束缚，作为一门学科独立。如前所述，史学的近代化、东洋史学的确立，将中国"他者"化的尝试，推动了有关中国研究的其他领域的蜕变。文学领域，中国文学史的书写可以说是文学脱离经学的开始。明治 15 年（1882）末松谦澄（1855—1920）的《支那古文学略史》由东京文学社出版，这本书重点在于思想方面，但由于是"文学史"命名，因

---

① 《桑原隲藏全集》第 4 卷，东京：岩波书店，1968 年，第 17 页。
② 贺昌群：《日本学术界之"支那学"研究》，《图书季刊》1934 年第 1 卷第 1 期。

此被认为是世界上最早的"中国文学史"。[①] 真正中国文学史的撰述则是由东京帝国大学汉学科及古典讲习科的毕业生们开始的。新时代大学汉学科的学生们不仅专攻汉学，掌握一般教养之学，且学会了科学、理论性的研究方法以及归纳性的论述技巧。与传统汉学学科模糊性不同，新汉学者们开始尝试文、史、哲分领域进行研究。[②] 史学方法的导入，新进汉学者们将其运用于中国文学的研究。明治 24 年（1891）儿岛献吉郎的《支那文学史》（同文社《支那文学》第 1—11 号）刊行，可以说是中国文学史的滥觞。明治二三十年代掀起了中国文学史撰述高潮，整个明治年间出版刊行的中国文学通史、断代史及专门史多达 16 种。[③] 当然，除了史学方法论的导入外，也与西方文学观念的影响密切相关。从第一部以文学史命名的末松谦澄《支那古文学略史》（1882）到第一部俗文学史笹川种郎（1870—1949）《支那小说戏曲小史》（1897），近代日本的文学观念逐渐与西方"纯文学"观念融合，"文学"开始渐渐与经学脱离。

　　1897 年，明治政府文部省发布关于成立京都帝国大学法、医、文、理四个分科大学的敕令。京都帝国大学的建立就是为了创造竞争对手，以打破当时唯一帝国大学东京大学学术上唯我独尊、称霸天下的局面。1906 年京都帝国大学文科大学正式开学，当年只有哲学科招到学生，狩野直喜担任哲学科中支那哲学史的课程。第二年 9 月史学科成立，内藤湖南（1866—1934）、桑原骘藏担任支那史学的课程。1908 年文学科成立。事实上早在 1906 年京都帝国大学文科大学内，文学科就设立了"支那语学支那文学"讲座，但由于生源问题

---

　　① 早在 1880 年俄罗斯的中国学家瓦希里耶夫撰著了《中国文学史大纲》，但鲜为人了解，因此学界把末松的《支那古文学史略史》作为世界上最早的"中国文学史"。见川合康三编：《中国の文学史观》，东京：创文社，2002 年，第 1 页。严绍璗：《日本中国学史稿》，文苑出版社 2009 年版，第 234 页。

　　② 三浦叶：《明治の漢学》，东京：汲古书院，1998 年，第 214 页。

　　③ 川合康三编：《中国の文学史観·資料篇》，东京：创文社，2002 年，第 15 页（明治篇目录）。

直到 1908 年才正式成立开课，由狩野直喜担当文学讲座的授课人。1908 年 12 月，铃木虎雄加入支那文学的讲座授课行列，如此一来京都学派的中国学初具规模。较之传统汉学文、史、哲不分的学问状况，京都大学中国文学讲座的设立，标志着日本的中国文学研究摆脱了经学的束缚，成为一门独立的学科。1912 年，东京大学由当时在中国和印度度过了近六年研究生活的盐谷温（1878—1962）副教授回国主持了中国文学课程讲座，文学科也由此独立出来。东京、京都两帝国大学中国文学讲座的设立，标志着近代日本中国文学研究体制的完备。① 尤其是京都大学"把中国哲学、历史、文学分成三个独立学科，改变了东京大学把中国研究统归与汉学科的做法，体现了近代学术的分科意识，奠定了京都学派中国学研究的基本规模和发展方向"②。在京都大学中国学研究者们的努力下，京都中国学成为与北京、巴黎匹敌的世界三大汉学中心之一。③ 这段时间，京都大学中国文学科创始者狩野直喜、铃木虎雄成为近代日本中国文学研究的重镇要员。

综上所述，明治维新，文明开化，使得传统汉学在意识形态领域中主导地位的瓦解，但随着西方学术思想的引入，在与新思想、新学术的冲突与融合之下，汉学也完成了近代中国学的蜕变。作为东京帝国大学的竞争者，京都大学中国学文、史、哲三科独立，率先打破传统汉学学科模糊的局面。其中文学科的独立，使京都大学成为这段时期近代日本中国文学研究的中心之一。下面两节将展开对京都大学中国文学科的创始人狩野直喜、铃木虎雄的考察。

---

① 《吉川幸次郎全集》第 17 卷，东京：筑摩书房，1971 年，第 397 页。

② 钱婉约：《从汉学到中国学——近代日本的中国研究》，中华书局 2007 年版，第 35 页。

③ 连清吉：《日本京都中国学与东亚文化》，台湾学生书局有限公司 2010 年版，第 17 页。

第二节 京都学派中国学创始人：狩野直喜 与中国文学研究

京都帝国大学 1906 年设立文科大学，狩野直喜负责支那哲学史的讲座；1907 年史学科成立时，他负责支那史的讲座；1908 年文学科成立时，他又负责支那语学、支那文学的讲座，可以说狩野直喜是京都文科大学的草创期，对中国学的京都学派的学派系统建设上，发挥着主导作用的代表人物。[①] 在新村出博士所编的《广词苑》里就出现过狩野直喜的名字，给予的解释是"京都支那学的创始人"。[②]

本节主要梳理狩野直喜的中国学研究方法论，以中国文学研究为重心，来考察近代日本京都学派第一代中国文学研究者的治学特点，以明确青木正儿的师承影响。

一 狩野直喜其人概述

狩野直喜（Kano Naoki，1868—1947），号君山，从 12 岁起，就进入熊本的同心学舍（后改名为"济济黉"的中学）学习汉文化。1892 年狩野直喜进入东京帝国大学汉学科，师从岛田篁村（1838—1898）、根本通明（1822—1906）、竹添进一郎（1841—1917）三位明治中期著名汉学家。通过大学期间的学习，狩野直喜为以后从事中国学研究打下了深厚的基础。其中，岛田教授讲授清朝的考据学，狩野在其学风的影响下，开拓了一条超越江户时代儒学的考证学之路。[③]

明治 28 年（1895），东京大学文科大学学生倡导创办了月刊文学杂志《帝国文学》。在《帝国文学》第 2 号的杂录栏中刊登了一篇题为《现今之汉学》的文章，展开了对旧汉学者研究现状的批判：

---

① 藤井讓治、礪波護编：《京大東洋学の百年》，京都：京都大学学术出版会，2002 年，第 4 页。

② 新村出编：《広辞苑》，东京：岩波书店，1978 年第二版补订版，第 443 页。

③ 江上波夫编：《東洋学の系譜》第 1 集，东京：大修馆书店，1992 年，第 101 页。

　　哀哉，世之所谓汉学者，吁，彼等今之为何，又欲之为何。若以训诂释义与比拟考索可终汉学之能事，则不知十九世纪之学问者也……若思所谓支那学者隔洋之东西如何为此事业尽瘁，我邦汉学者应踢枕而起。……今日少壮有为之汉学者哲学者之间，有大起支那学科学研究运动之倾向，可谓我学术社会之大庆事。①

　　文章强烈抨击当时的汉学者，可以看出旧汉学者们的研究已经不能适应当时社会的进步。另外也表明西洋中国学的发展对当时日本汉学的冲击，在这种冲击之下，日本年青一代的汉学者们深受刺激，显现欲在科学研究方面，大展中国学新气象的迹象。引用此文的用意就在于，狩野直喜是当时《帝国文学》创刊的七位编辑委员之一，这篇出自编辑之手的文章，虽不能确定是出自狩野之手，但无疑也可体现狩野直喜等作为新时代培养出来的汉学者们，对旧汉学的批判以及采用新的科学方法进行汉学研究的蓬勃朝气，同时也预示着在这个时代成长的包括狩野直喜在内的年青一代汉学者们将会走一条与旧汉学不一样的道路。

　　江户时代，由于实行锁国政策，儒者只能从典籍上了解中国。明治维新，为了日本近代化需要培养大批优秀人才，日本政府尤为重视教育，其中一项就是遣派学生到各国学习，以获得实际的知识。东京帝国大学汉学科毕业的狩野，已经具有一定的汉学研究基础，被预订为京都大学文科大学教授的候选人，于明治33年（1900）被派赴北京留学。当时恰逢义和团起义，狩野被困两个多月安然回国。翌年，狩野选择了留学上海。狩野在上海留学期间，多次去上海亚文学会（The North China Branch of the Royal Asiatic Society）。据狩野直喜的孙子回忆：

---

① 帝国文学会：《帝国文学》第2号，东京：东京图书センター，1980年（复刻版），第88页。

在上海期间，祖父曾有幸拜会过张之洞、吴昌硕等硕儒名宿，不过他走动最频繁的地方，是亚洲文会的图书馆。大家知道，欧洲的汉学研究萌芽于 16 世纪末年，而从 18 世纪末年开始，其学术成果就不断涌现。祖父在亚洲文会的图书馆，阅读了很多欧洲汉学研究的著作和杂志。祖父的讲义特别是早期的讲义，常常征引欧洲汉学家的学说。①

通过这段简短的介绍，可以得知狩野直喜通过亚文学会，注意到了欧洲的中国学研究。而这段经历可以说对狩野此后的中国学研究产生了较大的影响。首先，欧洲汉学学的研究视角对狩野来说应该是耳目一新。对于欧洲人而言，中国古典汉学是作为一种外国语文献而存在的，研究中国古典汉学，必须用从文献学的立场进行考证，因此欧洲汉学广泛运用了实证主义来进行研究。显然，这样的研究视点与日本传统的旧汉学那种价值的趋同性研究不一样，使大学时代接受过清朝考证学教育的狩野直喜，进一步认识到考证学才是研究汉学的唯一正道。其次，欧洲的中国学研究领域非常广泛，开拓了狩野的视野。在这里，狩野看到了一直以来被中国的学者乃至江户时代的儒学者所鄙弃的戏曲、小说的相关研究，同时还有与道教有关的一些民间的风俗习惯的研究。② 无疑，这对狩野开拓日本中国学俗文学研究领域起了很大的启示作用。

明治 36 年（1903），狩野回国。但由于当时政府的财政预算问题，京都帝国大学文科大学迟迟没有开设，作为文科大学汉学科教授培养的狩野回国后一度从事台湾总督府所召集的《清国行政法》的编撰工作，直至明治 39 年（1906）京都帝国大学文科大学创立。文科大学创立初期，狩野负责教授哲学科支那哲学史的课程。两年后，

---

① 狩野直祯：《祖父狩野直喜传略》，狩野直喜：《中国学文薮》，周先民译，中华书局 2011 年版，第 3 页。

② 江上波夫编：《東洋学の系譜》第 1 集，东京：大修馆书店，1992 年，第 103 页。

开设了文学科，狩野兼中国语学和中国文学两门课。明治 41 年
（1908）以后，在普通讲义《支那哲学史》《支那文学史》之外，还
开设了特别讲义《清朝学术》《论语研究》《清朝经学》《公羊研究》
《左传研究》《孟子研究》《支那小说史》《支那戏曲史》《清朝文学》
《清朝的制度与文学》《两汉学术考》《魏晋学术考》。

　　1910 年受京都大学的派遣，狩野直喜与内藤湖南等人赴中国北
京调查劫余后的敦煌遗书，与王国维相识，恰逢二人均在着手或正在
进行元杂剧研究，遂在戏曲方面相谈甚欢，① 此后两人的友情在近代
中日学者的交流史上留下一段佳话。1912—1913 年狩野直喜赴欧洲
留学，追踪敦煌文献，以此为契机，与欧洲学者展开广泛的交流，成
为中日两国在欧洲现场调查敦煌遗书的第一人。② 1923 年狩野与服部
宇之吉（1867—1939）一起担任日本"对支文化事业调查会"的委
员。1928 年从京都大学退休，被授予京都大学名誉教授称号。1934
年担任东方文化学院京都研究所所长。1944 年被授予文化勋章。
1947 年逝世。

　　狩野在京大初期的学生有哲学科的武内义雄（1886—1966）、小
岛祐马（1881—1966）、本田成之（1882—1945），文学科的青木正
儿、桥本循（1890—1988）等，之后的学生有仓石武四郎（1897—
1975）、吉川幸次郎（1908—1980）等。然而，不管是哲学科的学生
还是文学科的学生，在学术研究或学风上都受到狩野直喜的巨大影
响。因此，形成了日本中国学京都学派。

二　江户汉学的遗风：护儒及君主主义

　　明治时代，日本采用文明开化的政策，步入近代。儒学在思想上
的统治地位受到动摇。文明开化政策对日本儒学最大的打击就是新学

---

① 狩野直喜：《中国学文薮》，周先民译，中华书局 2011 年版，第 382 页。

② 藤井讓治、礪波護編：《京大東洋学の百年》，京都：京都大学学术出版会，2002
年，第 17 页。

制的颁布。新学制的旨趣既要打破德川时代立足于等级制度上的教育制度，以四民平等的庶民为教育对象，设立小学、中学，教育内容也以功利主义的知识为主。德川时代的藩校、私塾、寺子屋都被废除，教授儒学的学者们失去生活来源，生活穷困。因而读汉籍的人减少，从事汉学研究的人也只剩下极少的一部分。日本儒学进入了衰弱阶段。

在儒学式微、西学盛行之时，狩野在同心舍接受的却是以儒学为主的教育。同心学舍建立于明治12年（1879），学风与当时欧风之下建立的西方学制的学校不同。首先是其课程设置采用江户时代时习馆的方式，开设了汉学、数学、击剑等课程。其次，明治15年（1882），在天皇侍讲元田永孚的斡旋下，天皇从内库拨款，将同心学舍改为县立"济济黉"。其名称"济济黉"是缘于《诗经》"济济多士，文王以宁"，学校以"正伦理、明大义、重廉耻、振元气、砺知识、进文明"为建学精神。结合明治12年（1879）天皇命侍讲元田永孚所记的《教学大旨》内容，可见"济济黉"办学宗旨主要是针对时下"自由民权之论起，所言诡激失中，究其旨多伤国体而坏伦纪"而发的。① 而在欧化风潮中，同心学舍（济济黉）奉行的这种儒家思想教育，显得格外突出。

那么，在明治欧化时代成长但一直受着汉学教育的狩野直喜对儒学是一种怎样的态度呢？他在《清国杂感》中说道：

> 今日言东西学士大夫，论清国时事之事。清国近衰亡，非风俗人心之日，儒教亦不得辞其责。有人以此归咎于儒教。问其所以，言儒教保守尚古主义，不适合时代之进步，又云儒教重道德方面，排物质学术，又曰儒教重个人道德，不教公德。众人争言非难儒教，我国人士间，亦有论以儒教不足维人心者，进而，有主张其有害者。此于儒教而言，应是不快之事。依我辈之思考而

① 刘岳兵：《日本近代儒学研究》，商务印书馆2003年版，第237页。

言，今日支那之式微不振，恰足以证儒教之不振。由支那今日之现状，诟病儒教绝非笃论。①

从引文中可以看出，狩野对儒教误国、败国的言论是持否定态度的。在其中虽然看不出太明显的护教，显然一种偏袒的心意还是能从中显示出来。在其所著的《中国哲学史》的最后一节《中国近时的经学》部分，狩野则明显表现出护儒的一面。他从儒教伦理方面阐述了辛亥革命以后的社会思想混乱的状况，并论述道："总不能丢弃过去数千年，已成为中国文明脊梁的儒教。另外，从儒教产生的种种风俗习惯，其不好之处当然必须改良，但不能丢弃其所有。若此等全然抛之，则中国的统一则成为不可能之事了。"② 在狩野看来，儒教虽然有不周全的地方，但却是中国文明的基础。显然，狩野尽量从客观的角度来评判辛亥革命后的思想状况，但认为儒教是中国文明脊梁这一观点来看，其护持儒教的态度不容置辩。

护儒，自然儒家思想的"仁义忠孝"在狩野直喜身上也有所体现。从上述他对辛亥革命的态度就可见一斑。同时，在他对中国思想进行研究中也有所体现。对于"五伦"，狩野认为"五伦"之中君臣之分最为严格，"君不君臣亦不得为臣是孔孟当然的伦理法则"③。此外，狩野于 1932 年两次给天皇觐讲，主要内容是"古代支那的儒学政治原理"。他从天的思想、德治主义、儒学的天下思想、尊重民意等方面，介绍了古代中国儒家思想中关于政治的理念；而后介绍日本儒学的变迁，再进一步讲解"儒学政治原理"，分政之意义、礼、天子与人民几个方面讲解，整个御进讲主要强调儒学的德治主义，以及君德的重要意义。④ 宇野哲人指出，狩野基本上是贯彻着水户学的精

① 狩野直喜：《清国杂感》收入《読書せん餘》，东京：みすず书房，1980 年，第364 页。

② 狩野直喜：《中国哲学史》，东京：岩波书店，1953 年，第 658 页。

③ 狩野直喜：《読書せん餘》，东京：みすず书房，1980 年，第 507—508 页。

④ 狩野直喜：《御進講録》，东京：みすず书房，2005 年，第 53 页。

神，做学问的方法另当别论，但思想上还是尊王论，[①] 因而也就可以理解为什么狩野对中国的辛亥革命持有反对的态度了。而据狩野的学生小岛祐马回忆，中年的狩野经常说"情况允许的话，晚年想永远住在中国"，狩野最喜欢的是中国清朝，但对辛亥革命后的中国却尤为讨厌。狩野对清朝康熙乾隆的文化高度赞赏，因而极力反对圣祖高宗二帝以文化事业作为笼络学者的手段之说，[②] 也再次证明狩野身上所遗留的护儒、君主主义等传统江户汉学者的气质。

综上所述，狩野直喜虽然是伴随着明治维新成长的新时代汉学者，但还保留了江户时代儒学者的特征，不仅护儒而且还是一个君主主义者。这也体现了江户时代到明治维新的过渡时期的儒学家的特性。

三　狩野直喜的方法论

1. 主体性的安顿：把中国作为中国来理解

中国儒家思想于公元 5 世纪应神天皇时代传入日本，但真正成为统治阶层的主导世界观，却是在德川时代并被奉为官学体系的朱子学。奈良时代、平安时代掌握政权的是天皇（公家、宫廷贵族），公家主要通过诉诸神话来确定传统性权威，因此《古事记》《日本书纪》是公家为政的依据。德川时代，武士阶层的幕府将军代替公家掌握政权。除了武力统治外，幕府需要有一种思想统治力量说明其统治的合法性，而朱子学的"三纲五常"为武家统治提供了理论上的依据，上升为官学。官学主要代表人物有藤原惺窝（1561—1615）、林罗山（1583—1657）。尤其是林罗山作为官学思想家历经家康、秀忠、家光三代将军，参与了幕府初期阶段统治，运用朱子学的"五伦"思想将封建社会人与人之间的关系及社会秩序绝对化，从而使武

①　《先学を語る—狩野直喜博士》，《東方学》第 42 卷，东方学会，1971 年，第 132 页。

②　小岛祐马：《狩野先生の学風》，《東方学報》第 17 册，京都：东方文化学院京都研究所，1949 年，第 159—161 页。

家的封建制度与阶级组织得以正统化。

　　江户中后期，商业经济发展，町人阶层勃兴，对合理主义的追求成为一种潮流。人们开始对朱子学的自然秩序决定人类社会秩序的观念表示不满。元禄、享保时期，幕府统治开始动摇和崩溃。为了防止统治崩溃，幕府进行"享保改革"［享保元年（1716）］。在这种情况下，"古学"兴起，"古文辞"派创始者荻生徂徕（1666—1728）主张"先王之道，先王所造也，非天地自然之道"，将思想重心放在"人的作为"上面，批判了朱子学的自然秩序观，把自然秩序逻辑转变为人的作为逻辑。由于徂徕学具有由人来进行变革的理论，符合当时社会发展及统治阶层的需求，成为"享保改革"的思想体系。①

　　从日本整个文化史发展来看，江户时代是中国文化"日本化"的阶段。沟口雄三指出："日本吸取中国文化的动机很大程度上是以日本内部的事情为基准的、极其主观地进行的。与此同时，中国文化也就在很大程度上被改造成为日本式的东西了。"② 这无疑指出了近代以前日本文化发展的本质特点。不管是林罗山的"朱子学"，还是徂徕的"古文辞"学，都是日本知识分子将其按照自己内部需求进行"日本化"的表现。这种"日本化"的倾向就是把外来客观的总括性（认为有可能性）体系，确认为接受者自我方面的同一性，或者面对体系的普遍性主张自我的特殊性。③ 也就是说，接受方（自我）首先接受外来客观（他者）时，就在价值认识上完全认可，达到统一。这一般适用于落后文明对先进文明的完全吸收。进而，在统一中把体系的普遍性按照自我需求进行改造，即自我特殊性。但总的来说，是一种母文化与子文化的关系，因而是没有主体性的存在的。

---

　　① 近代日本思想史研究会：《日本近代思想史》第1卷，马采译，商务印书馆1992年版，第8—9页。

　　② 沟口雄三：《日本人视野中的中国学》，李甦平、龚颖、徐滔译，中国人民大学出版社1996年版，第90页。

　　③ 加藤周一：《日本文学史序说》下卷，叶渭渠、唐月梅译，外语教学与研究出版社2011年版，第5页。

明治时代，如前所述，实行欧化政策，藩校、私塾、寺子屋被取消，儒学曾一度衰退。但随着欧化模仿时代的进行，政府认识到作为道德教育手段有必要重新启动儒学，明治12年（1879）颁布了《教学大旨》，肯定了明治初期的开化主义政策，提出以儒学为本展开根本道德教育的主张。1880年发布《改正教育令》，把儒学道德教育定位为修养科中的重要教科。随后《幼学大纲》《教育敕语》的颁布，在教育上确定了儒学伦理的支配地位。1877东京大学创立，设立了汉文学科，随后增设了古典讲习科（两届）。1881年东京大学文学部学科改组，和汉文学科与哲学科之间设立了近世哲学与"印度与支那哲学"。这是"支那哲学"一词使用的嚆矢，从此中国思想研究被设定在哲学科的框架之中。但实质上只是体制上对儒教伦理的一种近代性的粉饰①。也就是说，汉文学科、古典讲习科以及此后所谓的"支那哲学"，学问上依然属于传统汉学的范畴。

日俄战争的胜利，资本主义的急剧膨胀，日本已从明治初期对西洋文明文化的陶醉逐渐转变为苏醒自觉时代。在西方理论的影响下，松本文三郎（1869—1944）、远藤隆吉（1874—1946）等新进的哲学者们，开始脱离旧汉学，致力于中国哲学研究，摸索建立与西方比肩的中国哲学体系和方法论，但他们的参照物是西方哲学，因此可以说是对西洋哲学史的模仿。②但能肯定的是，他们不再囿于传统学问体系。

显然，与江户时代的旧汉学相比，明治中后期的中国哲学家们已经开始意识到了自我的存在，并试图与西方一样能够以一种他者的目光注视中国文化。但是这种注视的眼光并不是自己主动的选择，而是参照西方文明的价值观来进行的。究其原因，这种方法论的选择与明治维新后一种普遍认识紧密相连，那就是认为近代以来，西方的文明

---

①　坂出祥伸：《東西シノロジー事情》，东京：东方书店，1994年，第20—23页。

②　详细论述见坂出祥伸《東西シノロジー事情》，东京：东方书店，1994年，第26—27页。

是最优秀的。那么，尽管从江户汉学到明治汉学，方法论上有所改变，但似乎是从一个极端走向另一个极端，汉学家们的主体性依然处在迷失的状态。

明治39年（1906），京都文科大学设立。当时已经有东京帝国大学文科大学的存在，为了对前者进行批判，或者是拿出前者没有的特色，创立者们着实费了一番心思。与当时东京大学文科大学相比，从讲座的设置就可以看出其主要特色，"支那哲学、东洋史、支那文学与东大不同，分别设有讲座，且东洋史学设置三讲座，这是本校创立之际，重东洋学发展的一种表现"。① 而在其文学科的独特学风的形成过程中，狩野直喜以及内藤湖南的功劳不可小觑，他们提出的主要治学方法就是"把中国作为中国来理解"，也就是"京都的中国学是以与中国人相同的思考方法，与中国人相同的感受方式来理解中国为基本学风的"。② 吉川幸次郎指出，江户时代的汉学是把中国作日本式的解释，江户汉学并不真正懂中国。狩野直喜、内藤湖南采取以"中国来理解中国"的治学态度，是对江户时代的一种反叛，就是采用历史学的方式，对已认识的事物进行再认识。③

可以看出，以狩野直喜为代表的京都学派在学问的过程中，已经摆脱了旧汉学的弊端，把中国当作"他者"来看待。那么，"把中国当作中国来理解"是怎样的一种研究方法，其研究者是怎样安顿自己的主体性呢？

狩野直喜在研究过程中首先意识到中国是一个独立的个体。他在京大文科大首先负责的是哲学科的中国哲学史的课程，他当时的哲学讲义后来经过整理以"中国哲学史"为题刊行。在《中国哲学史》中，狩野认为："中国文明没受外国影响，全于中国自身发展，其特

---

① 《京都大学文学部五十年史》，京都：京都大学，1956年，第9页。

② 参见吉川幸次郎《我的留学记》，钱婉约译，光明日报出版社1999年版，第3页；藤井譲治、礪波護编《京大東洋学の百年》，京都：京都大学学术出版会，2002年，第26页等。

③ 吉川幸次郎：《我的留学记》，钱婉约译，光明日报出版社1999年版，第5页。

质在所有事物中皆有体现。因此，要好好注意这一点，要解某事物（例如宗教、哲学），则必定涉及其他，综合解之才知道中国成为中国之所以然。然后再涉及特种事项。若不然，以纯粹理论来解释中国之学问，则有陷入大谬误之危险。"① 这里面，狩野指出了中国文明的独特性，同时也可以看出狩野的研究视野中，是把中国当成一个独立的个体来看待。同时，狩野也委婉地批判了当时盛行的以西方的哲学模式来解读中国思想的研究方法。用狩野的话说，"做支那哲学，不能依据西方哲学，来看'性'是西方哲学的什么，'理'是什么，'气'是什么，这样做不好。那些是支那哲学所没有的。要做那些就叫那些做西洋哲学去做"。②

至于具体怎样做。狩野认为必须先要了解中国学问的实际情况，因地制宜。"以支那学为例，从来和汉学者的研究极其多面，其中有侧重经史而轻诗文的，反过来有重诗文而轻经史的。要而言之，就是驳杂而缺统一，此乃不争事实。但这并不能归咎于学者不知研究法，盖学术的性质使然。"③ 然后，狩野提出来要做"支那迷"，主张即使在日本，也要尽量沉浸在中国氛围的环境中，并且这样要求自己的学生。④ 而对于在当时在中国学研究领域处于领先地位的西方学者，狩野认为虽然日本与西方国家不同，与中国联系紧密，但是从研究中国学问，深入了解中国，了解中国人、了解中国文化而言，日本与西方一样，非常困难。并以辜鸿铭为例，说明了不能像西方人那样戴有色眼镜看待中国，而是必须到中国内部去把中国当作中国才能够理解中国。⑤

在这里，狩野把研究学问的立场与西方放在同一水准，明确了研

---

① 狩野直喜：《中国哲学史》，东京：岩波书店，1967年，第4页。
② 小岛祐马：《狩野先生の学風》，《東方学報》第17册，京都：东方文化学院京都研究所，1949年，第162页。
③ 狩野直喜：《中国哲学史》，东京：岩波书店，1967年，第2—3页。
④ 《青木正儿全集》第7卷，东京：春秋社，1984年，第41页。
⑤ 狩野直喜：《支那学文薮》，东京：みすず书房，1973年，第282—285页。

究者（自我—日本）与研究对象（他者—中国）的独立立场。同时，也批评了西方戴有色眼镜看待中国的主观性，提出解决这种弊端的唯一方法就是把"中国当作中国来理解"，即不是从研究对象外部进行考察，而是投身于研究对象内部，把握研究对象自身规律，在此基础上来展开自己的叙述。

这样看起来，狩野的方法论基本上解决了江户汉学、明治初期以西方理论模式研究以及西方汉学研究的弊端，似乎很完美。但是，仔细分析作为研究者其主体性安顿的问题时，狩野提出的"把中国当作中国来理解"依然存在着矛盾。小岛祐马分析指出，不是从外部来看中国，而是要进入中国，从中国内部来看中国，从科学的角度而言，其中有矛盾性，不是语言表述的矛盾，而是狩野研究态度本身潜藏着矛盾。① 正如坂出祥伸对狩野直喜的《中国哲学史》所评价的那样："'支那学'的根底还是清朝考据学，中国哲学史只是对其进行效法与模仿，从这点而言，还不能说把对象客观化了。'支那学'只不过脱离了日本式儒学，或说脱离了护教性。其立足点只不过是移到了中国。"② 结合两位学者的观点，可以得知狩野的矛盾在于，主观愿望是要把中国当作客观的对象进行研究，但事实上，他提出要作"支那迷"，完全像中国人那样把中国当作中国来理解，从中国内部看中国，结果会导致与中国价值认同一致，因而导致崇拜中国的倾向。也正因为如此，狩野才会过于武断地认为"日本的古代文化完全受中国的影响，根本不存在日本固有的文化"。③ 由此，我们可以认为不管是江户时代汉学研究的"把中国做日本式的理解"，还是狩野直喜提出的"把中国当作中国来理解"，其本质是一样的。所不同的就在于两者的立足点，前者立足于日本，而后者则把立足点移到了中国。

---

① 小岛祐马：《狩野先生の学風》，《東方学報》第 17 册、京都：东方文化学院京都研究所，1949 年，第 160 页。

② 坂出祥伸：《東西シノロジー事情》，东京：东方书店，1994 年，第 42 页。

③ 小岛祐马：《狩野先生の学風》，《東方学報》第 17 册，京都：东方文化学院京都研究所，1949 年，第 162 页。

诚如研究者指出来那样："汉学家们研究汉学的方法论根本性问题就是研究者（汉学家们）的主体性如何安顿？这个问题涉及：研究者（汉学家）与研究对象（中华文化）如何维持具有启发性的互动关系，使研究者之于研究对象既能入乎其内，又能出乎其外？"①在近代日本的中国学研究中，克服近代主义的道路就是应该"既不是蔑视，也不是崇拜，而是要认识到中国与日本作为独立的历史个体，有其自主性，且两者共通的问题则应在两者的内部设定解决"②。狩野直喜的"把中国当作中国来理解"并没有能够做到保持自我的主体性，可以自由地出入其研究对象内外。怎样才能够做到，显然还是一个需要探讨的问题。

2. 学术研究：清朝考据学与实证主义的结合

王国维在《宋元戏曲史》中曾说过，每个时代有每个时代的文学。同样，学问也是如此，每个时代具有每个时代的学术特色。在两千年儒学发展历史中，主要治学方式有两种：考证训诂的方式；推衍义理的方式。考证与义理共生并存，互为消长。自儒学创始的先秦时代之后，汉唐以训诂学为精，至宋明则性理之学成风，学者们"多求义理，于字句多不校勘，其书即属宋版精雕，只可为赏玩之资，不足供校雠之用"③，因而导致书籍错讹百出，难以卒读，对于学问的传播显然是大为不利的。在这种背景下，清朝考据学兴起，成为清朝学问的核心。其主要学术内涵就是对经学（儒家的经典）的语言表现，进行实证检讨，来追溯（经学）的作者即所谓的古圣贤所说言语的真实性，从而把握其真实的内心。清朝中叶是考据学极盛期，即18世纪后半叶到19世纪初叶的乾隆嘉庆时代，因而也称之为"乾嘉之学"。该学问主要兴盛于江南地区的江苏省、安徽省、浙江省，典型代表人物是吴郡惠氏之学惠栋（1697—1758）、嘉定钱氏之学钱大昕

① 黄俊杰：《二十世纪初日本汉学家眼中的——文学中国与现实中国》，载张宝三、杨儒宾编《日本汉学初探》，华东师范大学出版社2008年版，第307页。

② 五井直弘：《近代日本と東洋史学》，东京：青木书店，1976年，第5页。

③ 叶德辉：《书林清话》，古籍出版社1957年版，第157页。

（1728—1804）、戴段二王之学戴震（1723—1777）、段玉成（1735—1815）、王念孙（1744—1832）。

在日本，德川时代初期的儒学，大都信奉宋学或依附其学说。到德川四世家纲时期，伊藤仁斋（1627—1705）、荻生徂徕（1666—1728）先后扬名，两人思想独立，大兴独创性研究，成为研究考证之先驱。[①] 仁斋认为朱子学虽然已成体系，但吸收了禅学以及老庄思想等非儒学思想，因而不纯，主张从中国古典《论语》《孟子》等原意中吸收中国文化，大兴"古义学"；荻生徂徕在"古义学"基础上，主张从中国古文辞、原典中研究和把握中国古典儒学精髓，提倡"汉文直读论"，创立"古文辞"派。总而言之，仁斋、徂徕两门在学问上皆用到了考证的方法。除此之外，新井白石（1657—1725）的学问中也涉及了考证之学。

至江户后期，前期老儒硕学，都纷纷离世，而无新可称霸的大家，前期诸学派的末流之间，纷争四起，门户之争不断。其主要特点就是内容驳杂且掺有释道思想。在这种情况下，儒学中的所谓折中派油然而生。折中派标榜公平态度，以不陷门户的固陋为宗旨，这就是考证学的萌芽。[②] 经过萌芽阶段，到江户时代的宽政、文化、文政期间日本考证学进入了全盛期。这段时期，做学问以考证为主，且在其中倾注了大量精力的学者辈出。其中具有决定性的中心人物就是文化元年（1804）出版了《九经谈》的大田锦城（1765—1825）。锦城的考证学首先是对宋学进行批判，认为宋学体系基础不是正统的孔子儒学。其理由在于程明道说儒佛一致，而朱子又谓佛、道家说中有与"理"相近的东西可见宋学之庞杂；进而，锦城对前期硕儒的考证之风进行批判，评论徂徕"颇知考证之学，但考证之处，往往有失其当"。认为徂徕等虽然批判朱子之言不通古言，并对古典进行训诂来

---

① 中山久四郎：《考証学概説》，福岛甲子三编：《近世日本の儒学》，东京：岩波书店，1939 年，第 706 页。

② 同上书，第 707 页。

实证，但掩盖不了徂徕自身的思想立场，减弱了训诂的客观性。锦城自身则以朱彝尊的《经义考》、顾炎武的《日知录》为依据，考据精密。由此可见锦城自身的学问立场，受清朝考据学影响很大。①

大田锦城的这种清朝风的考证学经由海保渔村（1978—1866），再由岛田篁村传授给当时在东京帝国大学汉文学科的狩野直喜。岛田篁村精于注疏之学，因而狩野对岛田尤为尊重，在《西村天囚氏追忆谈》中说："我大学深受岛田先生之教。……岛田先生非程朱学者，或可谓折中派乎。若非以学派论之，则其醉心于清朝乾隆嘉庆期间盛行的考据学或汉学，文章亦出色拔群。"② 据狩野学生小岛祐马回忆，每每说到自己的学问时，狩野都毫无疑问地直称自己是"考据学"。③ 从师承来看，狩野显然继承了自德川以来日本唯一具有清朝风的考证学。

然而，这种号称中国学问中最具有科学性和客观性的学问方式，并不是没有局限性。首先，就是批判性的不足。也就是说考证所要求的客观性，反而使得"考证学者的方法以及态度本身就缺乏与社会相关联的自觉性"。④ 考证学因为缺乏与当时的社会思想相关联性，所以客观性比较强。但从辩证法的角度而言，具有很强的孤立性，所以不能说明整个事实的关联性，同时，对经书完全信仰的态度，将视角局限于经书范围内，从而批判则有不足。

其次，就是考证学研究对象的狭隘性。这一点与一直以来儒学作为封建社会统治者的意识形态，在学问上处于正统地位不无关系。清朝考据学家所考据训诂的经学的对象只限于六经孔孟之书，认为其他

① 金谷治：《日本考証学の成立》，源了圓编：《江戸後期の比較文化研究》，东京：ぺりかん社，1990 年，第 38—42 页。

② 狩野直喜：《西村天囚氏追忆谈》，载《読書せん餘》，东京：みすず书房，1980 年，第 176—177 页。

③ 小岛祐马：《通儒としての狩野先生》，《東光》支那学别卷，东京：弘文堂，1969 年，第 287 页。

④ 坂出祥伸：《東西シノロジー事情》，东京：东方书店，1994 年，第 58 页。

诸子之说是异端邪说而不屑一顾。而导致考据学这些局限性的根本原因就在于对儒学经典的极端信仰，即所谓的经学态度。而这种对儒学极端信仰的经学态度，为学问的发展设置了"不可逾越的障碍"，乃至于阻碍了思想的发展。

日本明治维新，伴随着文明开化政策的实施，西方先进的学术思想的大量涌入，尤其是实证主义的导入对日本中国学研究产生了较大的影响。最先接触到西方实证主义的应该是在开成所（前身为藩书调所，幕末研究洋学的机关）学习的西周与津田真道。1863年，两位作为日本最初的留欧学生，被派往荷兰学习。他们主要在莱登大学跟随教授菲赛林（S. Vissering）学习一般社会科学，并通过奥普周默尔（C. W. Opzoomer）的著作接触到了孔德和穆勒的实证主义和功利主义哲学。作为启蒙思想家，他们为日本西方学术的引入做出了贡献。

其次，则是以东京帝国大学1886年聘请德国兰克学派学者L. 理斯住持新设立的"史学"的教务为契机，引入了"兰克学派"关于历史研究注重内在"制衡机理"以及其演示出来的实证主义史学方法论，对日本当时的人文学界产生了较大的影响，产生了一批史述模式的著作。孔德（A. Comte）学术、兰克学派等西方学术思想，讲究逻辑思维的形式和方法论，对曾经弥漫于整个江户时代的"义理主义"的汉学研究，无疑起了很大的冲击。

伴随着明治维新成长的狩野直喜，继承了旧汉学的考据学，也就更容易与西方实证主义产生共鸣，尤其是在与西方中国学研究有所接触之后。1901年，狩野作为京都大学文科大学教授的预备人选，赴上海留学，接触到居住在上海的西方中国学家以及很多西方关于中国研究的图书杂志，从而得以窥见欧美中国学的藩篱。1912—1913年他又赴欧洲留学，与西方汉学家频繁接触。因而对于中国学研究也表现出一种结合西方先进方法的迫切愿望：

> 在中国能咀嚼领悟西方学术之人尚少。即便偶尔有之，因其不通旧学，企其比较东西学而明得失，别立一家哲学，犹如宋学

在从来的经学中交织以佛老之说而别起理学一般，似乎十分困难。且儒学在何种程度上能与西洋哲学伦理相调和，进而中国人对儒学信仰如从前那样永续，此类问题谁都难以名言。然而从另一面考虑，清儒对经学之复古其大部分已成功。所谓复古即削掉后来附加之物而返其原形。作为今后发展之阶段，必将采取新的生命与形式，进入更加博大深邃之世界，但此乃思想家之事，为经学家所不能。①

显然，对于精通中国学问又接触到西方学术的狩野直喜，感觉到了中国学问的窘境，虽然对于中国学问与西学的融合成功与否不能够确信，但对狩野而言，他明确了清考据学的科学性，这种认识的基础为他结合西方学术方法开展研究提供了可能。

实际研究运用中，狩野给"哲学"定义为"中国古典或古典学研究的历史"，其对象包括经学（汉唐训诂学、清朝考证学）诸子学、宋明理学（涉及佛教）。② 对于这样的规定，意义在于：对旧来"汉学"内容的暧昧性、多歧性给予了一定的制约，且要求学问对象要有客观性。进而，从方法论上狩野对中国古典的研究法展开了论述。他认为中国古典的研究分为两种：一种是本文批评（考证训诂）；另一种是教义研究（推衍义理）。这两种研究紧密相关而缺一不可。

可以看出狩野的研究与清朝考据学的不同了。首先是经学态度上，不再是唯儒学是尊，而是持客观科学的态度。如前所述，清朝考据学只限定于六经孔孟之书，对儒学充满着信仰之情，因而学问上始终有"不可逾越的障碍"。而在《中国哲学史》中，狩野把考据学的研究对象扩大，不仅是经学，甚至涉及了与经学相对立的诸子"异端之学"，即老、庄、杨、墨、申、韩等儒家以外的学问。

---

① 狩野直喜：《中国哲学史》，东京：岩波书店，1967 年，第 611—612 页。
② 同上书，第 10—11 页。

其次，狩野把本文研究又划分为三：一是本文批评；二是训诂；三是校勘。训诂和校勘一直以来是考据学里所注重的。至于本文批评，主要是指研究某具体哲学对象，必须对各个古典、历来之说进行公平判断，再在其基础上加以阐述自己的意见，进而定夺其真伪以及其可信赖的程度。

从狩野的著述来看，《由〈四书〉看汉学与宋学》最能体现他的治学方法。在文中，他首先按照历史的进程，采用实证的方法考察儒家所选用文本的变迁；进而从历史语境中分析汉唐训诂学至宋发展到性理学兴起的原因，精辟地论述道：

> 训诂学家把解释重点放在词句上，故长于解读文章本身；但对其精神主旨方面往往有所忽视。相反，（宋代）性理学家把阐述重点置于精神主旨方面，故善于把握思想内容；但由于对训诂不够用力，一不小心也容易掉进误读的陷阱：训诂上出现错误，又在错误的训诂之上以我为主地强加解释，结果谬之千里。……既然两者都有不足，站在批判立场上的第三者就应运而生了。大兴实事求是之风，成为学术发展的时代要求。背负起这个学术责任的，就是清朝的考据学。……若欲切实地研究《四书》，就必须把书中语句还原到著书的时代语境，一一厘定，验明正身。清朝戴震有关《孟子》解释学的大著《孟子字义疏证》，就是从语句考证入手的杰作。①

可以看出，狩野站在科学的角度客观地评价了训诂和宋理学学问研究的利弊，并高度评价了考据学。在狩野直喜看来，通过还原时代语境，把握其思想内容是关键，并在其基础上通过这样一字一句的考证，弄明白研究对象的语义和义理，从而得出客观的结论来。他所主

---

① 《由〈四书〉看汉学与宋学》，载狩野直喜《中国学文数》，周先民译，中华书局2011年版，第200页。

张的考证学方法，就是与时代语境相结合，来考证研究对象的语义与义理。坂出祥伸就狩野方法论曾评论说："与护教的旧时汉学家或拟似近代的'支那哲学史'家们相比，狩野所提倡的'支那学'的确具备科学、实证的方法以及目的意识性。"① 因而，其方法论特点一言以蔽之，就是科学、实证。

除哲学研究，狩野在俗文学领域也采用科学实证的方法。其中最有影响的就是《水浒传与支那戏曲》一文。显然不能再简单地下结论说狩野直喜的治学方法是考证学，更客观全面地来说，狩野直喜治学的重要方法是清朝考据学与实证主义的结合。三浦国男就近代汉学或中国学的学术立场进行概括总结指出：一，信奉儒教，采取使之运用于体制的护教立场；二，继承清朝考证学，以科学实证来研究中国古文献的立场；三，以西方哲学为典范，以此解释中国思想的立场；四，将中国哲学作为近代学问确立的立场。② 虽然三浦国男也指出这四类并非全然分得很清晰，但可以肯定地说狩野应该属于第二类即"继承清朝考证学，以科学实证来研究中国古文献的立场"。

四 狩野直喜的中国文学研究

狩野直喜一生学术研究虽然以经学为主，但他的文学造诣也非常深。在幼年时，他跟随祖父一起生活，受祖父的影响，表现出对汉文诗学极大的兴趣。十二岁进入同心学舍，十七岁从同心学舍的后身"济济黉"中学毕业，"在学中受先生奖拔，为后生推崇，其汉诗尤为出众"。③ 其中，跟狩野一样从"济济黉"中学毕业的后辈宇野哲人这样回忆，"我虽然晚很多届，但都知道过关于狩野先生非常厉害，

---

① 坂出祥伸：《東西シノロジー事情》，东京：东方书店，1994 年，第 42 页。
② 三浦国男：《中国研究この五十年—哲学・思想》，《日本中国学会五十年史》，东京：日本中国学会，1988 年，第 66 页。
③ 刘岳兵：《日本近代儒学研究》，商务印书馆 2003 年版，第 237 页。

在一线香的工夫能做几十首诗的传言"。① 这个传言是真是假，我们暂且不究，但可以看出狩野在诗文方面的涵养。

明治25年（1892），狩野进入东京帝国大学文科大学汉文学科学习。而当时东大的汉文学科是包括哲学、文学、史学在内的。狩野在大学过程中，作为编辑委员参与了《帝国文学》的创刊。而在七个编委中，狩野是唯一的汉文学科学生。他在初期的《帝国文学》中共发表了《送某从军》《塞下曲》《同》三首诗和一篇论文《元遗山以前的金诗》。② 同时，在北京对立志于研究戏曲小说的古城贞吉透露过自己也想研究文学的心意，且说"为了研究儒学，而压抑着转向文学的意愿"。③ 因此，可以看出学生时代的狩野对文学的兴趣还是非常大。

明治39年（1906），京都大学文科大学设立。作为文学科的课程，开设了中国语学中国文学第一及第二讲座。但由于当时没有招到学生，文学科讲座延至明治41年（1908）才得以开始授课。当时，狩野直喜负责一般课程支那文学史。其后，讲读有《古文辞类纂》（1909—1910）、《元曲选》（1910—1911），直至他从京大退休，主要负责的课程有特殊讲义《六朝文学》（1909）、《支那俗文学讲座》（1913）、《支那小说戏曲》（1916—1917）、《清朝文学》（1918）、《清朝制度与文学》（1923—1924）、《西汉学术考》（1924）、《两汉文学考》（1925）、《魏晋学术考》（1926）。④ 狩野直喜一生著述很少，与文学相关的研究按时间顺序有《关于支那小说红楼梦》《关于以琵琶行为材料的支那戏曲》《水浒传与支那戏曲》《元曲的由来与

---

① 《先学を語る—狩野直喜博士》，《東方学》第42卷，东京：东方学会，1971年，第131页。

② 小岛祐马：《狩野先生の学風》，《東方学報》第17册，京都：东方文化学院京都研究所，1949年，第154页。

③ 古城贞吉：《狩野博士と私》，《東光》支那学别卷，东京：弘文堂，1969年，第351页。

④ 《京都大学文学部五十年史》，京都：京都大学，1956年，第213页。

百仁甫的梧桐树》《覆元椠古今杂剧三十种跋》《支那俗文学史研究的材料》《读曲琐言》。① 根据其文学讲义整理出版的有《支那文学史：从上古到六朝》《支那小说戏曲史》《清朝制度与文学》《两汉学术考》《两汉文学考》《魏晋学术考》。

狩野直喜在中国文学研究方面的贡献，首先是开设文学讲座以及对俗文学研究领域的开拓。如前所述，京都大学在设立之初，就立意要与东京大学不同，为此在学科设置上费尽工夫，不仅分科专业化，研究也更为细致。其中狩野对六朝文学的研究贡献颇多，吉川幸次郎指出，以狩野直喜为中心的京都大学中国学研究者们，纠正了过去日本汉学研究注重唐诗、宋代散文的倾向，对于过去被视为"堕落文学"的魏晋六朝的文学进行了有独创性的研究。这一领域后来为中国文学研究者所关注，是与狩野独具慧眼的选择和研究分不开的。② 这一点充分表明近代日本以狩野直喜为代表的京都中国文学研究者们的学术先觉性。

俗文学研究方面，中国留学期间就对西方先进的学术有过接触的狩野直喜，在京都大学文科大学的自由学风下，率先采用西方的文学观念，把小说、戏曲都纳入文学讲座中，明治43年（1910）、44年（1911）文学科讲读就使用了《元曲选》。此外，狩野连续发表了与戏曲小说相关的数篇论文，其中最为引人注目的是《水浒传与支那戏曲》一文，采用实证的方法，论证了《水浒传》小说并非是流传杂剧的"原本"，而恰恰相反是在流传杂剧"小水浒传"的基础上才形成《水浒传》。这种见解已被今日学者所接受。③ 在近代日本，尽管幸田露伴（1867—1947）、森槐南（1863—1911）对元曲有所介绍，

① 铃木虎雄编：《狩野教授還曆記念支那学論叢·付録》，京都：弘文堂书房，1928年。

② 《吉川幸次郎全集》第17卷，东京：筑摩书房，1971年，第284页。

③ 关于狩野直喜《水浒传与支那戏曲》的学术意义，参见严绍璗《日本中国学史稿》，学苑出版社2000年版，第258—259页；李庆《日本汉学史》第1卷，上海外语教育出版社2001年版，第527页。

但是狩野运用实证的科学研究方法，使俗文学上升到学术研究对象的地位。因此，可以说对元曲进行学术研究应当始于狩野直喜。① 小说领域，狩野《关于支那小说红楼梦》的论文也是近代日本俗文学领域开拓性研究。②

　　其次，狩野在中国文学研究中非常注重新材料的利用。20世纪初，中国甘肃省敦煌发现的唐写本大部分被斯坦因、伯希和带往英国、法国。1910年狩野直喜与京都大学史学科的内藤、小川、滨田、富岗等人赴北京调查。翌年以调查的内容为主举办清国派遣报告展览会，由于领先各校利用敦煌材料，从而震动当时日本学界。③ 随后，为了进一步调查被英、法、俄等国攫取的敦煌古文献材料，狩野于1912年远赴欧洲，成为东亚最早阅览敦煌遗书者。④ 其有关俗文学调查研究内容以"支那俗文学史研究的材料"为题发表于《艺文》(1916)。其中俗文学材料的发现，对今天关于戏曲、小说之类俗文学的起源研究有很大的开拓性作用。中国学者傅芸子对此进行了高度评价，他说："吾国近十年来，俗文学之兴起，一方面由于敦煌俗文学之力，而提高文学上之位置；然首先认识敦煌俗文学之价值者，恐推狩野博士为第一人，厥功诚不可没……"⑤

　　最后，狩野在中国文学研究领域为日本中国学界培养了青木正儿、吉川幸次郎等杰出的中国文学研究者。青木正儿在《狩野君山先生、元曲和我》一文中，详细地描述了中国戏曲研究方面狩野对其产生的影响，尊其为日本"研究元曲的鼻祖"。⑥ 而青木正儿正是遵循狩野直喜的实证方法展开中国戏曲研究，著有《中国近世戏曲史》

---

① 《京都大学百年史》，京都：京都大学后援会，1997年，第20页。

② 连清吉：《日本京都中国学与东亚文化》，台湾学生书局有限公司2010年版，第17页。

③ 《京都大学文学部五十年史》，京都：京都大学，1956年，第214页。

④ 藤井譲治、礪波護編：《京大東洋学の百年》，京都：京都大学学术出版会，2002年，第17页。

⑤ 傅芸子：《正仓院考古记·白川集》，辽宁教育出版社2000年版，第194页。

⑥ 《青木正儿全集》第7卷，东京：春秋社，1984年，第339页。

《元杂剧序说》等，被誉为"日本研究中国曲学的泰斗"①。此外，狩野对文学持有的鉴赏态度对学生影响也是非常之大。吉川幸次郎尤为记得初次见面时，老师所说的"支那文学的研究，就在于仔细阅读，就是这样。支那哲学虽然不同，但文学就只是品读。悠然见南山好，还是悠然望南山好？知道这其中之差别，那就是文学"，②从中不仅可以看出狩野对文学的态度，对此记忆犹新的吉川所受的影响应该也是可想而知的。

综上所述，狩野直喜作为京都中国学的创始人、中国文学科的创立者，其文学研究特点主要为：一、在西方文学观念的影响下，开拓俗文学研究新领域；二、运用实证的方法进行研究，体现了与传统汉学治学的不同。但另一方面，狩野的护儒及君主主义也体现了明治时期传统汉学过渡到近代中国学的时代特点。

第三节　纯粹诗文学研究：铃木虎雄
　　　　与中国文学

铃木虎雄 1908 年 12 月受狩野直喜的邀请加入京都大学的中国文学科，成为京都学派的第一代中国文学研究者。铃木虎雄专攻传统的诗文，为近代中国文学研究做出了许多开拓性的贡献。

一　铃木虎雄其人概述

铃木虎雄（1878—1963），生于新潟县西蒲原郡粟生津村（今吉田町），祖父文台是与良宽有过交游的汉学者，③ 在当地开设了汉学私塾长善馆，由铃木虎雄的父亲继承，铃木自幼在该私塾接受汉学的

---

① 青木正儿：《元人杂剧序说·序》，《元人杂剧序说》，隋树森译，开明书店 1941 年版，第 1 页。

② 《吉川幸次郎全集》第 17 卷，东京：筑摩书房，1971 年，第 248 页。

③ 鈴木虎雄：《良寬全集·序》，東郷豊治编著：《良寬全集》上卷，东京：创元社，1959 年，第 1 页。

熏陶，这为他后来的学问打下了牢固的根基。铃木青少年时期来到东京，从东京府寻常中学（后来的府立一中）升入一高、东京帝国大学，进入汉学科学习。毕业后，他曾分别就职于日本新闻社、台湾日日新报社、东京师范学校。他于 1908 年 12 月，赴创设不久的京都帝国大学文科大学任助教授。

如狩野部分所述，京都大学与东大汉学科兼修哲学、史学、文学三科不同，分别设立三科。这对摆脱经学的束缚，进行文学的独立研究是非常有利的条件。铃木虎雄正是被京都大学实证、细致的学风所吸引，进入京都大学。在京都大学，铃木负责普通讲义《支那文学史》、讲读清朝姚鼐《古文辞类纂》以及副科目作文课程的教学。明治 42 年（1909）直至明治末期，铃木虎雄专门担任一般课程《支那文学史》的教学工作，同时还担任特殊课程《李杜韩白诗论》《支那诗论史》的教学工作。正是这个时期，铃木开始对诗论史的研究。[1]其间，铃木讲读用书是《文选》《陶渊明诗集》（1910）。大正时期（1912—1925），铃木主要负责《支那文学史》的授课，讲读《古文辞类纂》《李太白诗集》《文选》《艺苑卮言》《闲情偶寄》，以及研习《文心雕龙》《诗薮》。

1916 年 3 月至 1918 年 4 月，铃木虎雄前往中国留学，与陈宝琛、李盛铎、沈曾植、况周颐、王国维等有交游。1929 年铃木前往欧洲半年，这样的经历使铃木虎雄开阔了视野。1938 年他从京都大学退休，成为京都大学名誉教授。

铃木虎雄主要的中国文学研究著作有《支那诗论史》《赋史大要》《骈文史序说》；译注有《禹域战乱诗解》《白乐天诗解》《陶渊明诗解》《玉台新咏集》《杜少陵诗集》《李长吉歌诗集》《陆放翁歌诗解》；创作有《豹轩诗钞》《豹轩退休集》等。

日本近代从事中国文学研究名家青木正儿、吉川幸次郎、斯波六郎、小川环树等都受教于铃木虎雄。京都大学的中国文学研究者可以

---

① 《京都大学文学部五十年史》，京都：京都大学，1956 年，第 213 页。

说多少都受了铃木虎雄的影响。①

二　尊重文学且主张纯粹文学的儒学者

铃木虎雄也是京都中国学的代表人物，但是他与狩野直喜不同。狩野直喜的研究涉猎范围广，内容也比较多。铃木则只专注于文学，他的学生吉川幸次郎就曾评论：

> 首先，先生主张文学的尊严。作为文学的研究者以及汉诗人，先生一直在实践自己的主张。培育先生的日本儒学传统，并不一定知道文学之尊严。先生从中而出，且又不离开儒家之立场。先生正是从儒学的理想主义立场出发，尊重文学，并专心于文学的研究的。②

从吉川的评论中，可以看出铃木虎雄对文学的态度，即主张文学的尊严。他这种主张以及身体力行的专注于文学研究的态度应该是与其早年在长善馆学习的经历不无关系。铃木出生于汉学世家，其祖父铃木文台（1796—1870）于 1833 年开设长善馆，以儒学为基础开展地方教育。长善馆人才辈出，近代日本汉学者桂湖村（1868—1938）、小柳司气太（1870—1940）都在此学习过。③ 后父亲铃木惕轩继承长善馆，虎雄从幼年开始，在父亲的熏陶之下开始学习儒家的经典。

有趣的是，铃木自述没有在私塾里学过朱子学，显然长善馆不曾教授朱子学，这样的学风跟当时的汉塾迥然有异。长善馆以古学为主，从铃木父亲开始加入了国史，后又采用了英语、数学。除教授

----

① 李庆：《日本汉学史》第 2 卷，上海外语教育出版社 2004 年版，第 450 页。

② 《吉川幸次郎全集》第 17 卷，东京：筑摩书房，1971 年，第 305 页。

③ 村山吉廣：《漢学者はいかに生きたか—近代日本と漢学》，东京：大修館书店，1999 年，第 6 页。

《诗》《书》二经外，把教授《文选》也列入塾里的校章中。① 众所周知，朱子学讲究"去人欲，存天理"，在文学上强调劝善惩恶，奉行道学主义。而古学则恰恰相反，注重人的自然性，把人性从道德的束缚中解放出来。古学中关于文学的论说也是在肯定人性的基础上展开的，因而摆脱了儒学的拘束，使文学获得了一定的独立。②《文选》囊括了隋唐以前的大多数文学作品，对中国古典文学研究者而言，是必不可少的阅读书籍。其编纂的最大特点就是儒家的经书、诸子书、历史著作被排除在外，比较符合现代的文学观念。因此几方面综合来看，都可以表明长善馆是一所对文学有所倚重的学校。作为汉塾，不注重儒学道德教育，而独偏重文学教养，这在当时是非常难能可贵的。铃木从小接受这样的古典文学教养以及学风熏陶，自然为其以后的诗学以及学风打下了深厚的基础。③

从小受到的汉文学教养，使铃木自小就喜欢汉诗且能写汉诗。在汉诗人中，铃木尤其喜欢杜诗，他青少年时期所做的《咏怀》中"此时读杜诗，爱咏忘饮尝。彻晓伏幡帙，有得喜欲狂。"④ 的字句可以看出其对杜甫诗的钟爱。不仅如此，铃木还把杜甫奉为作诗的终生老师，对其作品进行了译注，刊行了《国译杜少陵诗集》四册，可以说是海外对杜甫诗进行最全、最详细的译注作品。⑤ 该译注作品后来根据时代的需要又进行了再版，在再版的序言中，铃木写道：

　　孔子言思无邪为作诗之态度，孟子说逆志、尚志、尚友为读

---

① 东方学会编：《先学を語る—鈴木虎雄博士》，《東方学回想》Ⅱ，东京：刀水书房，2000 年，第 117 页。

② 日野龍夫：《江戸の儒学》，东京：ぺりかん社，2005 年，第 180—183 页。

③ 《小川環樹著作集》第 5 卷，东京：筑摩书房，1997 年，第 233 页。

④ 转引自森冈ゆかり《近代漢詩のアジアとの邂逅—鈴木虎雄と久保天随を軸として》，东京：勉诚出版，2008 年，第 97 页。

⑤ 参见《先学を語る—鈴木虎雄博士》，《東方学回想》Ⅱ，东京：刀水书房，2000 年，第 129—130 页；《鈴木虎雄先生のこと》，《小川環樹著作全集》第 5 卷，第 228 页。

诗者之态度，论诗于人格养成之重要处处可见。然奉孔孟之教的儒学者非不贵诗，反有轻蔑诗之倾向。[①]

在铃木看来，文学与人格紧密相关，作为儒者尊重文学的同时也要注重自己的品行修养。注重品行修养就是对诗文学的尊重。铃木所指的"不贵诗、轻蔑诗"之类，据他的学生回忆，就是指的当时的森槐南（1863—1911）。森槐南[②]是明治时期的汉诗人，也是铃木虎雄在东京帝国大学汉学科的老师。森槐南继承其父的诗风，以清诗为宗，并与当时的权贵关系密切。这对于主张文学尊严的铃木虎雄是无法接受的。当时日本汉诗坛还有国分青厓（1857—1944）[③]一派，其主张认为江户时代以来，主要基准是唐、宋，再降到清，清之后没有了，就应该再回到唐，因此批森槐南清诗派"见识低"。[④] 青厓派以李梦阳为宗，从铃木虎雄后述"我常推崇李梦阳"，[⑤] 可见铃木虎雄是倾向于青厓派的。从森槐南善于依附权势的为人到其诗学主张，显然都是铃木虎雄所不能够认同的。铃木虎雄认为真正的"可贵文学"就是"天性有文学之技，且有道德之身，始有可贵之文学产生"，[⑥]从铃木对待森槐南的态度，可以看出铃木虎雄尊重文学、要求文学独立的主张。

另外，铃木虎雄身上还有一种纯粹文学的儒者风范，主要体现在

---

① 铃木虎雄：《杜詩訳注の序》，铃木虎雄、黑川洋一译注：《杜詩》第 1 册，东京：岩波书店，1963 年，第 3 页。

② 由于元田永孚倡导儒学复兴，明治 14、15 年日本汉诗文界迎来全盛期。在这前后，森槐南的父亲森春涛（1819—1889）趋炎附势，凭借自己的俗才迎合新政府官员的虚荣心，因而得到大力支持，在汉诗坛上崭露头角。春涛于明治 12 年太政大臣三条实美设的诗宴上，推荐自己的儿子森槐南的出仕，1881 年森槐南开始出入伊藤博文左右。参见色川大吉《明治の文化》，东京：岩波书店，1970 年，第 144—148 页。

③ 国分青厓：仙台人，大东文化学院教授、艺术院会员。明治期以评林体风靡一世，大正期，继槐南死后，成为诗坛盟主，著有《青厓诗集》20 卷。

④ 入谷仙介：《近代文学としての明治漢詩》，东京：研文出版，2006 年，第 45 页。

⑤ 铃木虎雄：《李夢陽年譜略》，《芸文》第 20 年第 1 号，1929 年，第 1 页。

⑥ 铃木虎雄：《支那文学研究》，东京：弘文堂，1962 年，第 668 页。

他舍弃教授职位，赴任京都大学一事上。铃木在 1908 年赴京都大学任教前，在东京高等师范任教授一职。如前所述，当时京大的文科大学的文学科只有狩野直喜一人，且只有一个文学史的讲座。在既不能保证将来可以多增讲座，也不能保证将来可以任教授的情况下，铃木虎雄毅然接受了狩野的邀请，作为助教授（副教授）来到京都大学任教。铃木自己回忆说："我抱着只要能读书一直是助教授也没关系的想法来到京大。大正 8 年（1919）回国，京都大学增设了讲座。我也被任命为教授，这样我们京大比东大先有了两个文学讲座。"① 针对东京大学汉学科的文、史、哲兼修而言，京大三科各自独立，文学完全摆脱了经学的束缚而独立存在，这对于注重纯粹文学的铃木而言，是非常有吸引力的。

　　铃木的这种纯粹的文学态度还表现其对中国古典文学的研究及译注方面。他的译注作品《玉台新咏》可以说是开启了相关研究的先河。《玉台新咏》是一部汉代至南朝梁的情诗诗歌集。在中国文学史上，可以说是继《诗经》之后，第二部关于男女相恋之情的中国恋爱文学结集。对于为什么要选择其作为译注对象，铃木虎雄是如下阐述的：

　　　　予绝非赞美异常不伦的情歌，情歌之性质也绝非止于礼仪而存在。往昔一种学者将情歌限定于《诗经》中，而认为后世情歌浮薄淫靡，入邪道而不可取。假设诗如一种学者所说"由诗察民情风俗，以参政治"将后世的情歌一笔抹杀，则各时代的政治家凭什么来察各时代的民情风俗呢。不是矛盾之极吗？我邦之和歌，学者对其虽不如支那学者穷屈，但《万叶》之相闻（赠答诗）、恋爱之歌，天真朴素，后世之歌轻薄技巧，而不足取，坠于崇古之癖，而不顾后代彼我有一致之处，至少国学者一类，有

━━━━━━━━━━

　　① 铃木虎雄：《在職当時の回想》，《京都大学文学部五十年史》，京都：京都大学，1956 年，第 430 页。

取梁代之例，其想法似肖统之类。①

显然，铃木对于道学家以伦理道德束缚诗歌非常不满，同时也批判附加于诗歌的功利性作用。而对于讲究"物哀"，对人的自然情感采取包容态度的国学家则表示赞赏。从这里，可以看出铃木的纯文学态度。这种纯文学态度还体现在铃木的赋诗研究。铃木著有《赋史大要》，这是关于文体的专门研究。其体系的完整性在当时来说应该是独一无二的。② 铃木在序言中说，"散骈二体，为支那文学界两大潮流，文学史家往往重散轻骈，站在儒家'文以载道'的立场上，尤其为甚，此实为谬"③，充分表明了其完全摆脱道德束缚，纯文学的立场。

此外，在中国文学研究中，铃木还做了很多首发的研究，其中就有关于中国八股文的研究。日本中国文学中，最先涉及八股文的是1897 年古城贞吉的《支那文学史》。但从内容上看，古城的书中只是提及和介绍八股文。真正对八股文进行研究的应属铃木虎雄撰写的论文《八股文的沿革及形式》，称得上是日本对八股文的最初研究。在当时的中国学研究中，可以说唯有铃木虎雄是专注于文学一面的研究的。④

铃木虎雄做过一首诗："山鸡有丽毛，刷锦临绿水。终日顾其姿，目眩以溺死。谁谓痴可怜，知己岂如己。内足外以求，华衫唯自恃。道德固可尊，文章非小技。愿言效斯禽，弄影明镜里。"⑤ 这首诗可

---

① 铃木虎雄：《玉台新詠集序》，铃木虎雄释解：《玉台新詠集》上，东京：岩波书店，1953 年，第 14 页。

② 东方学会编：《先学を語る—鈴木虎雄博士》，《東方学回想》Ⅱ，东京：刀水书房，2000 年，第 130 页。

③ 铃木虎雄：《赋史大要序》，《赋史大要》，东京：富山房，1936 年，第 1 页。

④ 东方学会编：《先学を語る—鈴木虎雄博士》，《東方学回想》Ⅱ，东京：刀水书房，2000 年，第 124—125 页。

⑤ 同上书，第 125 页。

以认为是他对文学的态度及主张的写照，即铃木尊重文学，不依附道德等外在功利性目的，洁身自好，追求文学自立的纯文学态度。

三　方法论的开拓：中国文学评论史的嚆矢

众所周知，日本传统的汉学者，皆带有儒者风范，所学学问也是经史不分，哲学、文学、史学等等可以说无所不通。这种情况一直持续到明治维新，实施学制改革，引进西方学制。在改革的过程中，东京帝国大学于 1906 年将原来的"汉学科"分成"支那哲学"与"支那文学"两个学科，但文学科一直没有专任教师，直到 1912 年盐谷温回国任教。京都大学明治 39 年（1906）设立文学科，明治 41 年（1908）狩野直喜开始负责文学史讲座，标志着中国文学的研究的独立。这一时期，日本对中国文学史研究的重镇，是以京都大学为中心的学者。①

铃木虎雄就是当时京都大学文学研究者的代表，他对文学史最大的研究贡献就是创立了文学批评史的研究范式。在近代日本的中国文学研究中，最先出现的是对中国文学的整体性研究。1897 年刊行古城贞吉的《支那文学史》，被认为是最早可称为文学史研究的著作。②之后，一系列断代史、专门史的文学史著作相继问世，但这些研究都是史的研究，没有触及中国的文学理论。铃木虎雄从纯文学的角度，在《艺文》杂志上发表了有关诗歌研究的论文《格调、神韵、性灵说》（1911）、《周汉诸家诗的思想》（1919）、《魏晋南北朝时代的文学论》（1919—1920），这三篇文章后来被编成《支那诗论史》于大正 14 年（1925）刊行。吉川幸次郎对此评论道："作为（文学）批评史的研究家，先生的《支那诗论史》，不仅比日本诸家，而且比中国的罗根泽、郭绍虞等都早，是划时代的创始之作。这是人所共知

---

① 李庆：《日本汉学史》第 2 卷，上海外语教育出版社 2004 年版，第 448—449 页。

② 三浦叶：《明治の漢学》，东京：汲古书院，1998 年，第 291—294 页。

的。"① 铃木的这部著作于 1927—1928 年由孙俍工翻译，以《中国古代文艺论史》（上、下）之名出版。铃木的这部著作不仅在日本，而且对中国而言，都可称得上中国古典文学理论研究的嚆矢。

中国古代文论一直被认为理论思想资料丰富，充满悟性，散发着灵气与诗的光芒，但缺乏体系性。在《支那诗论史》中，铃木以先秦周汉、魏晋南北朝、明清的诗学评论为重点，对整个中国诗歌批评进行整体勾勒，虽然不免有忽略简单之处，但对各种诗论的沿革和内在关系进行了探讨。② 因此，可以说铃木的研究使中国文学批评首次具备了体系性。这种首创性研究无疑对中国本土的文学研究产生很大的影响。首先是文学批评史的这种研究方法，对中国本土文学研究起到了很大的刺激与模范作用。1927 年，陈钟凡先生的《中国文学批评史》问世，这是国内学者有关文学批评史的第一部著作，而在其参考书中就列了铃木的这本《支那诗论史》。③ 随后郭绍虞在其《中国文学批评史》中，对魏晋文学批评，阐述道，"迨至魏、晋，始有专门论文之作。而且所论也有专重在纯文学者。盖已进至自觉的时期"④。对于魏晋文学进入"自觉的时期"的提出，始于铃木虎雄，这是学界基本成定论的，由此可见，郭书也参考了铃木的《支那诗论史》。另外，稍晚的罗根泽所著的《中国文学批评史》，也参阅了铃木的《支那诗论史》，他在自序中说："陈钟凡、郭绍虞两先生《中国文学批评史》，方宗岳先生《中国文学批评》，日人铃木虎雄《中国古代文艺论史》皆有参阅。"⑤ 王运熙指出，在中国古代，诗文评

---

① 《吉川幸次郎全集》第 17 卷，东京：筑摩书房，1971 年，第 306 页。

② 青木正儿在《中国文学思想史》的序中，指出著书的目的在于其师铃木虎雄"执笔之初，未作通盘考虑……乃致力抚拾先生之所遗"……参见青木正儿《中国文学思想史》，郑梁生、张仁青译，台湾开明书店 1977 年版，第 1 页。

③ 东方学会编：《先学を語る—铃木虎雄博士》，《東方学回想》Ⅱ，东京：刀水书房，2000 年，第 127 页。

④ 郭绍虞：《中国文学批评史》上卷，百花文艺出版社 1999 年版，第 72 页。

⑤ 罗根泽：《中国文学批评史〈自序〉》，《中国文学批评史》，上海书店出版社 2003 年版，第 3 页。

论的著作很多。但常常被人是谈艺小道，地位不高。在目录学领域，也是被置于集部之末，没有人对古代文学批评进行过历史的叙述。①作为日本人的铃木虎雄，所著《支那诗论史》从文学评论史来看是第一部系统性的著作，从以上国人著述的文学批评史来看，铃木的研究对中国本土研究所起到的抛砖引玉及推波助澜的作用可见一斑。当然，这种新领域新研究方法的开拓，也同时影响了日本的中国文学研究。其中铃木虎雄的学生青木正儿就在他的基础上进一步发展，撰写了《中国文学思想史》以及《清代文学批评史》，详细论述见本书第四章。

其次，铃木虎雄在《支那诗论史》中关于文学批评的观点对中国文学批评研究带来很大的影响。最有名的观点就是铃木所提出的"魏晋时代是中国文学的自觉时代"。这个观点因为1927年9月鲁迅的《魏晋风度及文章与药及酒之关系》而声名大噪，被文学界广为接受。但也引起一系列的纷争，主要围绕该观点是鲁迅提出还是铃木虎雄提出的争议②；文学自觉时代的限定问题等方面。③ 事实上，从陈中凡、郭绍虞、罗根泽等人所著的有关中国文学批评史的内容来看，显然铃木虎雄的魏晋进入"文学自觉的时代"的观点已经被中国文学界接受且成为定说。

再次，铃木的《支那诗论史》中关于孔子删诗的客观论述，对当时中国如何正确"整理国故"也不无参考借鉴作用。"整理国故"运动发起者是近代文人胡适。对于为什么要提出"整理"，胡适的理由在于"我们对于旧有的学术思想，积极的只有一个主张——那就是'整理国故'……为什么要整理呢？因为古代的学术思想，向来没有

---

① 王运熙：《中国文学批评史〈前言〉》，载郭绍虞《中国文学批评史》，百花文艺出版社1999年版，第1页。

② 张晨：《鲁迅与铃木虎雄的"文学自觉说"》，《求是学刊》2003年第6期。

③ 李勇：《诸种"文学自觉"学说的回顾与反思》，《吉昌学院学报》2011年第6期。

条理，没有头绪，没有系统"①。如前所述，中国诗文评论在《支那诗论史》出版之前，是不成系统的，且没有人对其作过史的序说。在铃木《支那诗论史》的刺激下，一系列的文学批评史的出现，可以说弥补了这方面的空白，为"整理国故"做出了贡献。但是，不可忽视的是，"整理国故"运动也出现了不好的倾向，那就是崇古心情很厉害，无论什么只要"古已有之"就很好，以至于失去了客观评判的标准。《支那诗论史》的译者孙俍工先生说：

> 在本书里，忽略之处，固然不能说没有。但如论到孔子底删诗，论到孔子所说的"思无邪"的解释，论到文学与道德底关系等，称赞古人底好处，同时也指出古人底坏处，这种态度都不是轻易发现于中国学者的脑中的。我们把来介绍到中国，使一般为古来偏见所迷的人也知道盲目的崇拜古人之外还有这样的一种议论，这对于现代的热心整理国故的人们，多少总有点贡献吧。②

无疑，孙先生以一个译者的身份，对铃木的《支那诗论史》进行了客观的评价。他的评价充分表明铃木的研究所体现的批判、科学的论述方法开拓了当时中国学者的视野，也为中国学者在文学批评史研究方面以及反思古典文学方面提供借鉴作用。作为当时"整理国故"运动的经历者，孙俍工先生的评价应该是具有说服力的。

四　外国文学与日本文学：自我主体性的确立

如前所述，日本步入近代，大学学制的改革以及文学学科的设立，使文学从经史的羁绊中解放出来，近代日本的中国学研究者们，开始尝试以他者的眼光关注中国古典文化。在文学方面，主要表现在

① 胡适：《新思潮的意义》，《胡适文存》第 1 卷，黄山书社 1996 年版，第 532—533 页。

② 孙俍工：《中国古代文艺论史〈序言〉》，载铃木虎雄《中国古代文艺论史》，北新书局 1929 年版，第 4 页。

一系列中国文学史著作的出现。这些中国文学史著作的作者大多数出自东京帝国大学及其附属古典讲习科。① 另外，日本国文学史研究始于明治 20 年（1887），三上参次（1865—1939）、高津锹三郎（1864—1921）所著的《日本文学史》可以说是日本国文学史的滥觞。而两人文学史研究的萌芽就在于帝国大学文科大学学习期间接触到了西洋的文学史研究方法。② 结合前述东京帝国大学学风来看，可以说，明治二三十年代出版的中国文学史，是采用西方史学研究方法，完全以西方学术价值为参照体系的。

明治 39 年（1906），京都大学文科大学成立。以狩野为中心的日本京都学派的出现，开始采用客观、科学的态度对中国文学进行研究。首先狩野指出"西洋人是戴着有色眼镜来看中国"，③ 提出要从中国内部来看中国的主张。事实上，如前所述，虽然狩野从主观愿望到语言的表述，都能显示出其认识到自我的主体性，但在实际的态度中，则因为"把中国当作中国来理解"而导致主体性的迷失。

那么专注于文学研究的铃木虎雄是怎样在研究过程中处理主体性的安顿问题呢？首先，铃木确定了中国文学是作为一种外国文学而存在的他者性。对于外国文学的理解，他是这样阐述的：

> 研究外国文学实属难事。若研究文学则需了解国家的地势、气候、居民的生活状态、人情倾向以及历史原貌，还要能通过各时代还原文章历史、略懂所谓作家周遭之事。然后要对其国家之国语文章不可不精，最好有感知文学趣味之特长，但不一定可得。除后者具备前面的条件来研究本邦的文学都难，更何况面对外国文学呢。只是简单了解外国文学，与外国人同样的心理驰骋

① 和田英信：《明治時期刊行の中国文学史》，川合康三编：《中国の文学史観》，东京：创文社，2002 年，第 157—179 页。

② 参见三浦叶《明治年間における日本漢学史の研究》，《斯文》第三十五号，东京：斯文会发行，1967 年。

③ 狩野直喜：《支那学文藪》，东京：みすず書房，1973 年，第 284 页。

古今，具有该国人的文学观则足够了。若研究外国文学，要以之对本国文学产生影响，取其长补我之短，取其有来补我之无，适当地将其与本国融合，由此来形成本国之趣味，至高雅多样化，则是难中之难事。①

以上引言充分表明铃木在这里已经充分意识到了外国文学、中国文学的他者性，在此基础上，铃木对研究"他者"外国文学的主张，其一，就是要精通研究对象国的语言文章，要具备与研究对象国的一样的精神。这与狩野直喜的所提的"以中国人来理解中国人"的方法是一致的，所不同的是铃木的出发点在于"自我"。即铃木的第二个主张，研究外国文学其目的就是要提高本国文学，来弥补本国文学的不足，即"取其长补我之短，取其有来补我之无，适当地将其与本国融合，由此来形成本国之趣味，至高雅多样化"，最终是回归"自我"。铃木主张的这种研究表现出研究者（汉学家）与研究对象（中华文化）之间积极的启发性互动关系，同时也能使研究者与研究对象既能入乎其内又能出乎其外。这与狩野的完全在于"他者"的立场是不一致的，更能体现研究者"自我"的主体性。

这种"自我"的主体性，在铃木《陆放翁诗解序》中更是得到了充分体现，他说："不去理解其他国家的文学，就无法将其长处置于自己国家的文学中，我国邻近支那大陆，而全然不知其长处，那不是愚蠢至极吗？……寻求世界之知识，不应该是汉字也好，洋文也好，什么都得拿来吗？因是别人的东西而排斥则实属见识短浅之类。余思欲介绍大陆所有文豪于我邦，奈何能力有限。仅寻机会而提供二三。今偶介绍陆放翁为之。"② 文中，铃木清楚表明，理解他国文学在于促进本国文学发展。正如有研究者指出来那样："文学的作品翻

---

① 《日本》第4358号（明治34年10月3日），转引自森冈ゆかり《近代漢詩のアジアとの邂逅—鈴木虎雄と久保天随を軸として》，东京：勉诚出版，2008年，第103页。

② 鈴木虎雄：《詩人陸放翁》，《陸放翁詩解》，东京：弘文堂，1952年，第3页。

译，有以接受为目的的翻译，还有以传播为目的的翻译。即了解'他者'为目的翻译和让'他者'了解自我的翻译。通常其中占大多数的是以接受为目的的翻译。"① 显然，铃木的目的就是第一种，而其产生的根本原因就在于，"铃木已经意识到中国古典文学已经不单是日本知识分子的文化背景，而属于外国文学的范畴。是一种逐步丧失的'知识'"。② 这种意识再结合上述铃木认为研究外国文学目的就是促进本国文学、弥补本国文学的不足之主张来看，通过翻译把中国文学这种外国文学介绍给本国也就是自然而为的事情了。

但是，值得一提的是，日本与中国的关系不像日本与西方国家那样，它与中国有着很深的文化渊源关系。中国古典文学对日本汉学者而言，已经非常熟悉。尤其是江户时代以来，采用训读的方法去理解中国古典文学，"对于用汉文训读来念汉文的日本人而言，已不存在这是外文翻译的意识"。③ 中国古典文学在很大程度上已被改造成为日本式的东西，成了日本国民文学的一部分。葛兆光曾指出："日本汉学面对的问题是如何区别'自身本有的古典文化'和'作为外来文化的中国古典'，区别和确立'他者'，是为了确立'自我'即日本的位置。"④ 这个问题实属日本汉学所要解决的重要课题。而在铃木的翻译中，所面临区别"自身古典文化"与"外来文化的中国古典问题"的问题则是国民文学与外国文学如何转换的问题。

从铃木的著作来看，译注著作有《白乐天诗解》《陶渊明诗解》《玉台新咏集》《杜少陵诗集》《李长吉歌诗集》《陆放翁歌诗解》。以《陆放翁诗解》为例来看，首先，在进入诗解前，他以《诗人陆放翁》《陆氏系谱》《陆放翁年谱》让读者对陆游有了整体的了解；

---

① 山内久明、川本皓嗣编著：《近代日本における外国文学の受容》，东京：放送大学教育振兴会，2003 年，第 196 页。

② 高津孝：《京都帝国大学的中国文学研究》，台湾《政大中文学报》2011 年第16 期。

③ 传田章：《日本的中国戏曲研究史》，《文学遗产》2000 年第 3 期。

④ 葛兆光：《域外中国学十论》，复旦大学出版社 2002 年版，第 29 页。

其次，铃木摒弃了传统训读的理解方式，而是采用现代日语的翻译，然后再对字句、诗意进行解释。这样一来，中国古典文学就成为一种外国文学而存在了。

通过"他者"的区别和确立，"自我"主体性也就完全确立起来。因此，在审视"他者"时就会有"自我"的价值标准。而这种价值标准对他者而言，也许就是一种外在的客观性比较强的标准。例如，铃木在《儒教与文学》中所说的"支那思想主要是儒教。持儒教信仰，有身体力行且富有文学才能之诗人，亦有赞道教或佛教之诗人，但唯有立命于儒教思想之诗人，才是支那特有的诗人。此类诗人将儒教思想与文学完全结合起来，不留于空理，不陷于浮浅，创作出可贵作品"。① 这种观点显然对当时中国新文化运动所提出的要破坏几千年来根深蒂固的儒家道德思想，鼓吹从欧洲文化中引进新道德的观点而言，不能不说是一种鲜明的对比。另外还有"魏底时代是中国文学上的自觉时代"，② "可断定《诗经》整体而言即是'思无邪'，余坚信此为'不违背性情'之意"，③ 等等，客观评论中国古代文学的观点非常之多。

如果说日本传统汉学对中国文化是一种价值的追随的话，显然到铃木虎雄这里，认识到了"他者"的存在，从而也确立了"自我"，并同时也拥有了"自我"判断的价值标准。因此日本对中国文学的研究，自铃木后，脱离了传统汉学的治学方法，走向了纯粹文学的研究道路。④ 铃木虎雄也就被评价为日本文学史上，使明治以前悠久传统的汉文学成功转变成中国文学的第一人。⑤ 也即是，通过铃木的努

① 铃木虎雄：《儒教与文学》，载《支那文学研究》，东京：弘文堂，1962 年，第669 页。

② 铃木虎雄：《中国古代文艺论史》（上），孙俍工译，北新书局 1928 年版，第47 页。

③ 铃木虎雄：《支那文学研究》，东京：弘文堂，1962 年，第 665 页。

④ 《吉川幸次郎全集》第 17 卷，东京：筑摩书房，1971 年，第 302 页。

⑤ 江上波夫编：《東洋学の系譜》第 1 集，东京：大修馆书店，1992 年，第 194 页。

力，中国文学作为外国文学而重新加入日本的文学史中。

小　结

中日两国历史渊源悠久，日本传统汉学几乎完全依靠从中国传入的文献，在研究上也几乎采用的是一种追随、趋同的治学之道。因而在对中国的文化研究上，不存在"自我"与"他者"之别。明治维新后，日本对中国文化的研究也发生了改变，有西方文化的参照，在对待中国文化的态度上，不再是传统的追随和趋同，而是开始视中国文化为异质文化而将其相对化。

在这个过程中，学院研究成为研究的主体。其中，京都大学中国学研究率先打破传统汉学学科模糊的局面，文、史、哲三科独立，奠定了自己近代中国学发展规模与方向，形成学术特点鲜明的京都学派。通过京都中国学的创始人狩野直喜以及铃木虎雄的努力，近代日本中国文学研究逐渐克服传统汉学中"自他"不分的局限性；且二人在方法论上结合西方先进的学术思想与研究模式，在俗文学、文学批评史等方面做出了开创性研究，为中国本土研究提供了借鉴。

而狩野直喜、铃木虎雄在中国文学研究所取得的成就，在学生青木正儿身上得到继承和创新。青木正儿可以说是充分发挥京都学派的学问特点，对中国戏曲、文学史的研究进一步推进，取得了独创性成果。① 因此，下面的内容将聚焦青木正儿的中国文学研究，以期"以斑窥豹"，达到充分了解京都学派中国文学研究特点的目的。

---

① 《吉川幸次郎全集》第 17 卷，东京：筑摩书房，1971 年，第 337 页。

第二章

青木正儿的中国认识、治学
方法与治学走向

青木正儿是继狩野直喜、铃木虎雄后，京都学派第二代中国文学研究者，在文学领域继承和发展了京都学派第一代文学研究的事业，并取得了自己独创性成果。青木正儿1887年2月24日出生在日本山口县下关市的一个医生家庭，字君雅，别号迷阳。幼年时期开始，青木就喜欢音乐书画，并自己有所造诣。从熊本第五高等学校毕业后，他于1908年9月进入京都大学，成为文学科第一期学生。从1911年7月京都大学文学科毕业到1924年，他作为文化自由人生活在京都。1920年，青木与志同道合的小岛祐马、本田成之三人创立《支那学》刊物，介绍中国文学革命，是文坛上崭露头角的鲁迅的最早介绍者。青木正儿于1922年和1924年来到中国，写的游记后以单行本《江南春》出版发行（1941年），此外还有1926—1938年写的有关中国生活文化的随笔《竹头木屑》，二者都被翻译成中文，收入《两位汉学家的中国纪行》中。这两次的中国游历，对其中国戏曲研究，作用非常大，① 在游记中也体现了青木正儿作为一名汉学家，亲身体验中国文化后，内心深处所表现出来的文学中国与现实中国之间的差异所带来的困惑。这种困惑加上当时日本中国观的影响，使得青木正儿的中国文学研究开始转移，由当时的积极介绍中国的当代文化，而转向中

---

① 青木正儿的《自昆曲至皮黄调之推移》（1926）、《南北曲源流考》（1927）都是游学期间观戏所触而写，是《中国近世戏曲史》的主要部分。参见青木正儿《中国近世戏曲史·原序》，王古鲁译，商务印书馆1936年版，第2页。

国古典文学的研究。

本章内容主要考察大正民主时代的青木正儿中国观、治学方法及其治学走向，来探讨青木正儿中国文学研究重心转移的内在原因。

第一节　青木正儿的中国认识

青木正儿早期写了《觉醒的中国文学》《以胡适为中心的汹涌澎湃的文学革命》《吴虞的儒教破坏论》等文章，被认为是日本最早介绍中国近代文学革命的学者之一。本节以大正时代日本的中国观为依托，通过考察青木对近代中国文学革命的介绍，来探讨青木正儿对中国的认识。

一　大正时代日本的中国观

日本自大陆引入汉字以来，一直以中国文化为主导，视中国为文化的发源地。19 世纪中叶，中日两国被欧美列强强行开国，签订不平等条约，濒临沦为西方国家殖民地。中国的被迫开国以及两次鸦片战争使日本对中国认识开始发生扭转性变化。1862 年，高杉晋作（1839—1867）等人乘坐"千岁丸"实地考察上海，时值清政府借英法联军镇压太平天国，高杉晋作等人目睹了清政府的腐败无能，国运衰败，由来已久的中国观受到强烈冲击，想象中的"文化中国"形象开始发生裂变。同时，中国的前车之鉴也让日本开始反思和探讨本国的出路和发展前途。1868 年日本明治维新，实施文明开化、殖产兴业、富国强兵政策，成功摆脱被殖民的危险。面对着国势羸弱的清政府，日本出现民权派和国权派两大主流。民权派主张亚洲联合，日中两国应该联合起来对抗西方列强。国权派虽然不乏亚洲联合意识，但更倾向主张向亚洲各地域扩张，以扩大本国国力。随着国力的增强，日本自我意识日益膨胀，试图把受欧美国家压迫的不利转移到朝鲜、中国身上的意欲更加强烈。1894 年甲午战争，日本战胜老大国清朝政府，随着战争的胜利，日本人的中国观完全改观，蔑视中国的情绪不断高涨，认为中国人卑屈、撒谎、不洁、冥顽之类的言论一直影响到二战时期。[①]

日本明治后期开始，对外侵略掠夺，经过资本积累，逐渐向帝国主义迈进。1912 年 12 月日本发生"第一次护宪运动"，日本进入大正民主主义运动时代。民主运动经过中期的"米骚动"，到"第二次护宪运动"再以"普通选举法"公布而告终。这次民主主义运动的起因在于日本完成资本积累进入帝国主义阶段，"帝国主义具有反政治性的必然本质，就不可避免地会产生要求广泛的民众政治性、市民自由的运动"。[②] 明治时期由于"大逆事件"的影响，社会主义运动与工人运动受到重创，进入"严冬时代"。在大正民主运动中，城市工业资产阶级充当了民主运动的指导阶层，资产阶级意识形态成为民主运动的主导思想。当时民主运动的主要代表人物有吉野作造（1878—1933）、小野冢喜平次（1871—1944）、浮田和民（1860—1946）、美浓部达吉（1873—1948）、尾崎行雄（1858—1954）、长谷川如是闲（1875—1969）等。

而中国自鸦片战争后，开启了屈辱的近代史篇章。1911 年孙中山领导辛亥革命，推翻了两千多年的封建统治，建立立宪制民主共和国。但由于革命的不彻底性，革命果实被袁世凯盗取，封建残余势力依然强大，社会性质依然没有改观。思想方面，以康有为为代表的保守势力依然企图恢复帝制，成立孔教会，宣扬尊孔的封建思想。新旧思想纷争不断。1915 年 9 月，陈独秀创立《青年杂志》（后改名为《新青年》），宣扬"科学""民主"新思想。1917 年胡适在《新青年》第 5 期上发表《文学改良刍议》，提出文学改良的八项内容，掀起一片哗然。随后，《新青年》杂志总编陈独秀发表《文学革命论》，提出"三推倒、三建立"。胡适与陈独秀两人的文章，引起了对文学革命的论争，标志着中国文学革命的滥觞。新文学革命在思想、文化领域激发了人们的爱国热情。就国际形势而言，1919 年第一次世界

---

① 安藤彦太郎：《日本人の中国観》，东京：劲草书房，1971 年，第 48 页。

② 松尾尊兊：《大正デモクラシー》，东京：岩波书店，1974 年，第 VII 页。

大战后，作为战胜国，北洋政府中国代表团参加巴黎和会。然而由于美英列强对日本的偏袒，中国在巴黎和会上取消"二十一条"不平等条约的努力却遭到失败，消息传到国内引起舆论一片哗然，1919年5月4日中国国内掀起了波涛汹涌的反帝爱国主义运动。新文学革命很快与"五四"政治运动结合起来。

作为邻近国家，中国辛亥革命的胜利，君主制的崩坏，对日本天皇制政权造成很大的影响。以元老山县有朋（1938—1922）为代表的保守势力企图通过外相内田康哉（1865—1936）对政府施压，直接军事干涉中国的革命。而以大隈重信（1838—1922）为代表的在野人士则主张以军事为辅，重视对中国的经济输出。这成为当时日本政府对中国政策的两大潮流。1914年大隈重信组成内阁。不久第一次世界大战爆发，背负着经济危机的日本借口进攻德国基地出兵中国，并乘着大战的胜利，对袁世凯政府提出"二十一条"要求。在军国主义体制的需求下，民主运动的代表人物开始分化。其中代表人物浮田和民一改以前的民主言论，1913年在杂志《太阳》上发表《支那的将来》，提出中国不可能建设立宪共和国言论。此外，日本政府为对中国的军备扩张进行积极准备，其中，殖民政策学者永井柳太郎（1881—1944）视察中国，1915年发表《支那大观与细观》，为所谓的以"支那保全"为目的的军备扩张提供依据。而汉学家代表内藤湖南在1911年武昌起义至1924年则抛出一系列"支那论"，竭尽全力为日本对华殖民扩张寻找理论依据，完全无视中国是一个主权国家。①

值得注意的是，大正民主运动阵营中，还有一些对中国友好的民主声音。主要代表人物是大正民主运动的优秀干将吉野作造。1916年1月吉野在《中央公论》杂志上发表《谈宪法本意，论完成其有终之美的途径》一文，引起当代论坛和思想界的关注，并对当代的民

---

① 内藤湖南的中国观详见杨栋梁《近代以来日本的中国观·第1卷总论》，江苏人民出版社2012年版，第165—182页。

主主义趋势给予了确定的理论形态和指针。而吉野作造也由此成为大正民主运动的旗手。① 第一次世界大战后，在世界性民主思潮高涨的背景下，吉野作造与福田德三（1874—1930）于大正 7 年（1918）12 月成立"黎明会"，集会的宗旨就是"一、从学理上阐明日本的国体，在世界人文发展中发挥日本的使命；二、扑灭违背世界潮流的危险性顽迷思想；三、顺应战后世界的新趋势，促进国民生活的安定充实"。② 并且，在《从国家的觉醒到世界的觉醒》一文中，吉野作造认为"19 世纪国民的觉醒时代"之后即是"20 世纪世界性觉醒的时代"，同时指出"一战"就是告诉了大家"以往我们所没有关注的生活，是如何与世界紧密相连的"，"我们的生活广泛与世界各方面相连，但如何才能变得有利"？③ 以上可以看出吉野作造的国际性政治视野，再加上他本人与中国有很深的渊源，曾经做过袁世凯儿子的家庭教师，因此，对处于变动中的中国吉野作造给予了相当大的关注。

1917 年吉野发表《支那革命小史》，高度评价中国的民众运动、排日运动。同时他对中国的辛亥革命、文学革命运动及"五四"运动也表现了及时的关注。大正 8 年（1919）《中央公论》6 月号上刊登了吉野作造的《北京大学新思想的勃兴》一文：

> 这两三年来，北京大学新思想之勃兴，实在显著。在总长蔡元培君的指导下，欧美新空气极其浓厚。而最近《新潮》或《新青年》杂志发行，大力鼓吹新思想、新文学，彼等称之为"文学革命"。此运动之头阵呈轰轰烈烈战将之姿者有陈独秀君、胡适之君、钱玄同君、傅斯年君，或言孔孟之教不适时世者，或

---

① 近代日本思想史研究会：《日本近代思想史》第 2 卷，李民等译，商务印书馆 1992 年版，第 167 页；太田雅夫：《大正デモクラシー研究—知識人の思想と運動》，东京：新泉社，1990 年，第 101 页。

② 松本三之介：《吉野作造》，东京：东京大学出版会，2008 年，第 151 页。

③ 转引自田澤晴子《吉野作造—人世に逆境がない》，京都：ミネルヴァ书房，2006 年，第 154—155 页。

鼓吹言文一致之文体者，甚至有言应以世界语为公用语之说。于此，旧派学者愕然而惊，今年之春以来，大肆辱骂反对者。且此派所言即保存国粹及维持礼教。最近林琴南给蔡总长寄激烈言语信件，又张元奇威胁教育总长辞职，否则上交议院弹劾之麻烦事等，所谓新旧思想是非之论异常激烈。而最终新运动之头阵前记四位教授被迫免职，学生愤慨达到极致。且闻此免职乃北京旧派政治家所为，彼等愈加鼓起勇气，显示思想上进行革命之决心。要之，北京大学教授学生之举，乃世界思想影响之故，但最近呈显著进步之势，为我等不可忽视之现象。①

文中详细介绍了当时中国思想运动潮流，可以看出吉野作造作为日本民主运动的倡导者对中国文学革命的整体脉动有着清晰的把握。他这篇文章作为日本当时最初介绍中国文学革命运动的文献被认为有较高的历史价值。②

事实上，吉野作造对中国的五四运动也表现了强烈关注。巴黎和会后，由于反对"二十一条"，北京大学等学生开展示威游行，谴责亲日卖国的曹汝霖、章宗祥两人，并发生一系列的排日事件。日本国内舆论对中国学生运动充满了反感和责难。例如《大阪每日》对五四运动的评价说"恰如歇斯底里症发作的女人"。③对此，吉野作造发表了《勿漫骂北京学生团的行动》，指出："彼等只不过谴责曹章诸君罪行同时，呼吁收回山东，以致排日呼声高涨。由此，致我国报纸等有频繁漫骂此等学生诸君的行动者，吾辈不幸实不能与之苟同。"④并在《关于北京

①　吉野作造：《北京大学における新思想の勃興》，松尾遵兌编：《中国·朝鲜論》，东京：平凡社，1970年，第210—211页。

②　陶德民：《五四文学革命に对する大正知識人の共鳴—吉野作造·青木正児の文学革命観》，《文化事象としての中国》，吹田：関西大学出版部，2002年，第241页。

③　转引自野村浩一《近代日本的中国认识：走向亚洲的航踪》，张学峰译，中央编译出版社1999年版，第70页。

④　吉野作造：《北京学生団の行動を漫罵する勿れ》，松尾遵兌编：《中国·朝鲜論》，东京：平凡社，1970年，第206页。

大学学生骚扰事件》中，指出曹章不顾国民多数的意愿，而擅自主张的行为"与我日本之官僚军阀酷似"。评论学生骚动并与其共鸣，"北京大学学生之运动，否认旧式外交，欲更公正、更合理的指导国家政策之热心意图，不能不认为确与我们之立场相同"。① 吉野在文中，很清楚表明了对中国学生的追求民主运动立场的认同。野村浩一指出，吉野之所以表现这样的中国观，在于他没有从畸形性来考察，而是从与官阀进行斗争的民众这一方面，即站在普遍性范畴这个立场上来观察、把握这一运动的。② 吉野的这种中国观在当时的日本可谓凤毛麟角，与当时日本反动官僚以及为其服务的知识分子等的中国观构成鲜明的对比。

正如石田一良指出的那样："明治时代，日本人的注意力主要放在天皇和国家体制方面。进入大正时代，人民开始对外关注世界、人类，对内则转向一般大众。"③ 而作为民主运动思想指导者的吉野作造"高瞻远瞩，把文学革命与'五四'运动看作顺应新的世界潮流，与日本寻求普选权、言论自由以及政党统治的大正政治民主化趋势一样，是中国政治文化近代化的一环"，④ 体现了一战终结后，世界性民主思潮的普及以及日本大正时代先进知识分子对中国民主运动的同情与共鸣。

二　青木正儿的中国认识：以文学革命为中心

1.《支那学》的创立
1920 年，作为自由文化人的青木正儿与小岛祐马（1881—

---

① 吉野作造：《北京大学生騒擾事件に就て》，松尾遵允编：《中国・朝鲜论》，东京：平凡社，1970 年，第 213 页。

② 野村浩一：《近代日本的中国认识：走向亚洲的航踪》，张学峰译，中央编译出版社 1999 年版，第 70 页。

③ 石田一良：《日本文化史—日本の心と形》，东京：东海大学出版会，1989 年，第 223 页。

④ 陶德民：《五四文学革命に対する大正知識人の共鸣—吉野作造・青木正児の文学革命観》，《文化事象としての中国》，吹田：关西大学出版部，2002 年，第 243 页。

1966)、本田成之（1882—1945）三人创办《支那学》刊物。事实上，京都学派中国学的创始人狩野直喜 1907 年就发起了以新进方法研究中国传统文学的社团"支那学会"。但"支那学"刊物并不是作为"支那学会"的机关刊物，而是作为青木、小岛、本田三人的同人杂志发行，其理由之一就在于"可以摆脱种种束缚自由编辑"。①本田成之回忆创刊经过，写道"（三人）聚会时说的总是天下骂倒论，气势就如天下的支那学除了我们还有谁"，"必须有发泄这些豪气的机关，《支那学》就成了发表这些咆哮的地方"②。三位好友同人的豪迈不羁之情溢于言表。

《支那学》发刊之际，青木正儿撰写了"支那学"的发刊辞：

> 周末学术研讨自由、百家竞起、诸学并进、人无高下、学无轻重、鸣呼亦可为盛。汉唐训诂、宋明理气、各靡其世而执其学柄。至前清考据、民国西学、学亦有隆盛交替否？应神以来、常导我者汉学、突为西学覆之、学亦有沉浮否？人之不顾支那学，莫如当今之甚。乎！彼为彼、我为我、高举晦藏、以之洁己而可止耶。……此为本志发行之所以……③

文中首先回顾汉学的学术发展，"应神以来，常导我者汉学"高度肯定了江户时代以前汉学。而对于"突为西学覆之、学亦有沉浮否？人之不顾支那学，莫如当今之甚"即对明治维新后尊西洋之学，舍弃"支那学"的学问现状进行了强烈的批判。值得注意的是，文中出现的两个概念，一个是"汉学"，一个是"支那学"。加加美光

---

① 小岛祐马：《〈支那学〉创刊当时の事ども》，《支那学》特别号，东京：弘文堂，1969 年（复制版），第 831 页。

② 本田成之：《〈支那学〉発刊前後の思い出》，《支那学》特别号，东京：弘文堂，1969 年（复制版），第 836 页。

③ 青木正儿：《支那学》第 1 卷第 1 号肩页 1，大正 9 年（1920）9 月，东京：弘文堂，1969 年（复制版）。

行指出，发刊辞中把"汉学"改成了"支那学"是对江户时代以前的汉学的肯定，对明治以后的"日本汉学"的批判。①

回顾当时的中国学研究，就东京帝国大学而言，明治期间，在自由民权运动中，加藤弘之的《人权新说》、井上哲次郎《教育敕语衍义》等的发表，已经明显使得作为学问研究的场所——东京帝国大学的汉学研究带有为明治政府绝对主义体制服务的精神色彩。② 进入大正时代，为了适合新的时代要求，由服部宇之吉为代表的学者提出了以"天命说"为中心的"孔教"理论，赋予了"官学体制学派"学术以新的生命。但在大正时代，日本军国主义兴起之际，服部宇之吉认为"所谓'孔子教'，便是绝对忠诚于皇国利益，所谓'天命说'便是把追求皇国利益付之实施。"③ 很显然，东大的学问研究很大一部分是与政府官僚紧密联系在一起的。

1898 年创建的京都帝国大学，本着与东京帝国大学创建方针的不同，充满着革新之风。因此青木正儿在《支那学》的创刊辞上提出"彼为彼、我为我、高举晦藏、以之洁己而可止耶"，代表着京都学派的年轻中国学者毅然与明治以后的汉学划分界限，以彰显自己的革新气魄。正如子安宣邦指出那样："在这些高调言论中，表现出一种对中国传统学术衰退，必须要兴起新的'支那学'的自负。同时，也体现出当时的中国研究者在西学盛行，传统汉学衰退时的一种危机意识。新兴'支那学'就是伴随这种危机意识而产生的。"④ 可以说《支那学》表现了以青木正儿为代表的京都第二代中国学者新的学术追求和生命力。⑤

---

① 加々美光行：《鏡の中の日本と中国：中国学とコ・ビヘイビオリズムの視座》，东京：日本评论社，2007 年，第 52 页。

② 坂出祥伸：《東西シノロジー事情》，东京：东方书店，1994 年，第 22 页。

③ 严绍璗：《日本中国学史稿》，学苑出版社 2009 年版，第 312 页。

④ 子安宣邦：《近代知と中国認識—〈支那学〉の成立をめぐって》，新田義弘编集：《脱西欧の思想》，东京：岩波书店，1994 年，第 70 页。

⑤ 钱婉约：《从汉学到中国学——近代日本的中国研究》，中华书局 2007 年版，第 36 页。

事实证明，这种新兴的"支那学"后来取得了很大的发展，《支那学》受到了欧美国家中国学者的关注。"欧美书店直接到弘文堂（出版社）订购《支那学》，还有人通过丸善书店咨询购买。"① 正如青木正儿所说的："事实上，我们气势昂扬地划出去的小船，越过汹涌的怒涛，达到了大洋的彼岸。"②

2. 青木正儿对胡适的介绍

第一次世界大战后，民主思潮的世界性涌动，使得当时日本知识人不仅关注本国的民主运动，同时视野也更加世界化，开始投向日本以外的国家。日本的中国学研究者们显然也不可回避这种社会状况变化。创办《支那学》刊物的三位同人都是京都中国学创始人狩野直喜等人的学生，因此，他们除了继承其师长的科学实证的研究方法外，学术视野以及学术思想也自然受到时代的影响，充分体现出新时代日本中国学者的蓬勃朝气。《支那学》的创立，成为京都年轻的中国学者们发表"咆哮"的阵地。

《支那学》从创刊号到3号，连续刊登了青木正儿的《以胡适为中心的汹涌澎湃的文学革命》，体现了青木正儿对当时中国文学革命的关注与关心。③ 实际上，早在大正8年（1919）12月，青木正儿就在大阪的《大正日日新闻》上发表了《觉醒的支那文学》。在文章的开头，他对中华民国成立后的新文运给予了高度的肯定："一段清朝文学，盖诗为王闿运、文为吴汝纶。随中华民国的成立，一步步朝向革新的机运，黎明的微光稍稍点亮拂晓的天空。最初之光黯淡不至渲染成红霞天，甚至微不足道，但可确定将来必定大放光明。"④ 并在

---

① 小岛祐馬：《〈支那学〉創刊当時の事ども》，《支那学》特別号，东京：弘文堂，1969 年（复制版），第 834 页。

② 青木正児：《〈支那学〉発刊と私》，《支那学》特別号，东京：弘文堂，1969 年（复制版），第 839 页。

③ 加々美光行：《鏡の中の日本と中国：中国学とコ・ビヘイビオリズムの視座》，东京：日本评论社，2007 年，第 52—53 页。文中指出《支那学》对梁启超、胡适等清末民初的同时代中国学术状况进行了公平对等的评价，把"支那学"作为一种学问付出了努力。

④ 《青木正児全集》第 2 卷，东京：春秋社，1970 年，第 211 页。

文中从新文学的角度介绍了康有为、梁启超、严复、章炳麟、林纾等人的文学贡献。同时介绍了中国当时文学的系统研究、文学出版、文学创作、文体等各方面，指出"现在是新空气的吸收时代，是新学的准备时代，可期待不久的将来大放异彩的文学将会展现在我们面前"，① 体现了日本新兴的中国学者对研究对象国家文学思潮脉动的准确把握以及中肯评价。

　　然而，以康有为、梁启超为代表的改良派文学终究不能适应社会向前发展的需要，在"民主""科学"的社会风尚下，以胡适、陈独秀等人为代表的中国知识分子发起了文学革命。大正民主运动下，正如吉野作造能够敏锐地把握中国思潮变化一样，具有开放视野的青木正儿也马上做了回应，② 写了上述关于胡适文学革命的文章。文中，青木正儿首先介绍了胡适的《文学改良刍议》，继而评论：

　　　　但以吾人之见，改良之要点不能说已尽之。其显著遗漏为过于注意文学之外形，而疏忽反省内容。于内容胡君所举仅"不作无病之呻吟""须言之有物"二事。"须言之有物"乃古文家所为"达意"之变形，"不做无病之呻吟"之类抑不过为小事。尚有重要事项被遗留。但唯此际从内容上彻底打破旧习，覆倒因袭，难行于一朝一夕，所谓大声也有难入俚耳之处。且胡君作为打破现状之路径，直接从眼前当面之事项呼叫改革吧。其后胡君及其他同志渐次反省内部，让人首肯。③

---

　　①　《青木正儿全集》第2卷，东京：春秋社，1970年，第214页。

　　②　本文认为吉野作造对中国民主思潮、文学革命的介绍影响了青木正儿。在东方学会编《学問の思い出―青木正児博士》（《東方学》第31辑）第166页，吉川幸次郎等人与青木正儿的谈话内容中，吉川询问："先生从《支那学》的第一号到第三号介绍了文学革命，作为文学革命的介绍者，是最早的吧。"青木说："那个，别的杂志上也有，但主要在《新青年》上。……最初看《新青年》的应该不是我。"可以表明这一点。

　　③　《青木正儿全集》第2卷，东京：春秋社，1970年，第218—219页。

虽然青木对胡适文学改革只注重形式而忽视内容提出了异议，但从中国当时的实际情形出发，还是首肯了胡适的文学革新之精神。同时，青木对胡适与陈独秀的文学主张的关联进行了评价。首先，对于陈独秀的"三推倒，三建立"，青木正儿指出：

> 他（陈独秀）的主张与胡君一样，在于斥雕琢粉饰的骈体，取达意白描的散体。其意义在于他舍南北朝的四六，取韩柳的复古文，排汉赋朔楚辞。但他绝不满足于此，他对韩愈不满之处在于其师古及"文以载道"之谬见。宋明之伪古、清桐城派等自难以入其视野。如此一来与胡相同，对元明以来戏曲小说予以文学价值之最高评价。（中略）
>
> 以他之主张与胡相比，胡之论止于列举细目无统大纲之所。陈显示出善总结之处。胡之所谓"不模仿古人、不用典、务去滥调套语"即陈"推倒古典文学"之一部。胡之"不作无病之呻吟"即陈之"建设国民文学"。胡之"不讲对仗"即陈"推倒贵族文学"之一面。胡之"不作无病之呻吟"即陈"推倒山林文学"之类。关于胡八项要目中的"须言之有物、须讲求文法"，陈称不赞成。其理由在于中国文字无词尾变化，强以所谓西洋之文法嵌入，则陷于牵强之弊。他从文学至上论即纯文学的立场来否定，认为求"言之有物"之弊在于易陷于"文以载道"之说。文学美术其自身有独立存在之价值，作为载道手段来运用绝非其本来目的。且他主张写实文学、社会文学触及到了胡君欲说却还无暇顾及的文学的内容性革命。但是没有更明确、更具体的主张，使人觉得还不足够。大概要明确作论断其文学性知识准备还不够吧。总之，他的革命是要从古典主义、理想主义转向写实主义，类似前段时间我国讴歌从西洋输入的振兴文坛的自然主义。①

---

① 《青木正儿全集》第 2 卷，东京：春秋社，1970 年，第 224—225 页。

从文中可以看出，作为旁观者青木正儿对中国文学革命主将胡适、陈独秀的文学革命主张把握还是非常到位的。结合胡适、陈独秀的观点，分析指出"讲求文法"的欧化特征以及从纯文学角度赞成陈独秀的观点，指出胡适的"言之有物"与"文以载道"的同样弊端。

除了文学革命主义的介绍外，青木在文中还对白话诗、白话小说、新戏剧进行了具体的分析，并指出："于小说鲁迅将是未来的作家。其《狂人日记》描写一个迫害狂的恐怖幻觉，踏入了迄今为止支那小说家未达到的境界。"[①] 事实上，鲁迅后来的发展也证实了青木正儿的预言。中国文学研究者增田涉教授回忆："杂志《支那学》发表的青木先生的这篇论文，大概是把中国文学革命运动介绍给我国的最早的，也许是唯一的一篇文章。就我自身而言，当时是旧制高中的学生，看到《支那学》上的这篇文章，初次具体了解了中国的文学革命，知道了胡适、鲁迅的名字。"[②] 结合上节有关吉野作造所述，青木正儿也许不是第一个介绍文学革命的，但第一个介绍在中国文坛崭露头角的鲁迅应该是不容置疑的。[③] 通过青木正儿的介绍，日本社会也就对同时代的中国思潮变化有了正确的认识。

而作为对象国的中国，也产生了相应的互动。据张小钢考察，青木把刊有文学革命的文章的《支那学》第1卷第1号寄给了胡适，胡适看了很赞赏，并把其推荐给了曾留日的周树人、周作人兄弟。并在1911年11月给青木正儿的回信中说，"先生叙述中国的文学革命运动，取材很确当，见解也很平允……周（作人）先生想译成汉文，

---

① 《青木正儿全集》第2卷，东京：春秋社，1970年，第244页。

② 增田涉：《青木さんと鲁迅》，《青木正儿全集月报》Ⅱ，东京：春秋社，1969年，第3页。

③ 藤井省三：《日本介绍鲁迅文学活动最早的文字》，《复旦学报》1995年指出，1905年5月1日东京出版的《日本与日本人》杂志第508期《文艺杂事》介绍了周氏两兄弟在日本出版《域外小说集》一事，是日本最早介绍鲁迅的文学活动的文字。本书认为介绍文学革命中的鲁迅，青木正儿应该是第一个。

但因此文尚未完了故不曾动手"①。而以此为契机，青木也寄《支那学》给周作人，周回信说："从以前就知道（贵国）发表过有益的论文和书籍，但看了你们的杂志，对中国现代的思想界也予以注意一事，则更加引起了我们的兴趣。感谢你们不仅是对过去的文化，对于现在中国的微弱却面向光明的内面努力也给予肯定、介绍。"② 周作人于 1906 年至 1911 年在日本留学，且精通日语，可以说对日本的当时的中国学研究状况很了解，因此从他的回信中看出他对《支那学》对同时代中国的研究，充满感激。这一点反过来也说明以青木正儿为代表的京都中国学的第二代学者所具有的开放性的学术视野与学术态度。

不仅如此，青木正儿在学术研究上还与中国文学革命产生了共鸣。在《支那学》的第 5 号发表了《本邦支那学研究革新的第一步》（后改名为《汉文直读论》，据仓石五四郎回忆，原本安排在第 1 卷第 1 号发表），从中国学学问的方法论上提出汉文直读的主张。文中用犀利的语言对坚持训读法的守旧汉学研究者们进行批判的风格，使得青木正儿的自由不羁的学术风采自然流露，同时也彰显了发刊辞所示的新兴"支那学"的"彼为彼、我为我、高举晦藏、以之洁己而可止耶"的清新革新之学风。

3. 青木正儿对吴虞非儒的回应

如前所述，青木正儿对同时代的中国文学领域的革命运动表现出极大的关注，不仅如此，青木还关注到中国思想领域的变化。在《以胡适为中心的汹涌澎湃的文学革命》一文中，不仅介绍了陈独秀的文学主张，还关注了陈独秀的在思想方面的斗争："以前陈君（独秀）就在思想方面计划了大革命。他提出了《宪法与孔教》《孔子之道与现代生活》《再论孔教问题》等议论。把顽固守旧份子践踏在马蹄之

---

① 张小钢编注：《青木正儿家藏中国近代名人尺牍》，大象出版社 2011 年版，第 18 页。

② 同上书，第 81 页。

下，猛烈地攻击宛如过时洋服一般的历史新人康有为，惊醒了其恋恋不舍的好梦。"① 从青木的言语中，其对反儒的革命精神之赞赏态度清晰可见。

1922 年 11 月，青木正儿在《支那学》第 2 卷第 3 号上刊登了《吴虞的儒教破坏论》，文章对吴虞的儒教破坏论大加礼赞。如前所引，周作人的回信中说道："看了你们的杂志，对中国现代的思想界也予以注意一事，则更加引起了我们的兴趣。"事实上，也正是以《支那学》对中国现代思想界的介绍为契机，中日两国的学者开始积极互动起来。在上述论文发表前，青木就和吴虞有书信的往来。据吴虞给青木的信件来看，他是在胡适处看到《支那学》，了解到青木正儿的。②《吴虞日记》记载：1921 年 10 月 24 号甘廉泉自日本寄到《支那学》第一卷十一本。③ 1921 年 10 月 27 号寄青木迷阳《秋水集》一册④。1921 年 10 月 31 号又寄青木迷阳《吴虞文录》十册⑤。而青木收到《吴虞文录》后，于 1921 年 11 月 13 日回信给吴虞，说要做一篇小文，"把先生的高论介绍给日本的支那学界，使他们知道中国有这位'只手打孔家店的老英雄'（胡适之先生说得好）吴又陵先生"⑥。

显然，青木所说的"小文"就是《吴虞的儒教破坏论》。对于为什么要写关于文学革命以及思想革命的文章，青木正儿也说得很清楚，就是"第一是破坏中国旧思想，第二是输入欧洲新思想"。⑦ 因此，在文章的开头写道："继中华民国的政治革命后，文学革命到来。其中道德思想的革命可谓痛快。"⑧ 对文学革命，尤其是道德思想革

---

① 《青木正儿全集》第 2 卷，东京：春秋社，1970 年，第 223 页。

② 吴虞：《吴虞文录·附录》，黄山书社 2008 年版，第 125 页。

③ 中国革命博物馆整理：《近代历史资料专刊 吴虞日记》上，荣孟源审校，四川人民出版社 1984 年版，第 647 页。

④ 同上书，第 648 页。

⑤ 同上书，第 649 页。

⑥ 同上书，第 654—655 页。

⑦ 同上。

⑧ 《青木正儿全集》第 2 卷，东京：春秋社，1970 年，第 248 页。

命的赞赏之情溢于文字。

　　文章首先分析了中国思想界革命的背景，清楚地勾勒出中日甲午战争后，具有维新思想的康有为、梁启超之流于辛亥革命后思想保守化的流变，并介绍了以陈独秀为代表的新知识分子与保守派之间展开的纷争。其中，青木正儿从本国文化语境出发，对康有为等保守派掀起的"孔教会"之类的运动而深有感触，他说"在我国也有火星苗头，东京的某某老先生们也在做同样的事"，① 这里所谓的"老先生"指的就是服部宇之吉等人。明治中期以来，由于天皇政体绝对主义的需要，在《教育敕语》（1890）、《戊申诏书》（1908）等一系列的法令颁布后，儒学与国粹主义混融，儒学"大义名分"中的"忠君"观念与"天命"之说同国权之说结合起来，经过以加藤弘之、井上哲次郎为代表的"官学体制学派"过渡，至 20 世纪初产生了以服部宇之吉为代表的新儒学家派。服部宇之吉鼓吹孔教，强调"天命说"，其实质就是为维护以天皇为中心的绝对主义国家体制而服务。1918 年服部宇之吉等人在原来的斯文会基础上，与东亚学术研究会、汉文学会、研经会等合并，成立新的财团法人斯文会。斯文会于1918 年到 1920 年期间，几次参与组织举行孔子祭典会。1919 年 9月，斯文会与孔子祭典会合并，斯文会祭典部负责定期举行释奠。② 这些跟中国所发生的例如康有为等人的"孔教会"等活动可以说如同一辙，因此具有革新思想的青木不满这种现象，对吴虞的非儒之举表示赞同与共鸣也就非常自然了。

　　青木正儿的非儒态度显然与其师狩野直喜的护儒思想是背道而驰的。那么他反儒的思想是怎么形成的呢？这可以说是与青木正儿的成长经历息息相关的。青木出生于一个传统的汉学家庭，据青木自己回忆：

　　　　父亲闲暇时教我们《孝经》与《论语》。那也没问题。但训

---

① 《青木正儿全集》第 2 卷，东京：春秋社，1970 年，第 248 页。

② 斯文会编：《日本漢学年表》，东京：大修馆书店，1977 年，第 461 页。

人时老是用《孝经》或《论语》的文句，受伤时"身体发肤受之于父母"就来了，玩过头回家迟了，就批评道"父母在不远游"，结果挨批记的比书上学到的还多。这样就完全讨厌《孝经》和《论语》起来，进中学后被要求作汉诗，却偷偷地沉浸于新体诗和小说当中。①

很明显，传统的儒学教育，让青木感觉到了对人思想和行为的一种束缚，因而产生叛逆，兴趣和爱好自然就转向受西方文学思想影响的新体诗和小说当中。佐佐木愿三在《仙台时代的青木先生》中写道："先生不喜道学。说是自小受父亲用《论语》《孝经》的词句来训斥的反叛。有艺术家气质的先生自然厌恶给文学戴上枷锁的儒家思想。个性很强的先生，喜爱老庄的无拘束的放任主义、超然主义。"② 青木正儿之子也曾回忆其父厌恶儒家道德思想的束缚，而偏好老庄，并指出正是基于这点才对吴虞的非儒大呼痛快的。③ 可以说，也正是幼年经历产生的对儒学的这种对抗，青木正儿才与吴虞在非儒论上产生共鸣。

我们再仔细分析的话，可以看出之所以两人在非儒方面产生共鸣，深层原因就在于两人在学问上持有的怀疑批判态度的一致性。1921 年 7 月 13 日吴虞的日记中记载："看《史记志疑》，以为考证怀疑皆好，为学自当考证怀疑入手，然后所有思想乃精确明晰。"④ 显然，对传统儒学的怀疑，才是吴虞敢与根深蒂固的儒家思想进行挑战的推动力。青木正儿在学问方面也表现出同样的思想。他在 1922 年 1 月 27 日给吴虞的信中说，东京的学者，对孔教崇拜的态度实属好笑。

---

① 《青木正儿全集》第 7 卷，东京：春秋社，1984 年，第 44 页。

② 佐々木愿三：《仙台时代の青木先生》，《青木正儿全集月报》Ⅳ，东京：春秋社，1970 年，第 5 页。

③ 中村乔写给唐振常的信（1981 年 1 月 21 日）。参见唐振常《吴虞与青木正儿》，《中华文史论丛》，上海古籍出版社 1981 年版，第 290 页。

④ 中国革命博物馆整理：《近代历史资料专刊 吴虞日记》上，荣孟源审校，四川人民出版社 1984 年版，第 613 页。

明确表明作为京都的学者，不推崇儒教的权威，甚至高唱"我们不信
尧舜，况崇拜孔丘乎"，同时表明"并不曾怀抱孔教的迷信，我们都
爱学术的真理"。①

在实际行动中，青木正儿也表现出反儒反孔。他在《支那学者的
呓语》中回忆："大约十年前孔子会邀请我去做演讲。考虑不是我出
场的地方，所以诚恳地回绝了。然而对方似乎认为我在谦虚，慎重地
改变方式邀请我说演讲内容什么都可以。不管什么都可以的话，只要
不是哑巴，就没办法拒绝。所以就讲了一通尧舜禹抹杀论。从那以
后，孔子会就再也没有来邀请过了。"② 众所周知，"尧舜禹抹杀论"
最初由东京帝国大学文科大学史学科教授白鸟库吉（1865—1942）
在题为《支那古传说之研究》的演说中提出的，其主要内容就是质
疑儒学经典尤其是孔子本人极为赞赏的尧、舜、禹三代圣人的真实
性。这一论说是白鸟库吉站在怀疑主义史学观基础上提出来的，毫无
疑问给当时的儒学追随者予以极大冲击。而青木正儿公然在孔子会上
发表"尧舜禹抹杀论"，不合时宜性除了让人觉得滑稽可笑之外，也
让人深刻地了解了其对儒学的极其厌恶之意。

综上所述，可知20世纪20年代初期中日两国的社会政治文化形
势，使日本中国学各学派之间在思想倾向与学术倾向上的差异进一步
扩大。而以青木正儿为代表的新兴"支那学"学者们加强了对中国
古典与日本传统汉学的批判，寻求以新的态度来看待中国，来研究中
国文化，并对同时代中国的文学革命，表示了强烈的关心。

第二节　青木正儿学问方法论：
"汉文直读论"

《汉文直读论》原名为《本邦支那学革新的第一步》，是青木正

---

① 中国革命博物馆整理：《近代历史资料专刊 吴虞日记》下，荣孟源审校，四川人民
出版社1984年版，第13—14页。

② 《青木正儿全集》第7卷，东京：春秋社，1984年，第43页。

儿刊登在《支那学》第 5 号的一篇文章。其主要内容是倡导废除传统
汉学的和汉训读法，而取代之以音读的方式读汉文文章。早在青木正
儿之前，江户时代荻生徂徕（1666—1728）就提出过"汉文直读"
的主张。但由于时代的限制，徂徕的主张在汉学研究领域并没有得到
普及。

　　日本明治维新，随着对西方学术思想的引进，日本的传统汉学也
逐渐蜕变。在对中国的文化文学进行研究的同时，导入了西方的学术
思想与方法。对汉文的学习，重野安绎（1827—1910）在英语教授
的基础上提出"汉文正则论"，然而传统汉学所固有的和汉训读法却
依然存在于中国学学问与教育的领域。青木正儿在叹惜先学的主张没
有实现之余，以"本邦支那学革新的第一步"为题，从方法论上对
步入近代化的日本汉学所遗留下的弊端再次发起了挑战。

一　训读的产生与荻生徂徕的"汉文直读"

　　"汉文直接"其实质就是排斥训读论。所谓的训读法，就是通过
一定的方式，把原本是外文的汉文翻译成日语的方法。具体而言，就
是使用"返点"把中文的语言顺序改成日语的顺序，且以"送假名"
的形式表现中文原文所没有的助词、动词等的变化，然后再按照汉字
自身的意义来读的方法。①

　　日本历史有文字记载的使用汉字的时代，是应神天皇时代（公元
5 世纪）。中国《论语》《千字文》等典籍经由百济传入日本，皇子
稚郎子从师于阿直岐、王仁学习中国的典籍。当时的皇子是如何来学
这些典籍，似乎不得而知。尽管日本江户时代的学者新井白石
（1657—1725）、太宰春台（1680—1747）、本居宣长（1730—1801）、
伴信友（1773—1846）等人都有所研究，但观点纷繁不一。仓石五
四郎指出，"说是从朝鲜传来的典籍，多少带点朝鲜腔的中国语音来

---

　　①　金文京：《漢文と東アジア：訓読の文化圏》，东京：岩波书店，2010 年，第 4—
5 页。

读这些典籍的观点，应是最为妥当的。可以想象，随着音读，解释的研究也逐步发展进步"。① 也就是说汉文典籍传入日本，皇室贵族最开始是用读音的方式来学习汉文的观点比较容易接受。

随着遣隋使、遣唐使的往返，中日之间的直接交流也愈来愈频繁。桓武天皇（737—806）时代，留学的需要以及对带回来的中国文化的理解需要，中文的实用性越来越强，从而带动了日本本国的中文教育或者是汉音的教育。最显著的事例就是，空海前往中国，仅两个月的时间就接受真言的灌顶，表明除了其有非凡的天赋外，当时日本语言训练水平也很高。而这点正好说明，当时的汉文对于日本的知识阶层而言，是作为一种外语而存在的。

平安朝时代，废除遣唐使的制度，日本与中国大陆的直接交往被切断。中国话的实用性减少，可以想象对汉语的读音也就不如从前重视。这个时期，在汉字的影响下，日本出现了假名，即用汉字的音、训来标记日语的读音。随着中国大陆文学影响的减弱，日本本国文学开始得到充分的发展。所有的文明开始逐渐日本化的转变。平安朝中后期出现"袁古登点"。"袁古登点"也写作"乎己止点"。也就是在汉字的四角或中央标记的点、线等符号，用以表示助词、助动词等。例如某个汉字的右上角有点，就读成"…ヲ"。也就是说通过这些标记的点，可以把汉文按照日语的顺序来读。因此"袁古登点"的功用类似于今天训读中的"返点""送假名"的功用，而它的出现也表明汉语的直接音读处于衰亡的境地了。②

值得注意的是，由于时代或家族的不同，"袁古登点"的标记也不同。同时用语言性质完全不同的日语来读汉文写的书籍，并要能达到跟原文的意思一致，实际操作上而言，也是一件极为困难的事情。因此平安朝至镰仓室町时代，博士们（官名）的工作几乎可以说是

---

① 倉石武四郎：《支那語教育の理論と実際》，东京：岩波书店，1941 年，第 57 页。训读产生的历史有多处参考此书，而没有一一标明出处，特此说明。

② 《青木正儿全集》第 2 卷，东京：春秋社，1970 年，第 336 页。

对训读的这种方法不断进行修正。① 随着点法的标记趋向简单化，开始出现"返点"来表示颠倒的顺序，同时出现"送假名"，因此训读史上产生了"袁古登点""返点""送假名"并用的过渡时期。直到江户时代，"袁古登点"逐渐消亡，只保留了利用"返点""送假名"这样的训读方式。

德川幕府统治采用闭关锁国的政策，几乎没有对外交流的需要，因此，语言教育的必要性也就减少。随着教育体制的发达，汉学作为一般的教养受到重视，其结果就导致训读继续发展并产生了各种各样的派别。近世最为有名的是道春点（林罗山的训读法）、闇斋点（山崎闇斋的训读点）、后藤点（后藤芝山的训读点）、一斋点（佐藤一斋的训读点）等。② 做学问之人基本上都是采用这样的方法来阅读汉文典籍的，汉语本身的读音理解似乎离日本汉学圈已经渐行渐远。

不过，也有例外。德川时代尽管闭关锁国，但还是开放了长崎港口作为当时唯一对外的窗口。长崎由于聚集了中国商人、明末逃避战乱而来的流民或归化人、贸易通事等，从而变成新的中文发祥地。③ 当时的日本人称中国人为唐人，而中国话被称为唐话。由于当时的归化人的居住地分布不广，且没有到中国去的船只，因此中国话的发展显然不如遣唐使时代。直到唐通事出身且在语言学上有着非凡才能的冈岛冠山（1674—1728）的出现，以及与荻生徂徕的相遇，唐话与汉文之间才得以有再次"握手"的机会。④

冈岛冠山在日本历史上是以中国话以及小说的翻译闻名于世的，

---

① 倉石武四郎：《支那語教育の理論と実際》，东京：岩波书店，1941 年，第 66 页。

② 斉藤文俊：《漢文訓読と近代日本語の形成》，东京：勉诚出版，2011 年，第 4 页。

③ 石崎又造：《近世日本における支那俗語文学史》，东京：清水弘文堂书房，1967 年，第 11 页。

④ 倉石武四郎：《支那語教育の理論と実際》，东京：岩波书店，1941 年，第 71 页。

就对中国话的普及的贡献而言，冠山可谓是当时普及中国话的急先锋。① 元禄（1680—1709）年间，冠山初出仕为译士，后辞去译士之职回到长崎，再从长崎到京都大阪，教授中国话以及传授阅读中国小说。

荻生徂徕是"古文辞"的创始者，他的主张之一就是"汉文直读"，主要体现在《译文筌蹄》与《训译启蒙》中。首先，徂徕对"训读"进行了严厉的批判与否定。在《译文筌蹄》的序中，他说：

> 和训之名为当。而学者宜或易于为力也。但此方自有此方言语。中华自有中华言语。体质本殊。由何腦合。是以和训回环之读。虽若可通。实为牵强。而世人不省。读书作文一唯和训是靠。即其识讲淹通。学极宏博。倘访其所以解古人之语者。皆似隔靴搔痒。②（原文为汉文）

徂徕从语言的角度，明确了和语与中国语的不同。指出尽管用和训的方法，按照日语的习惯改变汉文的顺序，可以帮助理解汉文的意思，但实质却是牵强附会，尤其是用这种方法去理解汉籍古典，则完全是隔靴搔痒，没有达到实处。进而徂徕指出直读汉语，并用自己的语言去理解的好处：

> 故学者先务。唯要其就华人言语识其本来面目。而其本来面目华人所不识也。岂非身在庐山中故乎。我今以和语求之。然后知其所以异者。假如南人在南。不自觉地候之异。北人来南乃识暄热耳。③（原文为汉文）

---

① 石崎又造：《近世における支那俗語文学史》，东京：清水弘文堂书房，1967年，第72页。

② 《荻生徂徕全集》第5卷，东京：河出书房新社，1977年，第17页。

③ 同上。

而对于怎样理解汉书，徂徕指出：

> 译之一字。为读书真诀。盖书皆文字。文字即华人语言。如其荷兰等诸国。性禀异常。当有难解语。如鸟鸣兽叫不近人情者。而中华之与此方。情态全同。人多言古今人不相及。予读三代以前书。人情世态。如合符契。以此人情世态作此语言。更何难解之有。① （原文为汉文）

在这里，徂徕认为中国文字如同荷兰等语言，都是一种外国语言。这显然与当时很多的儒学者不同，就当时的时代而言，的确是一种非常了不起的见解。对于这种外国语言，徂徕认为其最好的方法就是翻译理解，并指出古今语言也许有所不同，但人情世态都是一样，因此理解上没有困难之处。

当然，徂徕也没有忘记"训读"也是一种翻译。既然都是一种对汉文的翻译，他为什么要主张用和语进行翻译呢。他的理由是：

> 日和训为译。无甚差别。但和训出于古昔缙绅之口。侍读讽诵金马玉堂之署。故务拣雅言。简去鄙陋。风流都美。诚宜人耳。且时属纯厖。语言之道未阐。以此而求于中华之言。其在当时。尚已寥寥觉乏矣。况以世降时移。语言之道。益变益繁。益俚益俗。故以今言而求于和训已觉古朴。不近于人情。如和歌者流势语源语诸书。此皆闺台脂粉猥亵之语。一似金瓶梅类。今读之。高雅幽妙。大费注解。似中华有典谟。又以今言而求于中华语。其比古。愈繁愈细者。稍可与华言相近。且俚俗者。平易而近于人情。以此而译中华文字。能使人不生奇特想。不生卑劣心。而谓圣经贤传。皆吾分内事。左骚庄迁。都不佶屈。遂与历代古人。交臂晤言。尚论千载者。易是可至也。是译之一字。利

---

① 《荻生徂徕全集》第 5 卷，东京：河出书房新社，1977 年，第 17—18 页。

益不尠。孰谓吾好奇也哉。①（原文为汉文）

　　其中很明显表明和训虽然是一种翻译，但使用雅言，因而不近人情。因此，他主张使用通俗易懂的话对汉籍进行翻译。而他的具体学问方法就在于："故我曾为蒙生定学问之法。先为崎阳之学。教以俗语。诵以华音。译以此方俚语。绝不作和训回环之读。始以零细者。二字三字为句。后使读成书者。"②

　　到这里，徂徕的主张基本可以看出来了。概而言之，就是对于汉学的教授法而言，当然也就是从做汉学学问的基础开始而言。他认为必须从中国语开始，教的时候必须用俗语，读的时候必须要读中国话音，译的时候则采用俗语，而绝不能使用和训循环的读法。具体的做法就是从两字三字的短句开始，进而到读长的作品，直到可以与中国人一样熟练之后，就可以进入学习经史子集四部之书。

　　徂徕的主张与后来来到江户的冈岛冠山一拍即合，两人于正德元年共同建立了"译社"，冠山为讲师。"译社"使用的教材除了《水浒》《西厢》等戏曲小说外，还使用《唐话类纂》《唐话便用》《唐音雅俗语类》《字海便览》《唐译便览》等。③ 由此，以徂徕为中心，随着冈岛冠山的加入，掀起了一股学习中国语的热潮。当时不仅有标注中国语的四书、孝经、唐诗选等书籍大量刊行，而且推动了中国小说的翻译与翻案文学的发展。

　　日本通过隋唐使与中国交流，实际感觉到中国作为外国的存在，因而具有"自我"与"他者"的意识，而随着闭关锁国，自我的文化发展丧失了与"他者"的交流，也就失去了"他者"的意识。直到江户时代，开放了唯一的港口长崎，随着中国商船的往来，以及明朝逃亡的人来日，通译们的增多，使日本以徂徕为代表的先进知识分

---

　　① 《荻生徂徕全集》第 5 卷，东京：河出书房新社，1977 年，第 18 页。

　　② 同上书，第 19—20 页。

　　③ 石崎又造：《近世における支那俗語文学史》，东京：清水弘文堂书房，1967 年，第 96 页。

子，意识到了"中国"是作为一个外国的存在，而不只是典籍中的一个符号代表，因此，要了解真正的中国典籍中所说的，就应该排斥自身固有的训读方式，而是采用中国语本身的方式去阅读，因此在这个基础上，徂徕创立了他自己的一套"古文辞"学。

但是这种汉文与唐话的"握手"只经历了短暂的时间。随着荷兰语的研究、西洋医学的输入，"倒幕"运动的发展与成功，明治维新运动的展开，开启文明先端的语言不再是中国语，而是由西方语言所替代。至于徂徕的主张为什么没有一直贯彻下去的原因，仓石武四郎指出，在于时代的限制。幕府的锁国的背景下，对有古来传统的汉文进行改革，并不是一件简单的事情。但从当时盛行的情况而言，也说明"汉文直读"在理论上的合理性。① 也许，正是这种理论的合理性，为进入近代化的汉学家们再次倡导"汉文直读"论提供了可能。

二　明治期重野安绎的"汉语正则"论

如前所述，江户时代的荻生徂徕就针对日本传统的训读法进行批判，提出"汉文直读"的主张。但由于时代的限制，长期的传统等原因，并没有成功地推广开来。训读的传统依然持续下来。到了明治时代，在"文明开化""富国强兵"的口号下，日本政府为了尽快地缩短与西方先进国家的差距，打开国门。不仅引进大量的外国专家和学者，还派遣大量的优秀年轻人出国留学。随着对华交流的增加，传统的训读又再次受到质疑。

1879 年，重野安绎在《东京学士会杂志》上发表了一篇题为《汉学应设正则一科，选少年秀才赴清国留学论说》的文章。重野是日本近代的史学家、汉学家。曾参与日本国史的编撰工作，受兰克学派的影响讲求实证而反对盲从传说。上述文章，就是重野于明治初期，汉学处于衰弱之际在东京学士院会上的演讲稿。

在文章的开头，重野说道："今之汉学者皆悉普通变则，决不能

---

① 仓石武四郎：《支那語教育の理論と実際》，东京：岩波书店，1941 年，第 73 页。

谓之为实践正则之专家。无正则专家之故，教习上种种弊端，有用却成无用之物……"① 分析这段话来看，其一，"有用却成无用之物"表明他是从实际运用角度提出这个问题的；其二，文章里"正则""变则"等概念是明治期学校推进英语教学而产生的，显然，重野是在英语学习的浪潮中受到的启发，而提倡以"正则"的方式来学习汉文。明治 3 年（1870）制定的"大学南校规则"中就有规定："一，诸学生分正则变则两类，正则从教师由韵学会话始，变则生以训读解意为主，受教官之教授。"另外，据《东京帝国大学学术大观》记载当时的教授法："外国教师授业者谓正则，以日本教师授业者为变则。"② 由此可见，"变则""正则"原本是一种明治时代规定的一种英语教学制度。在此基础上后来产生"正则英语、变则英语或正则教授法、变则教授法"等概念，逐渐演变为英语的一种教授法。③ 明治以来，日本的学问中心转向欧美。为了吸收欧美的学问，政府花大量资金聘用外国教师，派遣学生海外留学，并在国内实施英语、德语、法语等外国语的教育。也就是说明治以来，与学问直接相关联的外国语就是英、德、法三国语言。重野的"正则汉语"言说可以表明其在汉学学问处于式微之际，欲把中国语提升到与英语等外国语平等的语学地位的意图。

那么，重野提出"汉文应设正则一科"的目的何在呢？从"有用却成为无用之物"来判断，重野之所以提倡汉学必须从"正则"入手，目的就在于"实用"。而一直以来的训读法显然是不能达到实用的目的的。他指出：

　　　方今外交大开，尤其清国位近，且同文同俗之国家关系，公

① 重野安绎：《付录》，六角恒廣：《近代日本の中国語教育》，东京：不二出版，1984 年，第 210 页。

② 《東京帝国大学学術大観》，东京：东京帝国大学，1942 年，第 22 页。

③ 日本の英学一〇〇年编集部：《日本の英学一〇〇年・明治篇》，东京：研究社出版，1968 年，第 347 页。

事的来往至货物往返日益增多，成必然之事。设令从前我邦无汉学、无欧学，则必得急遣留学生通晓其文学事情。然今仅以鲁莽变则汉学自恃为足，而所恃之人却不能完成当前之用，于是用长崎译官，从事翻译，然译官之习律止于寻常翻译，应变突发之事于彼不适，故予希望今之汉学者与译官应合二为一，由此始称专门汉学者也。①

明治以前，有两部分人具有中国汉语言文字知识，一部分是用和汉训读阅读经典的汉学者，另一部分就是长崎的唐通事即译官。重野从实际的运用中，即引文中"然今仅以鲁莽变则汉学自恃为足，而所恃之人却不能完成当前之用"指出了汉学者的"训读"所表现的"非实用性"。对此，重野提出具体的措施就是，首先是按照欧美留学生准则派遣优秀青少年前往中国留学，并招聘教师采用适宜的方法进行这些教学；教学中经史子集都沿用中国的读法来学习，且素雅文体皆学；学成之后，回国进入官校，按照欧美各国的标准采用正则、变则的两分类法教授学生，并按原本与和译的分类方法进行出版刊行，以达到最终废止"非和非汉"的训读法。显然，音读学习汉文典籍是"汉学正则"最关键的部分。

那么，重野所提出的"汉学正则一科"的背景及实质是什么呢？

明治初期，随着中国日渐衰弱，日本与中国的外交关系也发生了变化。如福泽谕吉所倡导的那样，日本的近代化就是朝着"脱亚"的方向发展。日本政府实现"脱亚"的重要一步，就是跟清朝建立近代式的国家关系。② 在这种外交基础上，首先是 1871 年派遣外务大臣到中国与李鸿章等官僚斡旋，以期与中国建立通商条约，几经努力终于缔约成功。1872 年又派大藏卿伊达宗城（1818—1892）前往中

---

① 重野安绎：《付録》，六角恒廣：《近代日本の中国語教育》，东京：不二出版，1984 年，第 217 页。

② 李庆：《日本中国学史》第 1 部，上海外语教育出版社 2002 年版，第 51 页。

国与李鸿章协商签订 18 条修好条规以及 33 条通商章程。明治 4 年
（1871）利用"废藩置县"之名，强行实现了对琉球的控制。1871 年
11 月琉球人漂流到台湾，遭到土著人的杀害。日本利用此事件，积
极开展出兵台湾的准备。1874 年日本出兵台湾，政府内做出了与清
国作战的决定。1875 年爆发"江华岛事件"，日本与朝鲜签订新的条
约，为日本政府对中国开战打下铺垫，等等。面对着逐渐衰弱的中
国，日本可谓步步为营。在这些外交活动中，正如重野所说"然译官
之习律止于寻常翻译，应变突发之事于彼不适"，传统的日文式的
"翻译"训读，是无法满足日本对外扩张势力等实际交流的要求的。
因此，重野的"汉文正则论"也就可以说是应运而生。

　　诚然，重野在洋学一边倒之际，敢于倡导汉学的再兴与汉文教育
的革新，并鼓吹派遣青少年前往中国留学的必要性，是需要相当的勇
气的。同时，也可以看出明治前期，对思想自由的包容力。① 但是不
能忽略的是，重野的"汉文正则"论本质是为本国对外交流的需要，
并没有把中国语提升到与中国学问相联系的地位。明治时期的日本，
学问的重心在欧美国家。当时逐渐落伍的中国，从学问而言，显然对
其不再有任何的价值可言，也就是说中国语不像英语等外国语言那样
具备文化语言的资格。力图改变"华夷秩序"的日本关心的是中国
的土地、土地上的东西以及人们等有形事物，因此中国语也就成了政
治、外交、军事、通商中实用的语言工具，从一种文化语言降至实用
工具的卑俗地位。②

三　中国学的方法论：青木正儿的"汉文直读论"

　　明治时期，随着西方学科制度、西方学术思想的涌入以及"富国
强兵"之需要，对是否有必要进行汉文教育以及怎样教育成为日本学

---

① 陶德民：《近代における〈漢文直読〉論の由緒と行方—重野・青木・倉石をめぐ
る思想状況》，中村春作等编：《訓読論—東アジア漢文世界と日本語》，东京：勉诚出版，
2008 年，第 55 页。

② 六角恒廣：《近代日本の中国語教育》，东京：不二出版，1984 年，第 35—37 页。

界论争的焦点。大正时代论争依然持续。1918 年 6 月，上田万年在《大学及大学生》上刊载的《大学的古典教育》一文拉开了关于中学部汉文科存废论争的帷幕。1919 年斯文会研究会提交《关于中学部汉文科》意见书，主张原形教授汉文，废除直译汉文论。汉文教育中的"和训"问题再次成为关注的焦点。

大正 9 年（1920），青木正儿在《支那学》第 5 号上刊登了《邦人支那学革新的第一步》一文，参与论争。在文章的开头，青木首先援引了荻生徂徕的主张，进而评论：

> 今日来看，（徂徕的主张）乃为不足为奇之当然论说。但于彼时代实为天马行空之言。诚然，于今乃平凡之说。然耳来两百年，未见其实现，何其之怪？人常评价支那为保守之国，然我国如何？虽不能言我国全部，一部所谓饱读汉学之人头脑如何？宛如浪后海边章鱼之凄惨，言可笑毋宁言其滑稽。予叙文学革命，费口舌介绍支那国民之非保守一面，反顾看我国"章鱼"时，顿觉直捣心窝般讽刺。傻子！难道还要问岸边之鸥吗？①

青木文中叹惜徂徕的主张没有实现之余，用"章鱼"等戏谑的用词，对依然遵循训读的保守汉学家们进行了犀利的批判。仓石武四郎回忆："本来，《本邦支那学革新的第一步》应是刊登在《支那学》的创刊号上的。——就连京都——要考虑那个，将其放置在第 5 号。我在东京也偷偷地思考着同样旨趣的问题，但在东京更加被认为是危险思想，甚至有老师提醒我不要在公共场合发言。如此环境，读到《支那学》后，就自然向往京都了。"② 仓石武四郎 1921 年从东京大学转到京都大学，从他的这段话可以看出，当时的东京大学显然是主

---

① 《青木正儿全集》第 2 卷，东京：春秋社，1970 年，第 334 页。

② 仓石武四郎：《青木さんの思い出》，《青木全集月报》Ⅰ，东京：春秋社，1969 年，第 1 页。

张训读的保守汉学家们的所在地；而从东京帝国大学在官学体制中的地位而言，主张汉文原形教授的思想显然在学界占据了主导地位，因而京都大学学者也有所顾忌，推迟了青木正儿的文章发表。

针对主张训读的保守汉学家们，青木正儿从近代日本中国学的学问角度出发，阐述了训读的弊端：

> （一）训读读书花时间，不能与支那人同样快读书。关于这一点，有人认为音读不管怎么快，就像小和尚念经般，不懂意思，因此是无意义的。此非音读之最，罪在读者。从吾人今日学欧文经验、读支那俗文学体验来看，知此类早不成问题。
>
> （二）训读对了解支那固有的文法有害。无论如何，训读之结果往往有囿于日本文法，由此而陷于束缚彼等之弊端。
>
> （三）训读导致意义把握的不准确。训读隔靴搔痒之感无用多言，甚至有时产生实际不了解但似乎了解的幻觉。①

如前所述，和训产生的历史其实就是汉文日本化的一个过程。以上青木正儿所指出训读的弊端，深刻表明他能够敏锐地认识到日本化的汉学已非外国学问的这一本质问题。东京帝国大学文科大学教授盐谷温于 1921 年 3 月发表《汉文原形教授的价值》，从内容看似乎有回应当时对汉文原形教授的非难目的。盐谷温在文中提出训读有千余年的历史，"学者排斥训读，主张音读，欲如教授英法德语那样，是全然忽视训读的历史，视汉文为外国语之谬见"。② 并论及汉文原形教授即和训法的意义在于可以培养刚健雄伟的精神，锻炼头脑，精确国语知识。最后指出"要之，汉文是我国古典的同时，又是现在支那大陆通行的世界性大文学"。③ 较之两人有关言论，可以看出青木主张

---

① 《青木正儿全集》第 2 卷，东京：春秋社，1970 年，第 338—339 页。
② 盐谷温：《漢文原形教授の価值》，山口察常编：《漢文と中等教育》，东京：斯文馆，1921 年，第 60 页。
③ 同上书，第 62—63 页。

"汉文直读"与盐谷温的"汉文原形教授"论争的焦点就在于"汉语""汉文"是不是外国语言、汉文化是不是一种外国文化的问题，从学问的角度而言，其实质就是近代中国学方法论与传统汉学方法论的论争。

青木正儿作为京都中国学的第二代学者，其学风体现了京都中国学的特色。京都中国学研究经过狩野直喜、铃木虎雄的发展，已经确立了将中国文化作为一种"他者"进行研究的基本学风，因此音读是他们研究中国学基本方式。狩野直喜就提出以中国人的方式学习中国。据青木正儿回忆，在狩野直喜给他们上的第一堂中国文学史的课时，讲的一个典故中出现的"于思于思，弃甲归来"就是用现代音读的。当时青木正儿的感受就是"正在这时，听到狩野先生的嘴里说出'于思于思，弃甲归来'的中国语音，忽然忍不住惊叹和感激，心中欢欣雀跃一阵狂喜。到现在我依然能清楚记得老师的声音。我心中暗想，跟这位老师学习，我的梦想一定能实现"。① 京都中国学的另一位创始人内藤湖南对青木的文章进行批评，说"后面部分可以，前面部分太过分了"，② 所谓"前面部分"就是文章开头青木戏谑保守汉学者们为"章鱼"之类的话，而"后面部分"就是青木正儿关于"汉文直读"的一系列阐述，内藤对"后面部分"的认同，显然也表明内藤湖南是"汉文直读"论的主张者。因此青木正儿"汉文直读论"的提出受京都中国学学风的影响很大。

其次，青木正儿提出"汉文直读"论是其学问经验的一种总结。对于音读与韵文学研究的关系，长泽规矩也指出：

　　一般人认为邦人鉴赏汉诗汉文，进行研究是比较容易的事情。但我们的先辈给汉诗汉文加训典，迂回训读，因此不能理解

---

① 《青木正儿全集》第7卷，东京：春秋社，1984年，第338页。

② 《学问の思い出—青木正儿博士》，《東方学》第31辑，东京：东方学会，1965年，第166页。

作品的韵律。即使音读，现代音与唐宋时代的音之间也有很大的差别，也就是说汉音并不是中国语音，由于有很大的转化，不知道当时制作时的音韵，但还是要胜过训读。①

也就是说，在韵文学研究中，尽管语音有时代变化的缺点，但是音读还是要远胜过训读。这一点青木正儿是深有感触。1920 年青木正儿发表《金冬心的艺术》，并寄赠与胡适。1920 年 11 月胡适在给青木正儿的回信中，胡适指出青木正儿的《金冬心的艺术》中所引《双禽曲》等三首词曲句读的错误，青木深刻意识到训读的弊端，他在给胡适的回信中说道

> 我们日本人的读书法，把中国文牵强日本的文法，迂回环读，字音也是千年以还转讹的汉音——没有四声的别，音韵不谐的。因为这个缘故，我们所求支那学的时候，不便不少；就中研究韵文为尤甚。（中略）我们应该废弃这个偶像，学今日的中国音读法；否则我们的学习力，进步不可企及：这是日本支那学者流的改进第一步。②

这个研究的失败经历，应该说是导致青木正儿写《本邦支那学革新的第一步》的最直接原因。可以说，在京都中国学学风影响以及自身学问经验基础上，青木正儿提出"汉文直读论"可视为是中国学方法论的一种明确化。

如果说青木正儿在《支那学》上发表的《以胡适为中心的汹涌澎湃的文学革命》是对中国新文化革命的礼赞的话，那么《邦人支那学革新的第一步》（后改名《汉文直读论》），就是对本国旧有的

---

① 長澤規矩也：《青木先生と私》，《青木正児全集月報》Ⅰ，东京：春秋社，1969年，第 4 页。

② 《关于胡适与青木正儿的来往书信》，载耿云志主编《胡适研究丛刊》第一辑，北京大学出版社 1995 年版，第 309 页。

传统汉学陋习——汉文训读——进行的抨击。青木之所以敢以犀利的语言批判当时占一定势力的保守派，提出"汉文直读论"，与青木自身的"狷介不羁"的个性有关外，时代背景的影响也是不能忽视的。青木出生在一个医生家庭，其父是饱含汉学素养之士。虽然从小经受儒学的熏陶，却并没有像其他汉学者一样做一个纯粹的儒者，从小就对儒家传统道学思想具有反叛精神。① 明治中后期，国家相继颁布《教育敕语》（1890）与《戊申诏书》（1908），给国民思想以明确的规范，展开国民教化运动。在明治后期度过学生时代的青木，强烈地感觉到了儒教风的家庭教育与时代潮流所带来的束缚。② 日本进入大正民主时代，在 1918 年"米骚动"前后，先后发生了劳动运动、农民运动、妇人运动、被差别部落的解放运动、民主主义运动、社会主义运动、共产主义运动等反权力、反体制的形形色色社会民主运动。同时，在中国掀起了打破旧文学传统的"新文学革命"。国内外的民主运动应该说对狷介不羁、反儒学传统的青木正儿是个很大的刺激。尤其是胡适、陈独秀倡导的文学革命对其影响很大，正如他所说的"予叙文学革命，费口舌介绍支那国民之非保守一面"，对于本国保守的"和汉训读"自然是不会放过。

此外，青木正儿敢于挑战传统，提出"汉文直读"论，与狩野直喜、内藤湖南为代表的京都中国学开放式学风的影响不无关系。如前多次阐述，日本政府从最初开始就是计划以异于现有的东京帝国大学的办学方针创建京都大学的。事实上，京都大学后来所体现的学风也的确证明与东京大学不同。白川静指出，京都大学所持的是东京大学

---

① 这一点在佐佐木愿三《仙台时代の青木先生》（《青木正儿全集月报》Ⅳ，东京：春秋社，1970 年，第 5 页）；以及其四子中村乔给唐振常的信中（1981 年 1 月 21 日）都有叙述，见唐振常《吴虞与青木正儿》，《中华文史论丛》，上海古籍出版社 1981 年版，第 290 页。

② 陶德民：《近代における〈漢文直読〉論の由緒と行方—重野・青木・倉石をめぐる思想状況》，中村春作等编：《訓読論—東アジア世界と日本語》，东京：勉诚出版，2008 年，第 64 页。

的所谓的一种对抗性立场，虽然是官学，但不允许官学一尊的立场"。① 京都学派所提倡的就是不惧权威敢于向权威挑战的精神，且没有权威意识。这一点从《支那学》刊物的审稿程序也可以看出来。内藤湖南就曾对向往京都大学的自由学风而从东京大学转任过来的仓石武四郎介绍说，《支那学》杂志都是年轻人在办，而自己的论文都是通过年轻人们审稿后才能刊登。对此，仓石武四郎回忆："创刊《支那学》，'审查'大人物的原稿的不用说是小岛祐马、青木正儿、本田成之三位老师。"② 可以说，京大这种开放的学风助长了青木反传统权威的勇气。

　　总而言之，青木正儿是将"汉文直读"作为中国学学问方法论而提出的。仓石武四郎指出："要正确认识支那的学术，且适当的摄取的必要方法，就是学习支那语。如果忽视了这一点，要掌握支那人所表现的意义，是极其困难的。"③ 青木的"汉文直读"论可以说是从学习研究中国学问的目的出发，把中国语作为一种外国文化语言来对待。这一点与荻生徂徕所提出的"汉文直读"目的不同。荻生徂徕主张废除汉文训读法，敏锐抓住了日本汉学的要害，即训读法导致的汉学日本化，但这并非是他要解决的问题，他提出的翻译理论并非是现代意义的"民族国家语言"。④ 也就是说，荻生徂徕的"汉文直读"论最终是在日本汉学语境中思考问题，建构与日本社会发展相适应的"古文辞"学，用以达到批判"朱子学""古义学"的目的。同时，青木正儿的"汉文直读"与重野从政治角度出发，注重中国语的

---

① 白川静：《京都の支那学と私》，《桂东杂记》1，东京：平凡社，2003 年，第 65—66 页。

② 仓石武四郎：《青木さんの思い出》，《青木正儿全集月报》Ⅰ，东京：春秋社，1969 年，第 1 页。

③ 仓石武四郎：《支那语教育の理论と实际》，东京：岩波书店，1941 年版，第 38 页。

④ 孙歌：《"汉学"的临界点——日本汉学引发的思考》，《世界汉学》1998 年第 1 期。

"实用"功能性也有本质意义的不同。

综上所述，汉文从应神时代开始传入日本，经过将近两千年的历史发展，已经融入了日本的文化之中，成为日本自身文化的一部分。"汉文直读"论的提出，可以看作是日本自身文明发展过程中的一种反省。青木正儿的"汉文直读"论的提出则可视为日本近代以后中国学学术发展的一种诉求。

第三节　青木正儿治学走向分析

青木正儿一生三次到中国，游历了中国的大江南北。通过在中国的游历，青木正儿实地亲身体验了中国的风土人情，为以后的学问研究打下了基础。关于在中国游学的所感所想，青木正儿写下了中国游记《江南春》。此外，青木还写过关于中国的随想杂文《竹头木屑》。通过这两部作品，可以看出青木所见到的现实的中国与他文学中所了解的中国之间的张力。而正是这种张力，使得青木正儿对现实中国产生失望之情，学问的重心开始转移，从对当代的中国的关心转向了古典中国的研究。本节以青木正儿的中国体验为考察对象，考察其对中国的认识及学问重心转移的过程。

一　治学走向转变的背景：青木正儿的中国体验

青木正儿一生三次游历中国。第一次是 1922 年 3 月，从神户港出发，乘船来到上海，分别游历了杭州、苏州、南京、扬州、镇江、庐山等地。第二次是 1925 年赴北京大学留学，从下关港出发乘船到韩国釜山，经首尔、平壤到达中国东北的奉天（今沈阳），然后经奉天到北京。在留学期间，游历了郑州、开封、洛阳、大同等地。第三次是 1926 年 3 月回国之后 4 月再次来中国重游江南。先到上海，游历了宁波、镇海、舟山、沈家门、普陀山、绍兴、嘉兴、湖州、苏州、常熟、南京、芜湖、安庆、九江、汉口等地。三次游历中国，青木正儿写过游记《江南春》以及随笔杂文《竹头木屑》，记录了在中国旅行的所见所闻以及所想。事实上，青木正儿的三次中国旅行与大正时代特色及京都中国学学风是分不开的。

1. 青木正儿中国游的背景

明治时代，到中国大陆来的日本人主要是参加中日战争以及日俄战争的士兵、记者、画家以及一部分留学生等，数量非常有限，而且大部分跟政府有关。大正时代，日本社会掀起一阵"支那趣味"的潮流，并作为当时的一种时尚生活方式在日本大正末期的知识人中间广为展开。其主要内容包括收藏中国家具、品尝中国料理、到中国旅游等，体验一种与以往汉学者们所不同的完全新式的与中国文化亲密接触的方式。①

"支那趣味"之所以产生，其重要的前提就是大正时代交通的发达。正如海野弘所指出的那样，"20世纪二三十年代，是海外旅行真正开始的时代。此前的海外旅行，只限定于少数人，且非常辛苦及不便。第一次世界大战后，交通机关与旅馆设施的发展，旅行代理店所有一切都帮助安排，因此开启了轻松享受外国之旅的时代帷幕"②。1905年日俄战争后，成立南满州铁道株式会社（简称"满铁"）。1911年日本"满铁"擅自在朝鲜新义州与鸭绿江之间建设鸭绿江铁路大桥，朝鲜至满洲的铁路开通。1912年新桥至下关、下关至釜山的铁道火车开通，由此以来，日本经由釜山到中国大陆便成为现实。中国大陆1881年第一条铁路唐胥铁路通车，到1911年连接奉天（今沈阳）与北京的京奉铁路开通。同年，连接天津与浦口的津浦铁路开通。这样，加上原有的南京到上海的铁路，以及1906年开通的北京至汉口的京汉铁路，使中国主要城市都连接起来。此外，当时日本有定期客船来中国长江一线。火车与客船等交通工具的发达，使得大正时代来中国的日本人也就相应地增多起来。

———————

① 西原大辅：《谷崎润一郎与东方主义——大正日本的中国幻想》，赵怡译，中华书局2005年版，第22页。

② 海野弘编：《モダン都市文学Ⅸ——異国都市物語》，东京：平凡社，1991年，第1页。

到中国旅行的人明显增多，有关中国方面的宣传和报道也相应地多起来。例如日本杂志《中央公论》1922 年 1 月号就刊载了题为《中国情趣研究》的特辑，刊登了 5 篇与中国有关的文章。① 文学方面以中国为题材的创作也增多。当时的唯美作家中谷崎润一郎的《鹤唳》《庐山日记》等，佐藤春夫的《李太白》《蝗的大旅行》等，以及芥川龙之介的《南京的基督》《杜子春》《秋山图》等都是取材于中国。同时关于中国的游记也多起来。青木正儿游历中国并撰写《江南春》的游记显然与当时的这种潮流分不开。

就青木个人而言，中国游学除了以上背景外，还与京都中国学的学风特点分不开。京都中国学学风要求就是成为"中国迷"以及亲身体验中国。成为"中国迷"是京都中国学创始人狩野直喜所一直强调的。据青木正儿回忆，"那个时候师狩野先生经常教导我们'不入迷不行'。那个时候我才入京都大学不久，所谓'入迷'就是对中国入迷的意思"②。显然，从狩野做学问的角度来看，要做好中国学问首要条件就是喜欢中国，对中国的一切都着迷。而这点刚好与大正时代的"支那趣味"潮流有异曲同工之处。除了对中国入迷之外，京都中国学的学问实践中还体现了需要实地考察的特点。如前所述，狩野直喜提出来要"把中国作为中国来理解"的主张，而要贯彻这一主张，只局限于文本的实证显然是行不通的，因此"重视对中国的实地考察和实地接触"③ 就成为必然。从京都中国学的第一代学者来看，狩野直喜曾经来中国留学。内藤湖南京大执教前多次来中国，到京大执教后也多次到中国实地考察。内藤的中国游记《燕山楚水》

---

① 参见西原大辅《谷崎润一郎与东方主义——大正日本的中国幻想》，赵怡译，中华书局 2005 年版，第 14—15 页。这 5 篇文章分别为小杉未醒的《唐土杂观》、佐藤功一的《我的中国情趣观》、伊东忠太的《从住宅看中国》、后藤朝太郎的《中国文人和文房四宝》和谷崎润一郎的《何谓中国情趣》。

② 《青木正儿全集》第 7 卷，东京：春秋社，1984 年，第 40 页。

③ 钱婉约：《从汉学到中国学——近代日本的中国研究》，中华书局 2007 年版，第 45 页。

就记录了其中国体验的所见所闻及所感。此外，京都中国学的文学研究者铃木虎雄也曾来中国留学，并写了游记文章《寄自北京》（1915）、《汴洛纪行》（1916）。比青木正儿稍晚的京都中国学学者吉川幸次郎说到中国游学的体验，指出"通过留学，对中国人的价值观有了大致的了解。……现在想来，正是在认识这些大的价值观念、学术界方面用了心。至于是不是要采取与之协调的观念来研究是另一回事。但我自己是尽量与之相协调的"。① 这也正说明，中国的实地体验对于中国学研究者来说是了解研究对象的必不可少的一个环节。由此，京都中国学的学风特点也是促进青木正儿几次到中国游学的主要原因。

　　在时代背景以及京都中国学的学风特点影响下，青木正儿三次前往中国游学。在中国的游学过程中，青木正儿观看了大量的京剧、昆曲的剧目，对理解和研究中国戏曲起了重要作用；走访了大江南北的风土人情，请人绘制了北京风俗图谱，为日后的名物学研究积累了大量的感性知识和材料。青木正儿的三次中国实地体验为他今后的中国学研究打下了很好的基础。

　　2. 青木正儿的中国体验

　　如前所述，大正"支那趣味"的影响下，有很多日本文人名士来到中国旅游。而这些到过中国的人，大多数都写了游记。关于日本人到中国的旅游，美国的日本学研究者 Joshua A. Fogel 对此有专门研究。Fogel 锁定 1862 年幕府解除海外航行的禁令，派遣千岁丸到中国上海考察为始到二战战败（1945）这段时间，他搜集的日本人到中国写的游记类作品多达 500 多份。同时，他也指出这些日记、旅行记之类的作品体现了那个时代日本人对中国的解读。②

　　日本通过甲午战争、日俄战争的胜利，在中国获得大量利益并索

————————

　　① 吉川幸次郎：《我的留学记》，钱婉约译，光明出版社 1999 年版，第 78 页。

　　② Joshua A. Fogel, *The Literature of Travel in the Japanese Rediscovery of China*：*1862—1945*, Stanford：Stanford University Press, 1996, pp. xi-xv.

取大量能源（战争赔款、钢铁能源等），这些使日本资本主义得到飞速发展。而中国由于一系列不平等条约的签订，加剧了殖民化的程度，举国上下，满目疮痍，呈现一片衰败气象。进入大正时代，日本帝国主义逐渐形成，并开始充分显现侵略中国的意图。正如吉川幸次郎所说"大正时代，是日本人对中国最不怀敬意的时期"。① 这一点除了政治上的表象外，在那些到中国旅行的名人作家游记中也有充分体现。例如比青木正儿稍早到中国旅行的芥川龙之介所写的《中国游记》就赤裸裸地表现出对落后中国的厌恶和不屑。芥川龙之介（1892—1927）是日本近代文学史上重要的作家，受大阪每日新闻报社的派遣，于1921年3月底到7月中旬访问中国。回国后芥川分别写了《上海游记》《江南游记》《长江游记》以及《北京日记钞》，组成单行本《中国游记》。芥川既是当时日本文坛有名的作家，同时又以大阪每日新闻特派员身份访华，因此他所写的游记影响比较大，堪称是日本大正时期文学家写作的最重要的一部中国纪行。② 游记中对于杭州西湖的印象，芥川是如此写的：

> 但是这位美女，已经被岸边随处修建的那些俗恶无比的红灰两色砖瓦建筑，植下了足以令其垂死的病根。其实，不只是西湖，这种双色的砖瓦建筑就像巨大的臭虫一般，在江南各处的名胜古迹中蔓延。将所有的景致破坏得惨不忍睹。……而且西湖的恶俗化，更有一种愈演愈烈之势……对我而言，别说是领事，即使被任命为浙江督军，我也不愿意守着这样的烂泥塘，而更愿意住在东京。③

字里行间，无不显现出芥川对西湖出现的新变化的厌恶，也隐含

---

① 吉川幸次郎：《我的留学记》，钱婉约译，光明日报出版社1999年版，第7页。
② 秦刚：《芥川龙之介的中国行与〈中国游记〉》（译者序），载芥川龙之介《中国游记》，中华书局2007年版，第3页。
③ 芥川龙之介：《中国游记》，秦刚译，中华书局2007年版，第72页。

他对落后中国的鄙弃。

那么，大正时代作为京都中国学的第二代学者青木正儿，对中国又是怎样描述的呢？

青木的第一次中国行是大正 11 年（1922）3 月到 5 月。从 4 月开始青木投稿《支那学》刊物，相继发表 5 篇有关中国游的文章。这 5 篇文章组成单行本《江南春》，记录了这段时间青木在中国的所见所闻与所想。青木 3 月从神户出发，首先到了上海。正如他游记的开头部分所写"为了逃避上海的喧闹，我来到了杭州"，① 显然他不是很喜欢上海，因此他游记中记载的第一站是杭州。对于杭州的印象，青木表现出与芥川相反的态度。② 他首先就反驳了芥川的观点：

> 我曾经听许多人感叹西湖变得俗了，我却觉得有些夸大其词，所谓西湖的庸俗化，指的是近来新建了许多欧式建筑，破坏了与周围景观的调和。但是请问持如此论者是出于什么思想呢？不检讨自己的姿态，一味攻击欧式建筑，这是狭隘的，上帝也会说"就是因为你们的不协调的头脑和装束，这里的风景才变得庸俗化了"。③

紧接着，就如满腔热情地介绍和礼赞中国文学革命、思想革命一般，青木依然初衷不改，高度赞扬了中国的名胜之地西湖所展现的新

---

① 青木正儿：《江南春》，《两个汉学家的中国纪行》，王青译，光明日报出版社 1999 年版，第 97 页。

② 芥川作为特派员访华前，大阪每日新闻打出预告隆重介绍芥川访华将带来一手介绍中国的游记，并称芥川为"现代文坛的第一人，新兴文艺的代表作家"。而针对此，青木更是讽刺地说"现代文坛的某才子"之类的话，由此可知是针对芥川龙之介而言。参见井上洋子《芥川龍之介の中国旅行と〈支那趣味〉の変容》，《福冈国際大学紀要》2000 年 NO.3，第 85—92 页；周维强《在新的和旧的之间——青木正儿说西湖》，《西湖》2005 年第 10 期，第 70—73 页。

③ 青木正儿：《江南春》，《两个汉学家的中国纪行》，王青译，光明日报出版社 1999 年版，第 97 页。

气象：

　　我认为西湖的一角好像中国的缩影，欧式建筑渐渐中国化，在不久的将来肯定会出现与西湖完全协调的景观，中国全国的文化也如此。如果我们考察中国古代文化，就会发现外来文化是怎样促进新文运的兴隆，即使那曾经是他们所轻视过的文化……中国民族的伟大就在于吸收外来文化，以壮大自己，所谓泰山不择土壤，路走不通了，换个方向，就会豁然开朗。不消说清末中国文化已经走到了末路，但是现在亲爱的中国青年们正在摸索新的方向，而那将是把可敬的大国文化从衰老病弱当中解救出来的长生不老的仙药。因此即使对西湖的风景产生一点影响也不成为问题，只要不把无辜的西湖柳砍掉，把苏堤建成运动场，就可以酌情改造，毁掉西湖一二个景观没有什么大惊小怪的。①

　　这段论述，表现了青木用历史的、发展的眼光看待落后的中国所显现的新气象。中日之间以甲午战争为契机，日本对中国由崇敬转为蔑视，近代日本人所写的游记就体现了这种转变。青木正儿游记中所体现的对中国现状的共鸣、同情与期待较之当时大多数日本人写的中国游记来看，无疑是非常难得的。但也不能否认，青木对现实中国穷途末路现状的事实认同，因此他认为现实的中国必须要进行变革，而变革的原则就在于"只要不把无辜的西湖柳砍掉，把苏堤建成运动场"即不改变中国文化本质的东西。而对于将来的中国，青木充满了希望：

　　今天早晨我从旅馆二楼望去，在前面的民众运动场，少年童子军正在有纪律地行动，朝气蓬勃，充满活力。寄语中国青年诸

① 青木正儿：《江南春》，《两个汉学家的中国纪行》，王青译，光明日报出版社1999年版，第98页。

君，只要对这老大国的痼疾有效，任何药都去尝试吧！除此别无出路，我从西湖预想到不久的将来诸君一定会创造出中国文化灿烂的昌盛期。①

同时，青木在中国的实际体验中，依然表现出对儒家思想的批判以及老庄学说的赞美：

"无为"是中国人自古传承下来的、从自然和人为的压迫中锻炼出来的中国魂。上古从北到南发展过来的汉族为了自卫，为了对抗自然的威力而持续的努力，这种生的执着成为现实的实行的儒教思想；而对于不可抗拒的事物则采取服从的态度，这就是虚无恬淡的老庄思想，他们沉湎于欲望时的尔虞我诈都是"儒祸"所致，而虚无恬淡便是"道福"。②

对于儒学这种厌恶，青木甚至上升到了生活中的小事物上，"竹制的圆筷好像南宋道学先生玩的空竹一样束成一把，我感到乏味"③。同时他表现了对道教的喜爱，"到底是我那亲爱的北线阁道士，在我登阁时他无言地为我指路，当我下来时仍默默地坐守在那里。我不禁为道教的明显衰退感到痛惜，但于这些小事上道士还能保持一些玄风遗义，让我感到些许安慰"④。

然而正如川本三郎指出的那样，经过日清战争和日俄战争后，"作为战胜国的人们，他们对'支那'抱有优越感。作为日本人他们有种自己西洋化，成为绅士，而战败国的'支那'人还是落后文化

① 青木正儿：《江南春》，《两个汉学家的中国纪行》，王青译，光明日报出版社1999年版，第98页。

② 同上书，第114页。

③ 同上书，第101页。

④ 同上书，第112页。

的非文明人，从而轻视中国人的意识"。① 这应该是大正时代，日本人对中国整体认识的写照。青木正儿虽然难得地表现了对衰落中国新气象的赞同与希望，但依然摆脱不了上述大的潮流与趋势。在游记中，青木对现实体验中的中国国民性的负面评价还是频频出现。从杭州寺庙的和尚、玄武湖的少年、苏州的马夫、上海的车夫再到雨花台的少年少女，描写最多的是中国人的鄙俗和贪得无厌。而对于以白檀充沉香的现象更是愤怒到发难："我曾经看不起京都的香铺鸠堂，以为到了中国沉香便会堆积如山，如今我对现代中国的低级趣味感到有些愤慨。……当然也许是因为我不熟悉这里的老字号，但文雅的老大国给我这如此渴望的东方书生一两炷沉香又有何难?"② 甚至对于北方人对大蒜的喜爱，他都认为："韭菜和蒜，是最能体现中国人的利己主义和乐天主义国民性的食物。自己吃滋味妙不可言，自己不吃，旁边人吃就臭不可闻。但是如果在乎别人的感受就不能享受此等美味，所以闻到旁人的臭气也只能是'没法子'，因此人吃我也吃，'彼此彼此'相安无事，这就是利己的妥协主义。"③ 从吃大蒜联想到国民的利己主义，未免过于主观。但也体现了青木正儿作为"先进"的日本人对于"非文明"的中国人国民性的一种审视角度。

沟口雄三指出，明治以后，日本人的中国观有对近代中国蔑视，对古代中国大加推崇的互为矛盾的两面。④ 也正是因为这样，对于这种现实中国的种种不美好，即便是赞美中国革命新气运的汉学家青木正儿也是宁愿转到中国古典中去寻求安慰。"我涉足中国文学，现在为了了解中国又把自己置身于其间，但我还是热爱日本的。京调的音乐和随便擤鼻子吐痰的中国人我无法喜欢，只有面对自然美景我才心

---

① 川本三郎：《大正幻影》，东京：岩波书店，2008 年，第 185 页。

② 青木正儿：《江南春》，《两个汉学家的中国纪行》，王青译，光明日报出版社 1999 年版，第 108 页。

③ 青木正儿：《竹头木屑》，《两个汉学家的中国纪行》，王青译，光明日报出版社 1999 年版，第 123 页。

④ 沟口雄三：《日本人为何研究中国?》，《新史学》1990 年第 1 卷第 2 期。

情愉快，我读起戏文，把我愉快的心情继续保持下去。"① 正说明青木正儿对现实中国所掩盖不住的厌恶感。由此可见，大正民主时代的青木正儿虽然难能可贵地用发展的眼光看待落后的中国所显露的新气象，但是实际上中国还是让青木正儿感到失望的。

小岛晋治指出，日本明治以后，"随着日本国民国家的形成，以日本的国民国家为模型，来批判中国或者来看待中国是共通趋势，且这趋势越来越强"。② 这点可以认为是近代日本国民的普遍性行为。青木对革命的礼赞以及寄予希望的言说，正是以自己的国家模式审视中国，给中国提出改造的良方的。而在他提出建议的同时，其实是忽视了中国作为一个独立的国家所具有的主体性。例如在给吴虞的信中提到他从事中国学的目的是"改造儒家思想，引进西方文化"，且不评论他的建议是否符合中国的实际情况，但从他提出的主张的态度来看，仍然没有脱离近代日本大多数知识人对中国的认识的窠臼。正是出于这种大文化语境，青木正儿在接触到落后的现实中国后，必然性地转向先进的古典中国。

二　治学走向的宣言：《支那学研究中邦人的立场》

如前所述，现实中国与古典中国的落差，使得青木正儿趣味转向了古典中国。但真正体现其学问重心的转移，应该是青木正儿于昭和12 年（1937）6 月发表的《支那学研究中邦人的立场》一文。当然，这样的转变也是经过了一个过程的。

青木正儿对中国现代文学的关注最早开始于大正 5 年（1916）以瓢公的署名发表《近来支那文学史书评论记》，之后大正 8 年（1919）在大阪的《大正日日新闻》上发表《觉醒的支那文学》。随着 1920 年《支那学》的创刊，青木相继在该刊上发表了《以胡适为

① 青木正儿：《江南春》，《两个汉学家的中国纪行》，王青译，光明日报出版社 1999 年版，第 110 页。

② 小岛晋治：《近代日中关系史断章》，东京：岩波书店，2008 年，第 96 页。

中心的汹涌澎湃的文学革命》《吴虞的儒教破坏论》《从胡适的中国哲学史窥见之事》《读胡适著〈红楼梦考证〉》等。如前所述，据目前的资料来看，大正民主思潮下，吉野作造是日本第一位关注中国文学革命的，但主要是从政治的角度。从文学的角度而言，青木正儿的这几篇关于中国现代文学的文章可以说对日本的中国文学界有着启蒙作用。前文提及的日本中国现代文学研究者增田涉（1903—1977）就曾自述，正是看到青木正儿在杂志《支那学》上介绍中国文学革命的文章，初次了解了中国的文学革命，知道了胡适、鲁迅的名字。①包括吉川幸次郎也指出，日本中国学界最早关注现代文学的是青木正儿，在 1920 年发行的《支那学》刊物上介绍了《新青年》以及有关的文学革命的人，例如陈独秀、胡适、鲁迅等人。②

　　值得注意的是，青木的这几篇文章的重心皆放在对思潮的介绍上，并没有从文学的本身去研究中国现代文学。正如他回忆成为"支那迷"的过程所说"委托别人邮寄了几册《小说月报》之类，但是对其比较失望。无聊的作品较多。觉得现代文学较之我国文学落后得多"③。而在介绍文学革命时，涉及文学发展水平，青木是这样评论的："小说尽是持续以往的翻译作品，尚没有人染指小说的新创作。……总之，实际方面还没有值得说的任何事物。以上就是此次旧文学破坏运动的内容。"④ 实际上，青木正儿与胡适、周作人、鲁迅等现代文学家有过多次书信往来，但作为日本中国学界最先关注鲁迅的青木正儿，显然没有从事中国现代文学的研究。青木正儿与近代中国相关研究情况，见表 1。

----

① 增田涉：《青木さんと鲁迅》，《青木正儿全集月报》Ⅱ，东京：春秋社，1969 年，第 3 页。

② ［日］吉川幸次郎：《我的留学记》，钱婉约译，光明日报出版社 1999 年版，第 8 页。

③ 《青木正儿全集》第 7 卷，东京：春秋社，1984 年，第 41 页。

④ 《青木正儿全集》第 2 卷，东京：春秋社，1970 年，第 228 页。

表 1   青木正儿近代中国相关著作年代表

作品	出版时间
《近来支那文学史书评论记》	大正 5—6 年（1916—1917）
《觉醒的支那文学》	大正 8 年（1919）12 月
《邦人支那学革新的第一步》	大正 9 年（1920）
《以胡适为中心的汹涌澎湃的文学革命》	大正 9 年—大正 10 年 4 月（1920—1921）
《从胡适的中国哲学史窥见之事》	大正 9 年（1920）
《读胡适著〈红楼梦考证〉》	大正 9 年（1920）
《吴虞的儒教破坏论》	大正 10 年 11 月（1921）
《江南春》	大正 11 年 5—7 月（游记）（1922）
《竹头木屑》	大正 15 年 1 月 昭和 2 年 昭和 13 年 （1926） （1925） （1938）

　　青木有关中国文学研究的成果颇多，从表 1 可得知，除游记外，青木的中国文学研究与同时代的中国文学相关的仅限于大正 10 年（1921）以前。此后，可以说青木完全转向中国古典文学研究。

　　1922 年 3 月，青木正儿第一次到中国游学。在游学中，认识到了现实中国与古典中国所表现的种种差距。如前述，青木在游记中明显表现出到古典中国（戏曲）中寻找"美好心情"的倾向。1924 年，青木再次来到中国留学，此次主要在北京。留学期间（1925 年 4 月），青木拜访了王国维。此次与王国维的会面，可以说是促进其完成《中国近世戏曲史》的重要契机，也是青木学问重心转移的开始。关于这次会面，青木正儿在《王静安先生的追忆》中写道：

　　　　先生问我到这里主要打算做什么，我答曰想看戏，关于元以前的戏曲史已经有先生的大著，自己便想搞搞明以后的戏曲史。先生谦逊道自己的著作不足挂齿，又说"明以后的戏曲史没有意思，元曲是活的，而明曲是死的"，这时我感到一些反感，元曲的活文学当然已经是定论，但明清文学也不全是死文学。如果仅以词曲而论之，明清之曲拘泥于诗余风气，缺乏生气，到底不若元曲天籁，但若就剧全体来看，并不一定比元曲退步。（中略）先生的《宋元戏曲史》在资料搜集的丰富和眼光的犀利上，是无与伦比的。现在在没有发现新的珍稀材料情况下，先生的研究是不能做什么增补修正的，而明以后是先生的残羹剩饭，我甘愿拾先生的牙慧。①

对于这段逸事，学界一般着眼于青木正儿与王国维对于"戏曲"与"戏剧"理解上的分歧。② 实际上，从字里行间还是可以体会到一个年轻日本学者对中国权威学者的一种学术上的抗争，也正是这种抗争，使得青木需要在学问上去证明自己的学术实力，因此，他开始转向戏曲研究。此后，青木相继发表了《自昆曲至皮黄调的推移》（1926）、《南北曲源流考》（1927）。在这两篇文章的基础上，青木正儿完成了《明清戏曲史》，后改名《中国近世戏曲史》（1930）。也就是说，从《中国近世戏曲史》的发表开始，青木正儿的研究重心完全转移到中国古典文学研究。

昭和 12 年（1937）6 月青木发表《支那学研究中邦人的立场》，论述了作为日本人怎样做中国学问：

对支那文学的理解与鉴赏，跟他们比我们自是没法说。虽有旁观者清的说法，那也是所谓旁观者清，缺乏实力的不合实际的幻想。然而要想与他们较量，就必须攻其虚处。过去我国的支那学者推进研究步伐的方法，就是依据新体系方法以及开拓新领域。就文科而言，新体系方法就是采用文学的史的研究方法，开拓新领域则是提高戏曲小说等通俗文学的地位。这些本是由欧洲文化的影响而来的，但我们先比支那学界觉醒，且比欧洲支那学

---

① 青木正儿：《竹头木屑》，《两个汉学家的中国纪行》，王青译，光明日报出版社1999 年版，第 137—138 页。

② 参见叶长海《宋元戏曲史导读》，载王国维《宋元戏曲史》，上海古籍出版社 1998年版，第 16 页。

者处于更有利的立场。①

　　文中可以看出，青木正儿确定了治学的方向就是"文学史的研究方法"以及开拓新领域，提高"戏曲小说等通俗文学的地位"。而这两者之所以为青木所青睐，就在于这两领域是由"欧洲文化的影响而来"，日本学界"先比支那学界觉醒，且比欧洲支那学者处于更有利的立场"。而青木如此大声呼吁日本学界，其深层原因就在于"日中两国间的中国学界逐年接触紧密，研究领域与方法渐次步调一致"。对于这种现象，青木很直接地指出："对于实力的压迫，我学界以什么来对应呢。当然，他们并非是对我们进行挑战，合作互助专心研究也很好，但一不小心就会陷入到不得不被其引导的境地，我们支那学界的立场愈发艰难。"② 显然，中国文学界发展的趋势让近代以来文学研究领域一度领先中国的日本学界感觉到危机。对于这种危机，青木正儿提出的对策就在于"研究法的好坏与人的头脑相关，领域的开拓在于人的眼光，不问是本国人还是外国人，不用说全在于个人的才能。因此对于支那文学的理解和鉴赏感到自卑的同胞们，唯有以这两途为主要目标前进"③。由此来呼吁日本学界从文学史的研究以及俗文学领域两方面来超越中国本土的文学研究。

　　同时，为了鼓励日本学界，青木正儿也指出中日两国并非只有长短之竞争，也存在合作的乐趣。但实际上青木正儿在文中所举的合作实例，也是指日本学界在某方面先有发现，从而促进中国学者的研究。所举的两三例，主要是敦煌遗书中的通俗文学资料的发现、诸宫调的研究、《古今小说》以及《醒世恒言》的发现等对中国学界的刺激。这些事例的列举，无一不体现在青木的意识中，日本近代中国学比中国进步的一面。当然，这些实例无疑也达到鼓舞日本学界士气的

---

① 《青木正儿全集》第7卷，东京：春秋社，1984年，第46页。
② 同上。
③ 同上。

策略目的。

综上所述，青木正儿以发展的眼光看待中国，但通过真正的中国体验后，却依然感到了现实中国与想象中国的张力。在时代背景以及近代日本普遍性中国观的影响下，青木正儿将学问的重心逐渐转向古典中国文学（戏曲、文学史）方面。

小 结

青木正儿作为京都中国学的第二代学者，在对第一代中国学学者的批判和继承上发展了日本近代中国学。在大正民主思潮影响下，青木正儿能够积极介绍中国文学革命，并在民主运动的刺激下，撰写《邦人支那学革新的第一步》，倡导"汉文直读"的方法论。然而真正的中国体验，现实中国的落后以及近代日本对中国的蔑视，使青木正儿开始远离同时代的中国，其学问重心转向中国古典文学。在古典文学研究方面，近代日本由于吸收西方研究方法以及文学观念，在文学史的研究及开拓俗文学领域领先于中国，因此这两方面成为青木转向后的研究重点。接下来的两章分别考察青木正儿的中国戏曲以及文学史的研究。

第三章

青木正儿的中国戏曲研究

中国戏曲典籍于 17 世纪左右传入日本，与中国诗文备受重视相比，对中国戏曲进行介绍和研究则被视为"末技"。直到明治维新后，近代西方文学观念的传入，戏曲才从"赏玩"对象蜕变为学术研究的对象。青木正儿正是在这样的学术语境下，展开了中国戏曲研究，他的代表作有《中国近世戏曲史》《元杂剧序说》。其中《中国近世戏曲史》以缜密周到的考证而为学界所赞，中国学界更是尊他为"日本研究中国曲学的泰斗"①。青木也由此奠定了其在日本中国戏曲研究领域的重要地位。

本章主要梳理近代日本的中国戏曲研究，以复原青木正儿进行戏曲研究的学术史语境，进而考察青木正儿戏曲研究中所体现的中国戏曲观，在此基础上通过与王国维的戏曲史研究进行比较，以探讨青木戏曲史研究特色的生成路径。

第一节　近代日本中国戏曲研究概观

在西方学术观念的刺激下，近代日本展开了中国戏曲研究。但不能忽略的是中国王国维戏曲研究对日本学界的刺激。因此，本节从日本国内戏曲研究、外部刺激两方面进行梳理考察，以厘清青木正儿戏曲研究的学术语境。

---

① 隋树森：《元杂剧序说·序》，载青木正儿《元杂剧序说》，隋树森译，开明书店1941 年版，第 1 页。

一 近代日本中国戏曲研究

众所周知，儒学经典早在公元 5 世纪就传入日本。相比之下，戏曲这种文学样式，传入日本的时间则要晚很多，当然，这与戏曲这种文学样式本身发展成熟较晚有很大关系。一般认为中国戏曲于镰仓末期即五山文化成熟时期始传入日本。当时由中国或日本的僧人将戏剧的抄本或刊行本带到日本，他们带回的资料及其所有的中国戏剧知识对日本艺人的影响非常大，主要体现于艺人对本国戏剧的创作中。江户时代，荻生徂徕、新井白石都有提到过日本能与中国戏曲的关系，现在有很多学者认为日本的能是受中国戏曲的影响。①

戏曲在中国，一直以来就不为士大夫所看重，难登大雅之堂。传入日本后，所受际遇与中国本土相同，亦无法与传统诗、词、文并肩。至江户时代，日本町人文化勃兴，中国戏曲这种文学样式得到庶民层的审美认同，从而稍稍得以在日本传播，并受到当时学者们的注意。古文辞派创始人荻生徂徕以及江户时代儒学者田中大观（1710—1735）、宇野明霞（1698—1745）等人在著作中都对中国戏曲有所涉及和介绍，更有无名氏著的《剧语新译》，详尽讲解了戏剧技巧及一些较难的戏剧用语；还有八字文舍自笑的《役者纲目》翻译了笠翁传奇中《蜃中楼》的一部分以及岚翠子翻译了《蝴蝶梦》，等等②。诸如此类，大都是对中国戏剧的介绍和翻译，谈不上对中国戏曲本身的研究，但表现了江户时代的学术阶层对中国戏曲的关心。孙歌指出，以古文辞学瓦解了传统儒学中宋明理学为中心的思维定式的荻生徂徕关注戏剧、元曲的姿态，本身就是传统汉学行将解体时的一种价

---

① 孙歌、陈燕谷、李逸津：《国外中国古典戏曲研究》，江苏教育出版社 2000 年版，第 3—5 页。

② 石崎又造：《近世日本における支那俗語文学史》，东京：清水弘文堂书房，1967年，第 375—378 页。

值取向。①

日本明治维新后，各方面受西方先进思想影响，逐步迈向近代，文学领域也不例外地倾向于西化。首先是"文学"这一观念也发生变化。②"'文学'首先是指小说、戏曲。所谓'文学研究'首先就是小说、戏曲的研究，已成为知识分子的一般看法。"③戏曲一改旧时"末技"的地位，成为新兴知识分子所关注的对象。

首先，明治初期涌现了一批西方戏剧作品的翻译与创作。以莎士比亚的戏曲为例，明治5年（1892）启蒙思想家中村正直（1832—1891）的《西国立志编》中就简短地介绍了莎士比亚以及翻译了其代表作《哈姆雷特》的部分片段。同时，传播西欧哲学思想闻名的启蒙思想家西周（1829—1897）翻译的《心理学》也涉及了莎士比亚的戏剧内容。当时在日本近代文学史上产生重大的影响的外山正一（1848—1900）、矢田部良吉（1851—1899）、井上哲次郎（1856—1944）编译的《新体诗抄》所登载的十二篇译诗，就有四篇是来自莎士比亚的作品。此外，日本近代小说理论的首创者坪内逍遥（1859—1935）的剧本创作作品受莎士比亚的影响巨大，这也是文学史上所公认的，可见西方戏剧作品传入的影响。

其次，随着不断欧化，西方戏曲的观念也蜂拥而入。明治头十年后半期所谓的鹿鸣馆时代，为了修改条约，日本政府实施极端的欧化政策，倡导衣食住行所有生活方式都效仿西方。其中与戏曲相关的就是"演剧改良会"，它是由1886年归国的末松谦澄（1855—1920）倡导，井上馨（1836—1915）、外山正一（1848—1900）参加发起，伊藤博文（1841—1909）、大仓喜八郎（1837—1928）、西原寺公望（1849—1940）等出资赞助设立的。末松谦澄在《演剧改良意见》中提出，日本剧场的结构、舞台的造法要学习外国，同时废除歌舞伎的

①　孙歌、陈燕谷、李逸津：《国外中国古典戏曲研究》，江苏教育出版社2000年版，第5页。

②　有关近代"文学"观念转变的论述，在第四章展开。

③　传田章：《日本的中国戏曲研究史》，《文学遗产》2000年第3期。

传统戏曲要素，主张以欧美戏剧要素来取而代之。这种机械、激进的改良运动虽然存在的时间不久，但对新的近代文化在日本的萌芽还是发挥了积极作用。大正初期，内田鲁庵（1868—1929）在回顾明治的欧化风潮时，指出"正像冲走粪泥污垢的洪水在大泛滥时必然把将来变成养料的泥沙残留下来一样，这个愚蠢透顶的滑稽的欧化的大洪水，也留下了萌发新文化的养料。至少，今天文艺美术的兴起，是从当时尊重欧洲文化的气氛中起步的"。① 所以日本学者认为日本戏剧的近代化过程完全是通过西方戏剧的引进完成的。②

欧化进程中对戏曲的关注乃至戏曲观念的改变，自然也波及中国戏曲方面，主要表现为对中国戏曲的更多关注。明治前期，集翻译、评论、创作于一身的文学家幸田露伴（1867—1947），对中国戏曲的译介尤为突出。1894 年幸田露伴部分译介了郑廷玉的《布袋和尚忍字记》。随后，于 1895 年撰写《元时代的杂剧》，从《太阳》杂志创刊号开始数期连载发表，分别介绍了乔孟符、杨显之、关汉卿、马致远等人的共十五种元杂剧。由于他对元杂剧进行翻译和介绍所做出的贡献，因而被称为明治后日本介绍元杂剧的先驱。但幸田对元杂剧的翻译与介绍成就还谈不上真正意义的学术研究，③ 可以说还是江户时代对戏曲文学采用"鉴赏"态度的一种延续。

中国戏曲地位真正开始转变是始于日本汉学界采用史述模式描述中国文学的过程中。1887 年兰克派学者里斯主持东京大学的史学科，并与重野安绎设立史学会，发行《史学会杂志》，系统地向日本人介绍了西方史学研究方法和研究思想。以此为契机，日本学术界比较明确地了解到西方史学研究的方法。日本汉学界自然也不例外，方法论上也开始运用史学方式来研究中国文学文化，同时也开始涉猎戏曲小说这个中国文学领域中尚未开拓的领域。

---

① 转引自近代日本思想史研究会《日本近代思想史》第 2 卷，李民、贾纯等译，商务印书馆 1992 年版，第 7 页。

② 传田章：《日本的中国戏曲研究史》，《文学遗产》2000 年第 3 期。

③ 《青木正儿全集》第 7 卷，东京：春秋社，1984 年，第 339 页。

1897—1904 年，由 藤 田 丰 八（1869—1929）、田 冈 佐 代 治
(1870—1912)、白河鲤洋（1874—1919）、大町桂月（1869—1925）、
笹川临风（1870—1949）五位学者合撰的《支那文学大纲》出版，
其序言中写道："自《诗》三百篇起，及于秦汉之高古，六朝之丰
丽，而为唐诗，宋文，元之后之小说戏曲。上下四千载，兴亡八十余
朝，其富赡之文学，滚滚不绝，诗星之众，无与伦比也。"① 且从具
体内容来看，所编《支那文学大纲》共八卷，仅汤临川、李笠翁就
各占一卷。由此可以看出，在著者们的心中，小说戏曲是与诗、文同
样，是中国文学史中代表一个时代的重要的文学样式。这种史学的认
同，使戏曲小说跻身于文学史的记载中，可以说昭示着古来戏曲不入
主流传统地位的一种变化，也表明戏曲作为研究对象开始迈出了近代
学术意义的第一步。1897 年，身为《支那文学大纲》编著者之一的
笹川临风编写了《支那小说戏曲史》，被认为是现今日本最早的中国
小说戏曲专门史。② 书中，论述了元、明、清三个时代的小说戏曲情
况，并论及《西厢记》《琵琶记》《桃花扇》以及汤若士、金圣叹、
李笠翁。虽然由于其内容浅显，被斥为是支那小说戏曲名作梗概③，
但其戏曲史学首创之功应该是不可否认的。次年，笹川临风又发表
《支那文学史》，其中专门设有小说戏曲章节，与《支那文学大纲》
一并成为中国小说戏曲正式进入学者所著述的"文学史"的最初记
录。总的说来，文学史的出现，把戏曲小说作品提到了与"正统"
文学相等的地位并且做出了评品，但不足的是并未就包括戏曲在内的
俗文学本身以及其发展历史再有进一步的系统考察。

　　对中国戏曲真正开始学术意义的研究，始于明治中期。其研究的
承担主体主要是京都帝国大学与东京帝国大学两大重镇。东京帝国大

---

① 藤田豊八等：《湯臨川》，《支那文学大纲》卷 5，东京：大日本图书株式会社，
1898 年，第 2 页。

② 西上勝：《人情の探求と小説史の構築—笹川種郎〈支那小説戯曲小史〉をめぐっ
て》，川合康三编：《中国の文学史観》，东京：创文社，2002 年版，第 225 页。

③ 同上书，第 241 页。

学的戏曲研究始于汉诗人森槐南。森槐南除了是一位有名的汉诗人外，还是一位中国戏曲爱好者。据盐谷温在其著作《中国文学概论讲话》中所言："我国（日本）词曲研究者前有田能村竹田，后仅先师森槐南博士。……槐翁少年之作有《补天传奇》《深草秋》等曲，被称为比较清儒黄遵宪是具体而微的，又曾在大学编了词曲底讲义。"①森槐南于1891年还在东京专门学校（1903年改名早稻田大学）任讲师时，就在东京的"文学会"上，以"中国的戏曲一斑"为题，做了一次专门的演讲。这是日本的第一个中国戏曲的专题演讲。同年，森槐南在《支那文学》杂志上，连载《西厢记读法》一文，堪称是日本近代学术史上第一篇戏曲学术论文。②之后，森槐南于1898年6月被聘为东京帝国大学汉学科讲师，讲授《西厢记》，将戏曲引入高等学府的讲堂，盐谷温在《西厢记》的跋中，称之为破天荒的一件事。1908年森槐南开始几次在东大汉学科杂志《汉学》上刊载元曲概说与梗概介绍的文章。吉川幸次郎指出："戏曲小说作为通俗文学，发展比诗文落后，传统的文学观念导致没有引起读书人的注意，此方面的研究从来是靠通词（江户时代翻译）、好事者勉强维持，而作为官学教授的槐南，亲力亲为介绍戏曲，预示着学院之风的萌芽。"③仓石武四郎对其意义评价："实际上，江户时代没有企及支那戏曲的研究，槐南先生的出现才开启先河。"④通过二人的评价，可以看出森槐南对近代日本中国戏曲研究的开启之功，但就其研究内容来看，其治学方法上使用戏曲介绍、读法基本上沿用的还是日本传统汉学的方法。

在森槐南的影响下，其学生中相继出现了几位中国戏曲的研究

---

① 盐谷温：《中国文学概论讲话》，孙俍工译，开明书店1933年版，第170页。

② 黄仕忠：《从森槐南、幸田露伴、笹川临风到王国维——日本明治时期（1869—1911）中国戏曲研究考察》，《戏曲研究》2009年第4期。

③ 《吉川幸次郎全集》第17卷，东京：筑摩书房，1971年，第391页。

④ 倉石武四郎：《本邦における支那学の発達》，东京：汲古书院，2007年版，第78页。

家。其中一位就是盐谷温。盐谷温出生于儒学世家，从东京第一等高校毕业后，进入东京大学汉学科师从森槐南，之后继续在大学院学习。大学院毕业后盐谷温任学习院讲师，1906 年任东京大学中国文学科副教授，随后留学德国和中国。在中国盐谷温师从叶德辉专攻词曲，回国后立志中国戏曲研究，不仅在课堂上讲解《元曲选》，还动员学生做《元人杂剧百种曲》的注，其后出版的《支那文学概论讲话》就集结了这方面研究成果。传田章指出，该书"是日本最早的正式以戏曲小说为内容的中国文学史"，且书中三分之二的内容为戏曲小说，"这种破格的写法中，也可以看到作者那时候致力于新的领域的动向"。[①] 1926 年盐谷温出版了《元曲概说》，1945 年《歌译西厢记》出版刊行。从翻译中采用的直译训读法来看，盐谷温依然采用的传统汉学的研究法。《东京大学百年史》中有关本校中文科一节内容中提到"具备中国文学研究教育之实，还是开始于盐谷温"，[②] 确定了盐谷温在东大中国文学研究包括戏曲研究史中重要地位。

其次受森槐南影响的还有久保天随，他于明治 29 年（1896）进入东京帝国大学汉文学科。入大学后，久保以《帝国文学》为主要舞台，不断地发表中国文学研究、汉诗、评论等文章，他对戏曲研究的兴趣则源自森槐南在《城南评论》上连载的蒋士铨的《四弦秋》。[③] 大正 8 年（1919），久保成为宫内省图书寮嘱托，第二年成为编修官，而正是这样的职务提供给他研究中国戏曲的机会。1927 年 3 月久保刊行《支那戏曲研究》。该书主要是由在久保的博士论文基础上修改的《西厢记研究》以及其他各种杂志上发表的有关中国戏曲介绍的论文组成。同年 10 月，久保出版了《四弦秋》的翻译《琵琶行的戏曲》。此外，久保天随还出版了《支那文学史》，此书几经修订重版，明治 43 年（1910）的版本，以戏曲小说的内容翔实，在明治期诸家

---

① 传田章：《日本的中国戏曲研究史》，《文学遗产》2000 年第 3 期。
② 江上波夫编：《東洋学の系譜》第 2 集，东京：大修馆书店，1994 年，第 94 页。
③ 仝婉澄：《久保天随与中国戏曲研究》，《文化遗产》2010 年第 4 期。

的中国文学史著书中，尤为出类拔萃。①

京都大学对中国戏曲研究则始于狩野直喜。狩野开创京都一代"支那学"，以实证之学闻名，除对中国的"经、史"有研究外，在中国戏曲研究方面也造诣颇深。狩野对中国文学领域的研究以及他涉猎中国戏曲均始于京都大学 1906 年开设文科大学后。1908 年狩野在支那学会上发表《支那戏曲起源》；12 月在京都帝国大学文学会上发表《水浒传的材料》，后以"水浒传与支那戏曲"为题刊载在《艺文》杂志上；次年 12 月狩野又在中国会做了题为《取材于琵琶行的元杂剧》的演讲，1910 年 1 月以"关于以琵琶行为材料的支那戏曲"为题在大阪朝日新闻载刊。从这些论文的题目可以看出狩野中国戏曲研究的独特一面，那就是不再延续江户时代的翻译与介绍，而是采用缜密的考证方法，显示日本的中国戏曲研究进入了一个新的阶段。同时，狩野直喜也时刻密切关注法国、英国等欧洲国家的中国戏曲研究。1916 年狩野直喜利用在英、法所见的唐末五代抄本，撰写了《支那俗文学史研究的材料》（1—2），文中将元代以后兴盛的戏曲、小说萌芽追溯到了唐末五代。此外，英、法等国汉学界成果在狩野直喜的讲座及研究论文中多有出现，也可见狩野直喜的国际性学术视野。② 狩野直喜作为京都学派中国文学研究的第一代学人，可以说奠定了京都大学中国文学研究的学风特点。吉川幸次郎指出京大的中国文学科"继承清朝的考证学，吟味资料，发现新资料，重视作品解读的精密性，且元曲研究参考法国人的研究，显示出科学主义立场"，③应该说也可以看作是对狩野直喜研究特点的精辟总结。而本书研究的中心人物青木正儿就是作为文学科第一届学生，在狩野的指导下，以

---

① 芳村弘道：《久保天随とその著书"支那文学史"》，川合康三编：《中国の文学史観》，东京：创文社，2002 年，第 73 页。

② 参见江上波夫编《東洋学の系譜》第 1 集，东京：大修馆书店，1992 年，第 103 页；童岭《汉唐经学传统与日本京都学派戏曲研究刍议》，《戏曲》2009 年第 2 期，第 68 页。

③ 《吉川幸次郎全集》第 17 卷，东京：筑摩书房，1971 年，第 396 页。

"元曲研究"为题的毕业论文也吸收了西方有关中国音乐的研究成果，做出了独创性研究。此后，青木正儿的戏曲研究可以说是对其师事业的继承和发展。

　　狩野直喜和森槐南奠定了京都大学和东京大学对中国戏曲研究的不同学风。近代日本，除大学的中国戏曲研究外，值得一提的还有一些中国戏曲爱好者。主要代表人物是辻听花（1868—1931）（日文名：辻武雄），戏曲著作有《中国剧》；波多野乾一（1890—1963），著有《支那剧五百番》《支那剧及其名优》《京剧两百年历史》。两人分别是 20 世纪初日本在中国开办的报纸《顺天时报》《北京新闻》的记者，身份虽然不同于研究者，但两人对中国戏曲的爱好，促进了其对戏曲的研究，为近代日本的中国戏曲研究事业做出了贡献。① 正如传田章所指出的，中国戏曲在日本的研究史就是在大学的研究史，② 东京大学与京都大学的中国戏曲研究也就成为日本近代戏曲研究的整体代表。近代日本官学地位的东西两大帝国大学对中国戏曲展开研究，其意义在于"这不仅意味着以作诗作文为门径的传统方式的学习方法开始崩溃，还意味着作为日本人教养中心的传统汉学，渐渐地让位于西洋的学术"。③

二　外部刺激：王国维的戏曲研究与日本

　　近代学术意义的中国戏曲史研究开始于王国维，其著作《宋元戏曲史》被认为是近代戏曲史研究的开山之作，对戏曲文学史近代学术范式的开创有着重大意义。而在《宋元戏曲史》之前，王国维已有

---

　　① 关于两人的戏曲研究，么书仪《清末民初日本的中国戏曲爱好者》，《文学遗产》2005 年第 5 期，第 114—129 页有详细论述。辻听花的有关研究参见中村忠行《中国劇評家としての辻聴花》，辻聴花《支那芝居・付録》，《アジア学叢書》第 77 卷，东京：太空社，2000 年，第 1—43 页；周阅《辻听花与中国京剧》，《中华读书报》2010 年 5 月 19 日第 20 版；周阅《辻听花的中国戏曲研究》，《中国文化研究》2010 年秋之卷，第 202—212 页。

　　② 传田章：《日本的中国戏曲研究史》，《文学遗产》2000 年第 3 期。

　　③ 《吉川幸次郎全集》第 17 卷，东京：筑摩书房，1971 年，第 397 页。

一系列的戏曲研究著作刊行，其开创性成果受人瞩目。对于日本中国学界新兴研究领域里的戏曲研究者们来说，本邦中国的研究显然是不可能忽视的。

事实上，王国维与日本的渊源源自罗振玉创办的"东文学社"。1898 年王国维成为"东文学社"的首批学员，学习日文，当时的教员中就有藤田丰八。其后王国维又在藤田丰八的好友田冈岭云的指导下学习。在二人的影响下，王国维接触到了西方哲学思想，对他此后的研究产生了很大的影响。[①] 1902 年，在藤田丰八的介绍下，王国维曾游学日本，后因病回国。

1906 年，一直从事西方哲学与文学文字工作的王国维"疲于哲学"，开始转向词曲。到 1911 年东渡日本的这段时间，王国维完成了《曲录》（1908 年）《戏曲考原》（1909 年）《唐宋大曲考》（1909 年）《古剧角色考》（1911 年）一系列戏曲研究著作。如前所述，狩野直喜 1901 年赴中国上海留学。在狩野留学期间就从好友藤田丰八处听说过王国维，听其介绍王国维"思维极为明晰，日文、英文兼长，而且对西洋哲学很感兴趣，前途远大，足可期待"，[②] 但两人没有见过面。直到 1910 年，为了追踪被斯坦因、伯希和劫后的敦煌遗书，受京都大学派遣，狩野直喜与内藤湖南等人前往北京调查，才同在农科大学任职的王国维初次会面。此时，王国维在戏曲方面已有几部戏曲大作问世，狩野也准备着手研究元杂剧，两人关于戏曲进行了热烈的讨论，无疑促进了彼此对戏曲研究的认识。

几乎同时，担当京都帝国大学文科大学副教授的铃木虎雄也读到

---

① 参见钱鸥《羅振玉・王国維と明治日本学界との出会い—『農学報』・東文学社時代をめぐって》，《中国文学報》1997 年第 55 册，第 84—126 页；江上波夫編《東洋学の系譜》第 2 集，东京：大修館书店，1994 年，第 20—22 页；黄仕忠《借鉴与创新——日本明治时期对王国维的影响》，《文化遗产》2009 年第 6 期，第 111—118 页。

② 狩野直喜：《忆王静君》，《中国学文薮》，周先民译，中华书局 2011 年版，第 381 页。

《晨风阁丛书》① 中所收的王国维的《曲录》《戏曲考原》，并写了题
为《王氏的〈曲录〉与〈戏曲考原〉》的书评，该书评刊登于《艺
文》杂志第一年（1910）第 5 号（8 月）上。文章对王国维的两部戏
曲著作的内容、根据的奠基、考证的方法进行了详细解说，并以日本
学者的角度对其学术参考价值进行了高度评价："支那戏曲研究于我
邦（除一二前辈）尚属蒙昧，本邦（中国）传来的文献稀少，且基
础性书籍亦不多，或偶有词曲话之类，一字一句以谈修辞为主，没有
记述之书籍，奈何溯源乎？此时此际得王氏此著乃有空谷足音之感，
《曲录》于未有原典之我邦而言，实属便利目录……"② 铃木的话也
预示了王国维的研究将对近代日本戏曲研究界产生影响。同时，铃木
也表示了对王国维今后戏曲研究成果的期盼："著者更言补三朝之言，
成一家之说，请俟于异日，可见其抱负，将来必更出有益之著述，余
辈刮目以待。"③ 这是日本首次介绍王国维的戏曲研究，通过这次介
绍，王国维也为日本戏曲界所认识，而此次介绍为此后王国维与铃木
虎雄的交往提供了契机。④

　　1911 年辛亥革命爆发，王国维与罗振玉携家眷逃亡日本，住在
京都，与狩野直喜、内藤湖南等开始了频繁的学术交往。王国维旅日
所写的戏曲研究方面的总结之作《宋元戏曲史》，更是使日本学界大
为震动和刺激，正如盐谷温在其《中国文学概论讲话》中所述，"王

---

　　① 黄仕忠考察"明治四十二年（1909 年），王国维撰《戏曲考原》一卷。八月，王
国维修订《曲录》厘定为二卷，二书嗣由沈宗畸刻入晨风阁丛书。十一月，罗振玉以此二
书刻本寄赠内藤湖南"。黄仕忠：《从森槐南、幸田露伴、笹川临风到王国维——日本明治
时期（1869—1911）中国戏曲研究考察》，《戏剧研究》2009 年第 4 期，第 169 页；钱鸥：
《京都时代の王国维と铃木虎雄》，《中国文学报》1994 年第 49 册，第 90 页。考察铃木虎
雄是从晨风阁丛书中看到王国维《曲录》，《戏曲考原》，并于 1910 年 8 月发文章于《艺
文》介绍。由此，可推断铃木是从内藤湖南处见到晨风阁丛书。

　　② 铃木虎雄：《支那文学研究》，东京：弘文堂，1962 年，第 507 页。

　　③ 同上书，第 508 页。

　　④ 钱鸥：《京都时代の王国维と铃木虎雄》，《中国文学报》1994 年第 49 册，第 91—
92 页。

氏游寓京都时，我学界也大受刺激哉。从狩野君山博士起，久保天随学士，铃木豹轩学士，西村天囚居士，亡友金井君等都对于斯文造诣极深，或对曲学底研究吐卓学，或兢先鞭于名曲底介绍与翻译，呈万马骈镳而驰骋的盛观"。① 盐谷温此文无异于正面说明了王国维戏曲研究对日本学界的刺激与促进作用。而盐谷温本人也是深受王国维影响，他的博士学位论文《元曲研究》不仅参考了王国维的《宋元戏曲史》以及《曲录》，而且在《中国文学概论讲话》中也多次引用王国维的《宋元戏曲史》。②

作为青年的学者，青木正儿的戏曲研究也多受王国维的影响。首先是中国戏曲史的研究，青木本人回忆是从王国维的《曲录》《戏曲原考》以及王国维抄写并赠予狩野直喜的《录鬼簿》这三本书入门的。③ 尤其是青木正儿在中国游学时拜访王国维，王国维关于"明以后的戏曲史没有意思，元曲是活的，而名曲是死的"的论断，对青木正儿触动颇大。正如青木正儿所说的"现在想来先生当时或许是恳切地劝我应该采取精华"……④显然，其戏曲史研究与王国维的影响和刺激是分不开的。

综上所述，可以看出伴随着日本明治维新后，西方学术观点的引入，中国戏曲上升到与正统文学同等地位，进而成为学者们的学术研究对象。戏曲研究成为近代中国学的新兴研究领域，而同时中日学界的学术交流又促进了这个领域不断丰富发展。

第二节　青木正儿的中国戏曲研究

由于近代学术的诞生，中国戏曲才得以成为近代学术研究对象，

---

① 盐谷温：《中国文学概论讲话》，孙俍工译，开明书店 1933 年版，第 171 页。

② 详见张杰《王国维和日本的戏曲研究家》，《杭州大学学报》1983 年第 4 期。

③ 青木正儿：《竹头木屑》，《两个日本汉学家的中华纪行》，王青译，光明日报出版社 1999 年版，第 135 页。

④ 同上书，第 138 页。

从街头巷说上升到与正统文学同等的地位。青木正儿正是在这样的文化语境中，开始了其戏曲研究生涯，主要著作有《中国近世戏曲史》（1930）以及《元杂剧序说》（1937）。本节拟对青木正儿的戏曲史观以及元杂剧研究进行梳理。

一　青木正儿的中国戏曲史观

由于西方学术思想的导入，明治中后期，中国戏曲成为近代日本中国学界开拓的新领域。明治44年（1911）7月，青木正儿从京都帝国大学毕业，毕业论文题目为《元曲研究》。该论文的第7章《燕乐二十八调考》引照 Sammlung Göschen 的德国音乐理论书以及 A. Ch Moule 的有关中国器乐论文（Journal of the North China Branch of the Roral Asiatic Society. Vol. XXXIV）中的东西对音表，从此拉开了青木正儿独特研究中国戏曲的篇章。大正14年（1925），青木游学中国。因自幼喜欢日本的净琉璃，到中国后也喜欢观剧。看戏的过程中，青木注意到昆曲衰亡以及皮黄、梆子等兴盛现象，于是写了《自昆曲至皮黄调之推移》（1926）。随后，青木旅游江南寄寓上海两次，听得苏州昆曲演习所童伶所表演的昆曲，有感而发，回国后写了论文《南北戏曲源流考》（1927）。此论文受到狩野直喜的赞赏，在狩野力劝下，青木在前两篇论文基础上，写了《中国近世戏曲史》（日文：《支那近世戏曲史》）并于1930年出版。①

此书一出，获得很高的评价，被认为续王国维《宋元戏曲史》，对明清历史作了系统的整体描述。日本学界认为其调查缜密，至今仍是几乎不用追加补充的古典性著作。② 中国学界也反应迅速，1930年陈子展写了《青木正儿氏的〈支那近世戏曲史〉》一文发表在《现代文学》，对该书章节内容进行介绍。同时，郑震、王古鲁先后着手翻译这本书。尤其是王古鲁的译本在中国影响很大，岑家梧、卢冀

---

① 青木正儿：《中国近世戏曲史·原序》，王古鲁译，商务印书馆1936年版，第2页。
② 江上波夫编：《東洋学の系譜》第1集，东京：大修馆书店，1992年，第264页。

野、程砚池等近代中国戏曲研究者纷纷对青木正儿的书进行评论，同时也是通过青木正儿的曲学研究，找到了进一步研究的目标和方法。[①]而青木正儿的《中国近世戏曲史》由于取材丰富，考证周详，因此他本人也被誉为"日本中国曲学研究的泰斗。"[②]

　　1. 青木正儿的戏曲起源、渊源观

　　每一种戏曲史专著在进行历史描述时都用特定的史述模式，且都不能回避戏曲史研究中关于戏曲起源、戏曲渊源等重大问题。[③]西方对艺术起源问题的关注也影响到中国。20世纪初，刘师培在《原戏》中，用"原"头追溯戏曲之起源，指出"是则戏曲者导源于古代乐舞者也"，[④]认为古代戏曲起源于乐舞。而王国维在《宋元戏曲史》中述道"歌舞之兴，其始于古之巫""其词谓巫曰灵，谓神亦曰灵"，所以"则灵之为职，或偃蹇以像神，或婆娑以乐神，盖后世戏剧之萌芽，已有存焉者矣"，[⑤]倾向戏曲起源于巫。

　　青木正儿所撰的《中国近世戏曲史》分五篇十六章。在第一篇"南戏北剧的由来"中，主要论述了宋以前的戏剧、南北曲之起源、南北曲之分歧。正如吴梅对青木戏曲史著作所评价的"自先秦以迄明季，考订粗备，大抵采用王氏静安之说居多"，[⑥]对于戏曲起源问题，青木正儿与王国维大概一致，也认为中国戏曲起源与歌舞有很大关系。只不过针对王氏以巫风为戏曲之起源，青木认为"毋宁倡优为戏剧之正统，而以巫为旁系"。其理由就在于："苟就歌舞之点较之，

<hr>

　　① 汪超宏：《一个日本人的中国戏曲观——青木正儿的〈中国近世戏曲史〉及其影响》，《戏剧艺术》（上海戏剧学院学报）2001年第3期。

　　② 隋树森：《〈元杂剧序说〉序》，载青木正儿《元杂剧序说》，隋树森译，开明书店1941年版，第1页。

　　③ 陈维昭：《20世纪中国古代文学研究史·戏曲卷》，载黄霖主编《20世纪中国古代文学研究史》，东方出版中心2006年版，第8页。

　　④ 刘师培：《美术篇·原戏》，《国粹学报》1907年第34期。

　　⑤ 王国维：《宋元戏曲史》，上海古籍出版社2011年版，第1—3页。

　　⑥ 吴梅：《中国近世戏曲史·吴序》，载青木正儿《中国近世戏曲史》，王古鲁译，商务印书馆1936年版，第5页。

则二者毫无相异。惟就象他人形状之点论之，则见之《史记》所载‘楚之优孟曾扮孙叔敖，言语动作与之酷似，楚王及其左右均莫能辨’，以此足见其技较巫为进步。然倡优仅供贵族之娱乐，而巫则为民间之娱乐，由此观之，巫之于上代歌舞发达史上能与倡优同占重要地位非无因也。"① 较之两人细微的分歧，可以看出青木对于"像他人形状"之点更为重视。

在这样的戏剧观点基础上，青木指出汉朝、六朝及唐代，歌舞逐渐发展到有扮演社会之事件，出现参军和苍鹘两个人表演的滑稽问答。这种即为有角色出现的参军戏。到宋代，参军戏也称之为杂剧，有了更进一步发展，不仅角色增多，且有鼓乐者。南宋时，北方金国之剧称"院本"者，青木认为也是北宋杂剧之亚流，"觉杂剧院本，演时均备种种乐曲，内容亦不仅止于单纯指滑稽戏，且扮演古今故事略达于较之唐代参军戏之调笑滑稽更进一步，略达于正剧之域者不少"。② 因而青木得出结论："则真正戏曲之发达谓为始于宋之杂剧亦无不可。"③

而关于戏曲渊源问题，青木首先指出金"院本"与南宋杂剧之渊源关系。如前所述，青木认为金之"院本"为宋杂剧之亚流。即是"院本所用之乐曲与杂剧无异。即此不难推测两者（院本与南杂剧）出于北宋杂剧之一源流而分歧于南北者"。并从剧的段落、角色、戏目等方面，来论证了院本与南杂剧同出一源。但也指出，"既因其地，复因时间之经过，渐各带其地方色彩，盖为自然之势"。尤其是音乐方面，受地方色彩影响较大，因而南北曲会产生差异。④

进而，青木指出进入元朝，"元初北方大都中产生新杂剧，其体例与院本全异，而更有显著之进步内容"⑤。这种新杂剧就是元杂剧，

---

① 青木正儿：《中国近世戏曲史》，王古鲁译，商务印书馆 1936 年版，第 3 页。
② 同上书，第 7 页。
③ 同上书，第 8 页。
④ 同上书，第 27—32 页。
⑤ 同上书，第 34 页。

其创始者则以关汉卿为首，同时杂剧家辈出。而对于这种新杂剧与南宋杂剧的不同，青木从剧的结构、乐曲、内容三方面对两者进行了区分。尤其就乐曲之用途方面，青木认为元杂剧乐曲能作为对话代用者、表白剧中人物意思者、描写四周之景象，其原因除了宋金杂剧院本表现陈套，关汉卿等欲使之面貌一新外，还指出唱赚及诸宫调二曲为外在诱因。这一点是王国维《宋元戏曲史》中所没有提到的，青木观点非常有见地，从音乐层面来解析元杂剧进步之原委，从而弥补了王氏的不足。

至于元以后，中国戏曲出现元杂剧（北戏）与南戏对峙的局面。而关于南戏的起源，针对明人以及王国维皆认为：南戏起源于北宋或南渡后浙江省温州地方，与南北宋间盛行杂剧系统相异的看法，青木更是表现出了自己独到的见解，认为"戏文一语，当为元代人初呼南宋旧杂剧之语，绝非与杂剧为别种之剧"①。并以古文献考证了南戏即是戏文一事实，指出元南戏应是源于南宋杂剧。同时进一步从剧之长度、乐曲的编成、以唱开演的方式、舞台转换以及剧情述事方式论证了南宋杂剧到元南戏之发展路径是受诸宫调刺激而成。

关于戏曲的起源于渊源问题，青木应是大部分采用了王国维《宋元戏曲史》的观点。在戏曲起源方面，青木认为倡优更近于戏曲的起源，凸显出其对戏剧的艺术本质即亚里士多德所谓"模仿的艺术"的理解。而对于只是关于元杂剧的形成以及南戏的发展径路方面，广征博引从音韵的角度论述了自己的观点，可以说弥补了王国维的不足，同时也表现出其在音韵方面的涵养。②

2. 明清的戏曲观：南北戏的消长

青木正儿对明清戏曲发展史的描述中，最大的一个特色就是青木并不是采用传统的朝代更迭来进行叙述。分别以南戏复兴期（自元中

---

① 青木正儿：《中国近世戏曲史》，王古鲁译，商务印书馆1936年版，第46页。

② 青木在《王静安先生追忆》的文章里就谈到过："王先生没有读过莎士比亚，问他中国戏剧，答曰一向不喜欢看。问音乐方面，答曰不懂音乐。但告诉我史颖芳的《吹瞰录》对音乐的见解颇深。"参见青木正儿《竹头木屑》，《两位汉学家的中国纪行》，王青译，光明日报出版社1999年版，第136页。

叶至明正德）、昆曲昌盛期（自明嘉靖至清乾隆）、花部勃兴期（自乾隆末至清末）三个篇章来论述了明清戏曲史的发展。

在南戏复兴期部分，"南宋杂剧自元统一以后，虽一蹶不振，然尚未绝迹"，青木指出此时的南戏虽然不振，但在元杂剧盛行的影响，效仿北曲之创作者辈出，且这种南戏之改革是开始于温州。通过结合《中原音韵》《录鬼簿》以及《艺苑卮言》考证，青木断定"南戏复兴之曙光大致发露于元中叶以后"且"南曲革命之先鞭者，为范（居中）沈（和）萧（德群）三人；完成其革命者，则为元末之高则诚"①。元中叶开始复兴的南戏，至嘉靖间开始飞速发展。青木指出，尤其至明万历年间由于沈璟、汤显祖起麾曲坛，作家竞盛一时。"由是至明末清初间，诸家所作，尤极殷富璀璨，遂出现南戏之黄金时代，压倒北戏，南北易处，竟至完全征服。"对于元杂剧的衰落，南戏的复兴到迎来黄金期，青木认为"尽在'昆腔'之勃兴"，并且认为昆腔魏良辅"使音乐上得一大进步，遂令他种南曲无颜色，竟至压倒北曲"②。由此，戏曲的发展进入了南戏昆曲的昌盛时期，而这个时期北剧也步入衰落之势。

对于昆曲的发展，青木分为勃兴时代、极盛时代（前期）、极盛时代（后期）、余势时代来进行论述的。如前所述，昆曲在嘉靖初年勃兴，"止行于苏州一隅，尚未蔓延至各地，作家专为昆曲作者亦无几"。而其他戏曲，青木指出北杂剧尚有何良俊支持，而当时的海宁、弋阳、余姚三腔也并行于世。至万历年间，"北曲已绝响""南曲弋阳一腔虽尚存，固非其敌手也"。意味着昆曲进入极盛时代，"作家亦郁然而起，竟盛一时"。③ 以沈璟为代表的吴江派以及汤显祖为代表的玉铭堂派都是这段时间出现的。然而，自康熙中叶至乾隆末，青木认为昆曲渐呈颓势，"作品可观者不少……就大势论之，不可不谓

---

① 青木正儿：《中国近世戏曲史》，王古鲁译，商务印书馆 1936 年版，第 76 页。

② 同上书，第 165 页。

③ 同上书，第 197 页。

为已趋下沉之势也"①。

进而，青木指出乾隆时戏曲就有花部与雅部之分。昆曲为雅部，昆曲以外的京腔秦腔之类为花部。"但万历至乾隆两百年间，昆曲荣盛之极，王气未衰，一至乾隆末叶，忽有巴蜀艺人，以西秦土音，扰乱南北，寻徽班勃兴，咸丰以来遂至为皮黄调全夺其席。"② 花部勃兴，则昆曲开始衰颓，因而青木认为乾隆以后之演剧史，实为花、雅两部之兴亡史。

陈君宪的《"中国古代文学史论"的商榷》一文中，指出"文艺史的研究，并不同于历史的或社会史的文艺部门研究。为了文艺史是以文艺为主体，除了历史或社会所给予的关系外，仍有它'自我'的一个史的过程。我们的研究法应是从这一个过程着手的"。③ 基于陈氏提出的史学研究方法论，我们不难看出，青木正儿的史述，正是以戏曲本身发展作为史的描述根本准则，完整地表现了明清时代南北戏曲彼此对峙、消长、融合的流变过程，从而全面展示了这两个时代中国戏曲的流变。

二　青木正儿的元杂剧研究

《元杂剧序说》著述的原委，可以追溯到青木在东京共立社刊行的汉文学讲座中，所发表过的一篇名著《中国戏曲史》。该文主要论述中国自古至今的全部曲学，但由于青木以前已经发表过《中国近世戏曲史》，所以在文中主要侧重于元代杂剧部分，其他叙述得比较简单。后来，青木就以《中国戏曲史》中的元代杂剧部分为主，在此基础上进行添补，写成了《元杂剧序说》。对于这本书的特点，青木本人说："本书偏重于作品的介绍与批评，这是曲学先辈王国维吴梅两家的著作中不大谈到的。"④ 而这一点，就更能凸显其研究的价值

---

① 青木正儿：《中国近世戏曲史》，王古鲁译，商务印书馆 1936 年版，第 376 页。

② 同上书，第 438 页。

③ 陈君宪：《"中国古代文学史论"的商榷》，《矛盾》1933 年第 2 卷第 3 期。

④ 《青木正儿全集》第 4 卷，东京：春秋社，1973 年，第 348 页。

意义。

1. 《元杂剧序说》的平民性戏曲观

中国戏曲的近代性学术研究，可以说是以王国维的《宋元戏曲史》为嚆矢。在王氏的研究中，涉及了关于戏曲研究所要解决的例如什么是戏曲、戏曲的起源等一系列重大问题。对于戏曲的概念，王国维认为"必合语言、动作、歌唱、以演一故事，而后戏曲之意义始全。故真戏剧必与戏曲相表里"①。叶长海分析指出，王国维的《宋元戏曲史》中，"戏曲"与"戏剧"是两个不同的概念。戏剧是指的戏剧演出，是一个表演艺术概念；而戏曲则是文学概念，是指文学性与音乐性相结合的曲本或剧本。王国维所谓的"真戏剧"指的就是戏曲演出与戏曲作品相互依存。②基于此种戏曲概念，王国维认为唐、五代参军戏"或以歌舞为主，而失其自由；或演一事，而不能被以歌舞。其视南宋、金、元之戏剧，尚未可同日而语也"。自然，具备完备的表演形式以及曲本的元杂剧就成了王氏心目中的"真戏剧"。

对于王国维不认为参军性是"真戏剧"，青木正儿则表示出了相反的观点。他认为："但是配称为戏曲的东西，却以唐代的参军戏为始。参军戏是由主脚参军与配脚苍鹘两人扮演的滑稽问答，歌曲也有唱的形式。"且认为"把这种称为戏曲，虽然很幼稚，但以脱离歌舞的境界了"③。从以上引文来看，两人之所以对参军戏有不同的评价，其关键就在于对"戏曲"的概念含义指向不同。正如陈维昭指出那样："戏曲艺术的形成同一切艺术的形成一样，经历了由某一要素的萌芽，到艺术雏形的出现，再到艺术体制的基本形成过程。"④王国维与青木正儿戏曲概念的含义指向应该属于戏曲形成的不同阶段。青

①　王国维：《宋元戏曲史》，上海古籍出版社 2011 年版，第 32 页。

②　叶长海：《〈宋元戏曲史〉导读》，载王国维《宋元戏曲史》，上海古籍出版社 2011 年版，第 8—10 页。

③　青木正儿：《元杂剧序说》，隋树森译，开明书店 1941 年版，第 1 页。

④　陈维昭：《20 世纪中国古代文学研究史·戏曲卷》，载黄霖主编《20 世纪中国古代文学研究史》，东方出版中心 2006 年版，第 69 页。

木正儿的戏曲概念是针对戏曲艺术雏形阶段，因此他认为参军戏可以是戏曲，而王国维的戏曲概念是针对戏曲艺术体制基本形成阶段，而处于雏形阶段的参军戏自然就不能与元杂剧同日而语。

反过来，正是由于两位的戏曲含义指向不同，从而也体现出两人不同的戏曲观以及研究的重点不同。如前所述，就王国维对元杂剧文学性的高度评价来看，显然王氏是把元代的戏曲从文章的角度来看，把其置于较高的位置，其实质是对诗、词文学性的一种延续。① 相比较，青木正儿的戏曲观显然是聚集于"剧"方面，可以说是一种场下观角度，因而体现的是一种近代特有的平民性价值判断。②

青木的这种平民性价值判断在《中国近世戏曲史》中，对花部戏曲的重视就可见一斑了。对于花部，青木论述："花部戏曲论文辞，固不及雅部，及论音乐亦不及雅部，以及舞蹈之法度，亦不及雅部，然以其结构之排场及科白之技巧论之佳者不少，往往有驾凌雅部之优秀作品。"③ 其著作译者王古鲁在序言中道："不问起雅部之如何可贵与花部之如何可贱，只问歌唱上他们的变迁情状如何，拿来一一叙出，无论如何，此书总值得注意的吧？"④ 很显然，青木不分贵贱，对下层的戏曲花部的关注不仅保持了戏曲史的完整，也体现了其平民性价值判断的一侧面。

而这种平民性价值判断可以说在《元杂剧序说》中贯彻得比较彻底。主要表现之一，就是青木一反传统的曲学标准，而是提出从唱、科白、结构的巧拙来判断曲本的好坏。传统的曲学标准只在乎曲词的文学性，以追求曲词的文采为审美追求。如前所述，王国维就有此倾向。青木正儿首先在《元杂剧序说》中第二章"杂剧的组织"，详细

① 伝田章：《元雑劇》，《中国文化叢書》5，东京：大修馆书店，1968年，第258页。

② 孙歌、陈燕谷、李逸津：《国外中国古典戏曲研究》，江苏教育出版社2000年版，第336页。

③ 青木正儿：《中国近世戏曲史》，王古鲁译，商务印书馆1936年版，第487页。

④ 王古鲁：《中国近世戏曲史·译者序言》，载青木正儿《中国近世戏曲史》，王古鲁译，商务印书馆1936年版，第9页。

地从结构、歌曲、曲辞、宾白、题目正名、角色、杂剧的分类、分类举例等各个方面对杂剧进行了整体介绍。继而在第三章"曲本及作家"中关于曲本比较，他认为元刊三十种，只有曲辞，而没有白，这样"不仅难窥一剧之全貌，无从知道科白的妙味，就连结构的巧拙也不能十分鉴赏"。以此为标准，判断元刊三十种曲本"绝不能称为善本"①，而认为相对曲白完备的明人编刊的曲本能窥剧之全貌。

　　其二，重新定义本色派与文采派。在论曲词作风时，针对明朝吕天成的《曲品》所述的万历年间戏曲有"本色派"与"当行派"的对峙情况，青木按照自己的理解对两个概念进行了重新定义。在他看来，"'当行本色'是宋人用于评论诗词的术语，例如严羽的《沧浪诗话》，'当行'即'本色'，绝不是相反的"。因此，他主张将其分为"本色"与"文采"两派。其理由在于"曲词素朴且多用口语，谓之为本色派；反之藻丽，较多用雅言者则称之为文采派"②。在本色派里，青木非常推崇关汉卿。针对《太和正音谱》评关汉卿"观其辞是可上可下之才"，青木提出反驳"但如以舞台艺术为重，则偏重曲词的评品是不公平的"③，认为"关汉卿对剧的结构特别有卓绝的才能"，对其是大为推赞，而对文采派的王实甫则是兴趣索然。④显然，青木正儿正是从普通的观众欣赏水平和审美角度来进行评析的，这一点，无疑再次体现了其注重"剧"的平民性价值判断。

　　2. 观客下：元杂剧的兴衰原因

　　元曲作为一代文学，且元杂剧又被认为中国戏曲真正戏曲的开始，因此，每位戏曲研究者避不开要探讨元杂剧兴起的原因。对于元杂剧兴起的原因，王国维在《宋元戏曲史》中认为："至蒙古灭金，而科目之废，垂八十年。为自有科目来未有之事。故文章之士，非刀

---

① 青木正儿：《元杂剧序说》，隋树森译，开明书店1941年版，第44—45页。

② 同上书，第61页。

③ 同上书，第62页。

④ 详见孙歌、陈燕谷、李逸津《国外中国古典戏曲研究》，江苏教育出版社2000年版，第337页。

笔吏，无以进身；则杂剧家之多为掾史，故不足怪也。"① 在王氏看来，文章之士，专攻词曲，词曲发达，则杂剧发达。

在《中国近世戏曲史》中，青木首先对王国维以及历来有关元杂剧兴盛诸种观点进行点评，认为是"皆仅就作家论之，尚无就观客下观察者。如戏剧之为民众的艺术，多因社会之要求而或兴或变者，固无可待论"②。进而，青木从社会之要求以及作家论两方面对元杂剧兴盛原因进行了全面分析。从而使得后人对此问题有了更全面的了解。从青木正儿对以往有关元杂剧兴衰诸种观点的点评，并结合青木有关元杂剧率领原因分析，可知他所谓的"观客下"就是从戏剧相关要素的外部来看的意思。而事实上，青木能够从"观客下观察"，并提出"戏剧之为民众的艺术，多因社会之要求而或兴或变者"之观点并非自他首创，而是源于狩野直喜。他在文中除了援引了中国本土的研究，同时也介绍了狩野直喜关于元杂剧兴盛原因的分析。狩野在分析元杂剧勃兴原因时，除了从作家方面论述外，还紧密地联系了当时的社会变迁，指出蒙古入主中国，不重中国之传统古文学，是使俗文学兴盛原因之一。③ 因而，可以认为青木是在狩野观点基础上进行发展，全面分析了元杂剧兴衰原因的。

而狩野乃至青木能从"观客下"的视角考察元杂剧的兴衰，与中国传统戏曲研究以及王国维研究视角表现不同，无疑体现了京都中国学的本质特点，那就是考察中国社会形态。青木正儿的老师，京都中国学的创始人之一的狩野直喜在其演讲稿《关于支那学研究的目的》中曾明确阐述了中国学与汉学的区别不在于新旧之分，而是内容不同。强调中国学更带新学色彩，中国学以中国为学术背景，研究在中国产生的文化，包括自然科学与人文科学的各个方面。④ 换言之，传统汉学是在认同中国文学价值的基础上，采取一种追随、趋附的姿

---

① 王国维：《宋元戏曲史》，上海古籍出版社 2011 年版，第 77 页。
② 青木正儿：《中国近世戏曲史》，王古鲁译，商务印书馆 1936 年版，第 66 页。
③ 狩野直喜：《中国学文薮》，周先民译，中华书局 2011 年版，第 244 页。
④ 狩野直喜：《支那学文薮》，东京：みすず书房，1973 年，第 432—434 页。

态，因此几近没有中国文化的"他者"意识。而中国学则在西方的学术观念冲击下，对中国文化有了"他者"意识，开始视中国文化为一种"异质"文化，因此在这种前提下，展开研究的。

孙歌指出随着日本明治维新，步入近代社会，近代学术诞生，戏曲才获得成为近代学术研究对象的契机，而这一契机就是近代东方学和支那学所倡导的研究中国社会形态的新目标。① 明治期日本的中国戏曲爱好者辻听花详细阐述过中国戏曲特点："支那剧的脚本，材取自二十二史乃至现清朝，上到列国，下至现代，细说正史或补其欠漏，引起变化，尤其三国志、水浒传的事件翻案多，因此通过戏剧可知历史的一面、社会的实情；且俳优着装、衣帽多拟汉唐时代，又有表现代生活者，可知支那古今之风俗变迁。"② 无疑，戏曲的本质特点对日本中国学而言，有着很重要的现实研究意义。

"在科学研究的历史中，自然科学也好，社会科学也好，任何时代，研究中都固有着其目的论性的价值判断，难以割断。"③ 因此，研究中国社会形态才是中国戏曲研究兴起的学术背景，也就是戏曲研究兴起的深层次目的。目的决定方法和手段，日本中国学的特点，使得青木正儿的中国戏曲史研究无形中表现出与王国维研究的不同。正所谓不识"庐山真面目，只缘身在此山中"，王国维及此前的中国戏曲研究者没能从"观客下观察"，恐怕源自于此。相比之下，狩野直喜乃至青木正儿能做到，则与其处于不同的文化语境这样局外的好角度应是不无关系的。

通过以上梳理，可见青木正儿在前期研究成果基础上，在戏曲史、元杂剧研究中形成了自己系统的戏曲史观及元杂剧观。

---

① 孙歌、陈燕谷、李逸津：《国外中国古典戏曲研究》，江苏教育出版社 2000 年版，第 322 页。

② 中村忠行：《中国劇評家としての辻聴花》，辻聴花《支那芝居・付録》，《アジア学叢書》第 77 卷，东京：太空社，2000 年，第 6 页。

③ 加々美光行：《鏡の中の日本と中国：中国学とコ・ビヘイビオリズムの視座》，东京：日本评论社，2007 年，第 28 页。

第三节　青木正儿戏曲史研究创新的生成

《影响的焦虑》作者布鲁姆认为，一切诗歌主题和技巧千百年来已被诗人们用尽。后来者诗人要想崭露头角，唯一方式就是把前人身上某些次要的不突出特点在自己身上加以强化，以造成一种这个风格是"我"首创的错觉。① 尽管布鲁姆说的是诗歌领域，但显然他的观点也可运用于有相承关系的学术研究领域。就青木正儿中国戏曲史研究而言，也明显地体现出对日本前期关于中国戏曲研究的成果的引申和发展。尤其对同时代的先学王国维的戏曲研究，青木正儿可以说处处针对王国维的观点，体现出这种影响的焦虑。而正是这种影响的焦虑作用下，青木正儿戏曲史研究才得以创新。

一　南北框架史述模式

中国疆域辽阔，南北文化差异非常明显，古来就有被注意到，例如《荀子·儒效篇》："君子居楚而楚，居越而越，居夏而夏，是非天性也。积靡使然也。"唐代《隋书·文学传序》中魏徵就曾谈过："江左宫商发越，贵于清绮；河朔词义贞刚，重乎气质。气质则理胜其辞，清绮则文过其意。理深者便于时用，文华者宜于咏歌，此其南北词人得失之大较也。"② 等等，都是讲述南北地域差异对人的个性、气质乃至文质的影响。这种传统式的点评或鉴赏，不成体系，在古代诗文批评或者戏曲点评中可以说比比皆是，总的来说，这些描述呈现分散、缺乏理论体系性特点。

近代戏曲史的研究中，王国维的《宋元戏曲史》被誉为戏曲史研究的开山之作，一直被认为是戏曲史研究的范本。在《宋元戏曲史》

---

① 徐文博：《译者前言》，载哈罗德·布鲁姆《影响的焦虑》，生活·读书·新知三联书店 1989 年版，第 2 页。

② 《隋书》卷 76，中华书局 2000 年版。

中，王国维由于"独元人之曲，为时既近，托体稍卑，故两朝史志与《四库》集部，均不著于录；后世儒硕，皆鄙弃不复此道"之故，以元曲为轴，上溯戏曲起源，下到元曲的衰落及至南戏的兴起。论及南戏渊源时说："以余所考，则南戏当出于南宋之戏文，与宋杂剧无涉；唯其与温州相关系，则不可诬也"，并指出"元一统后，南戏与北杂剧并行"。① 对于南北戏之差异也是简单提到"故元代南北二戏，佳处略同；唯北剧悲壮沈雄，南戏清柔曲折，此外殆无区别"②。可以说王国维虽然意识到南北之不同，但还是属于传统的点评式的描述。且《宋元戏曲史》重点是北杂剧，加之当时明清戏曲材料不足，因而南北地域与戏曲发展关系并没有得到充分挖掘。

　　继王国维之后，吴梅的《中国戏曲概论》（1926）则是以宋元明清全部戏剧为对象，对戏剧源流进行了传统性的描述。但也只是稍有提及杂剧兴起于北方，南戏、传奇兴起于南方，南北戏互为消长。近代中国戏曲研究中真正采用南北对峙框架进行研究的还是始于青木正儿。③ 也就是说，南北对峙的框架支撑着青木正儿的整个戏曲史描述。事实上，青木在戏曲研究中最先运用南北二元结构，是其于昭和2年（1927）所写的《南北曲源流考》。在这部著作的开头部分，青木就指出王国维的戏曲史研究具有开创之功，但同时指出王氏"述南北曲底系统还没有一贯的论述，觉有点儿未善。因为北曲的系统，虽已说得明白，而南曲欲因宋元作品的缺乏，想考究那时的消息，很不容易，所以就是王氏的学问和头脑，尚且难以论断，何况我们浅陋呢？可我们幸在王氏披荆斩棘之后，很想扫除那芜秽啊"。④ 从这段话可以看出青木正儿的学术敏感性，他深刻地认识到南北地域与戏曲发展

① 王国维：《宋元戏曲史》，上海古籍出版社 2011 年版，第 116—117 页。

② 同上书，第 120 页。

③ 陈维昭：《20 世纪中国古代文学研究史·戏曲卷》，东方出版中心 2006 年版，第 52 页。童岭：《汉唐经学传统与京都学派戏曲研究刍议》，《戏剧》2009 年第 2 期，第 72—73 页。指出青木正儿戏曲研究体现京都学派的"南北中国观"。

④ 青木正儿：《南北戏曲源流考》，江侠庵译，商务印书馆 1938 年版，第 1 页。

的系统性特点，而对前期研究在这方面的空白，他表现出弥补空白，对南北戏曲流变进行系统考察的决心。

1930 年青木正儿的《中国近世戏曲史》由弘文堂出版。在序中，青木直接道明本书是继述王国维《宋元戏曲史》之志，并称先前完成的《自昆曲至皮黄调之推移》《南北戏曲源流考》言王氏之所未言，因此在其师狩野直喜力劝下在前两文基础上完成明清戏曲史。①而南北对峙的框架成为其戏曲史史述模式，具体目录如下所示：

第一篇　南戏北剧之由来
　　第一章　宋以前戏剧发达之概略
　　第二章　南北曲之起源
　　第三章　南北曲之分歧
第二篇　南戏复兴期（自元中叶至明正德）
　　第四章　南戏之复兴
　　第五章　复兴期内之南戏
　　第六章　保元曲余势之杂剧
第三篇　昆曲昌盛期（自明嘉靖至清乾隆）
　　第七章　昆曲之隆盛与北曲之衰亡
　　第八章　昆曲勃兴时代之戏曲（自嘉靖至万历初年）
　　第九章　昆曲极盛时代（前期）之戏曲（万历年间）
　　第十章　昆曲极盛时代（后期）之戏曲（自明天启至清康熙初年间）
　　第十一章　昆曲余势时代之戏曲（自康熙中叶至乾隆末叶）
第四篇　花部勃兴期（自乾隆末至清末）
　　第十二章　花部之勃兴与昆曲之衰颓

---

① 青木正儿：《中国近世戏曲史·原序》，王古鲁译，商务印书馆 1936 年版，第 1—2 页。

第十三章 昆曲衰落时代之戏曲

第五篇 余论

第十四章 南北曲之比较

第十五章 剧场之构造与南戏之角色

第十六章 沈璟之南九宫十三调曲谱与蒋孝之九宫十三调二谱①

如前所述，青木对戏曲史的描述，没有采用传统的以朝代更替的方式来进行，而是如目录所示，青木从戏曲南北对峙、交融、消长、取缔来描述其历史演进，南北对峙观点在目录中可谓一目了然。而具体到细部考察，青木也是非常注意这种南北二元结构，比如在考察南北戏曲起源问题中的南宋杂剧与金院本时，论述得颇为精彩：

> "杂剧"以其所演技艺之种类为名；而"院本"则因技艺演奏地点得名，此南北方言之差耳。《辍耕录》云"院本杂剧其实一样"此说明其本质上毫无区别也。既异其地，复因时间之经过，渐各带其地方色彩，盖为自然之势。如戏剧之构造，苟无若何特殊原因，则其变迁应比较的迟缓，然如音乐的方面，因周围之刺激与时俱迁较早。况北方非无北方土俗之曲与金人之乐曲，南方亦有南方土俗之音，各难免受其影响耶？是即南北之曲之所以不得不生差异也。②

从"杂剧""院本"的名称由来，再到结构、最后论及音乐，指出了南北曲区别之根本原因所在，其南北戏曲观尽显其中。

与王国维、吴梅传统点评描述比较，青木采用南北对峙框架，以地域为基点，系统论述南北戏曲的流变，这种视角可以说与近代日本

---

① 青木正儿：《中国近世戏曲史》，王古鲁译，商务印书馆1936年版，第1—7页。

② 同上书，第27页。

导入西方"地理环境决定论"不无关系。①

前有提及，明治维新实行文明开化，近代西方学术思想涌入，其中重要的一个方面就是地理环境决定论的导入。地理环境决定论主要内容即主张在人文领域，气候、土地、食物等是文化发达的决定性因素，因而广泛运用于人文社会科学研究领域。② 中国的地理特征最为显著的就是南北地理环境差异。近代日本中国学家大多数有过中国南北差异的论述，例如铃木虎雄的《支那文学家的地理上的分布》、桑原骘藏撰写的《历史上所见的南北中国》、内藤湖南的《燕山楚水》、吉川幸次郎的《我的留学记》等。③ 地理环境决定论最主要的是史学描述中的运用。有关中国文学史研究内容将在下章论述。下面主要探讨戏曲史研究。

众所周知，笹川临风开启了日本中国学领域小说戏曲的专史研究。在他编写的《支那小说戏曲史》（1897）中，就显现出用南北差异来研究中国戏曲的端倪。例如笹川在该书第一篇"中国小说戏曲的发展"部分写道："观中国文学，以地理性考察之，分三种为便。一为起于关中地方，其特质庄重。起于南方，则典雅幽婉，谓之为荆楚文学。起于蜀地，则极为沈忧。北方关中文学与南方荆楚文学全然相反，已从先秦之古开始，混混为两大思潮。"④ 字里行间，充分体现

① 需要说明的是中国方面刘师培早在 1905 年《论文杂记》就提出研究戏曲要分南北。但美国学者 Martin Bernal 在《刘师培与国粹运动》中指出刘师培或多或少受到西方或日本有关中国学说的影响。详见《近代中国思想人物论保守主义》，台湾时报文化出版事业有限公司 1981 年版，第 86 页。同时，危磊、宣军在《比较诗学视野下的李长之屈骚批判》（《中国比较文学》2015 年第 1 期，第 78 页）一文中指出，刘师培运用西方文化地理学的批评方法研究，从南北文化差异角度揭示屈骚作品所独有的南方文学特征。种种研究都表明刘师培也深受西方地理环境论的影响。

② 谢英彦：《略论近代以来的地理环境决定论与史学研究》，《开放时代》2000 年 11 月，第 47 页。

③ 有关内藤湖南、吉川幸次郎的论述参见黄俊杰《20 世纪初期日本汉学家眼中的现实中国与文化中国》，载张宝三、杨儒滨编《日本汉学初探》，华东师范大学出版社 2008 年版，第 282—283 页。

④ 笹川临风：《支那小说戏曲小史》，东京：东华堂，1897 年，第 2 页。

地理环境决定文学特点的文学观。在 1898 年 8 月出版的《支那文学史》中，笹川这种雄壮的自然风土养育重实践的人民，而重实践的人民遵从实用性文学的文学观依然作为纲领贯穿其中。① 事实上，青木正儿对中国戏曲产生兴趣是与笹川临风分不开的，在《中国近世戏曲史》序中青木曾说："余年少之时，即有读净琉璃之癖，明治四十年左右，在熊本学习时，曾见笹川临风氏之中国文学史中，所引《西厢记》惊梦一折，虽未能了解，然以神往矣。"② 这段文字无疑是最直接的证据，能够表明青木受笹川的影响。当然不仅是戏曲内容，这种南北文学观会给年少的青木正儿留下印象也是可以理解的。

其次，近代日本汉学家盐谷温 1918 年刊行了《中国文学概论讲话》，该书可说是对日本中国戏曲系统研究有着不可忽视的开拓之功③。在《支那文学概论讲话》中，详细论述了戏曲小说的发展变迁，同时南北戏曲的流变观已经充分体现出来。在该书下篇戏曲部分，前三节内容分别为序说、唐宋的古剧、金的杂剧（挥弹词、连厢词）；后三节内容主要为元的北曲（北曲的作者、北曲的体制、《汉宫秋》与《西厢记》）到明的南曲（南曲的作者、南曲的体制、《琵琶记》与《还魂记》），再到附录部分：昆曲、二黄、梆子。其中，有关南北曲源流，盐谷温指出："想像是汴京底陷落在中国声曲史上划分一时期，实是后世南北曲底分歧点。宋乐流入于金的即为在元代勃兴的北曲底先驱，其南即在江南所流传底是从元末到明代盛行的南曲底源流。"④ 而在附录部分的开头就交代"北曲到明时已亡，南曲

---

① 西上勝：《笹川种郎〈支那小说戲曲小史〉》，川合康三编：《中国の文学史観·资料篇》，东京：创文社，2002 年，第 50 页。

② 青木正儿：《中国近世戏曲史·自序》，王古鲁译，商务印书馆 1936 年版，第 2 页。

③ 盐谷温的《中国文学概论讲话》下篇对戏曲、小说的源流发展进行了详细叙述。盐谷温本人也说，"于是修正增补一年有半，要在主要底叙述戏曲小说的发展欲以此弥补我中国文学界的缺陷"。日本中国学研究者内田泉之助在孙俍工译本序中，对其评价为"论到戏曲小说，多前人未到之境，筚路蓝缕，负担着开拓之功盖不少"。

④ 盐谷温：《支那文学概论讲话》，孙俍工译，开明书店 1933 年版，第 188 页。

至明中叶成为昆曲"①。尽管盐谷温对戏曲的研究采用传统的朝代更替的方式来描述戏曲的流变，但南北对峙的架势显然已成雏形。

笹川临风、盐谷温戏曲研究中所体现南北戏曲观无疑为青木正儿提供了借鉴。除国内学术语境、戏曲方面的前期研究影响外，青木正儿的实际中国体验的因素应该也不能排除。如前所述，青木正儿三次中国游学，对于中国南北的差异性，青木有亲身体会，他在《竹头木屑》就提到过南北人感觉差异问题以及南北人声调差异问题。②

可以说，中国幅员辽阔，南北文化差异，早已被国人熟悉了解，甚至达到了熟视无睹的地步。而作为外国人的青木正儿，亲履中华大地，南北显著的差异自然是在其眼中格外突出。加之近代日本对西方"地理环境论"的引入，南北差异这种环境论运用到有关中国文化研究领域就成为自然而然之事，如桑原骘藏所指出那样，"故南北支那之区别，由地理学者观之、地质学者观之抑或对经济学者、语言学者、人类学者而言，皆可成为饶有趣味之研究课题，尤对历史学家为甚"③。由此，青木在戏曲研究中，运用这种南北差异的方法来描述戏曲史的流变，不仅弥补了王国维研究的不足，同时也彰显了日本文化语境的特色。

二　演剧意义上：戏剧情节结构的重视

青木正儿的《中国近世戏曲史》一直以来都被认为是续王国维的《宋元戏曲史》，描述了明清戏曲史的流变，勾勒出明清时代戏曲发展的完整体系。孙歌指出青木与王国维的研究侧重有所不同，青木的《中国近世戏曲史》中，非常注重戏剧的结构研究，戏剧的形式结构以及情节结构。王国维虽然在《宋元戏曲史》有提到结构的概念，

---

① 盐谷温：《支那文学概论讲话》，孙俍工译，开明书店 1933 年版，第 309 页。

② 青木正儿：《竹头木屑》，《两个汉学家的中国纪行》，王青译，光明日报出版社 1999 年版，第 123—124 页。

③ 《桑原隲藏全集》第 2 卷，东京：岩波书店，1968 年，第 11 页。

但结构却并不是他真正关注的对象。① 对于孙的观点，笔者不能全部认同。理由在于考证戏曲的流变，其形式结构的变化是一个重要的考察指标，从《宋元戏曲史》的内容来看，其中对古剧、元杂剧都有考证其结构的专门篇章，因此形式结构对王国维来说应该还是很重要的。

至于情节结构，则确实是青木正儿所倚重的，而王国维却明显偏向于元杂剧的曲辞研究。在书中，青木正儿较大篇幅对戏曲作家及无名氏的传奇、多种杂剧和地方剧目进行了评析，而情节结构则是青木正儿判断戏曲的好坏的一个评析标准。例如青木在介绍完《桃花扇》的梗概后评道：

桃花扇于细心搜罗明末史实以构成此剧之一点言之，辟前人未开之径，最为著名。著者于卷头出考据一项，一一示其所据文献之细目。艺术无须如此，然史实正确而结构亦佳者，不可不以之为最合理想之剧。此作在史实之拘束中，而能自在运用构思，毫无局促瑟缩之态，起伏转折照应，秩序整然，毫不见冲突处，此其所以为杰构也。②

其中"起伏转折照应""秩序整然"等就是青木正儿对情节结构的描写。类似于此类的情节结构评析，在他的《中国近世戏曲史》第二篇至第四篇多处可见。

青木正儿之所以与王国维有这样的不同，最大的原因就在于两人对戏曲的理解不同，而所关注的重点也不一样。这一点青木在自序中也有所提及。王国维曾言"明清之曲死文学也"，对于这点青木颇为反感，认为"明清之曲为先生所唾弃，然谈戏曲者岂可缺之哉！况今

---

① 孙歌、陈燕谷、李逸津：《国外中国古典戏曲研究》，江苏教育出版社 2000 年版，第 333—334 页。

② 青木正儿：《中国近世戏曲史》，王古鲁译，商务印书馆 1936 年版，第 387 页。

之歌场，元曲既灭明清之曲尚行，则元曲为死剧而明清为活剧也"。①
很明显，青木认为谈戏曲者不能忽视戏曲的剧场表演。两人的分歧就
在于王国维注重剧本曲辞的文学，而青木注重的是一种完整的戏剧艺
术形式，而其中自然包括表演、剧本、剧场、观众等戏剧要素在内。

　　关于王国维对戏曲的理解，叶长海指出，在王国维的戏剧概念
中，"戏曲"和"戏剧"是两个不同的概念。"戏曲"是文学概念，
是指文学性与音乐性相结合的曲本或剧本；而"戏剧"是一个表演
艺术概念，是指表演艺术演出。同时，叶还指出，由于历史条件的局
限和个人兴趣所在，王国维的戏曲研究重历史资料及案头文学，而未
及戏剧演出艺术。② 郑振铎在 20 世纪 30 年对当时的戏曲研究也指出，
王国维《曲录》《宋元戏曲史》奠定了戏曲研究的基础，中国的戏曲
研究取得了很大的发展，随着资料的不断发现，戏曲史的写作几有全
易面貌之概。但一般的研究者只注重剧本和剧作家的研究，而忽视了
舞台史或演剧史的一面，舞台上的技术演变和剧本写作有密切关系。③
也就是说，自王国维起，开创了戏曲史研究近代学术范式，但总的说
来，20 世纪初期阶段戏曲的研究还是侧重于传统的戏曲研究法。王
国维在戏曲史研究中，关于戏曲本身重点放在"读曲"方面，可以
说是传统戏曲研究的延续。④

　　那么，青木对戏剧的理解，以及研究上对情节结构的重视源于什
么呢？日本明治维新后实行文明开化，大量西方先进的文学思想观念
涌入日本。戏剧表演方面，通过对西方戏剧的引进，上演了很多西欧

---

① 青木正儿：《中国近世戏曲史·原序》，王古鲁译，商务印书馆 1936 年版，第 1 页。

② 参见叶长海《〈宋元戏曲史〉导读》，载王国维《宋元戏曲史》，上海古籍出版社
2011 年版，第 8—17 页。

③ 郑振铎：《清代燕都梨园史料正续编·序》，载张次溪《清代燕都梨园史料正续
编》，中国戏剧出版社 1988 年版，第 6 页。

④ 宋元民初的戏曲理论王灼《碧鸡漫志》、周德清《中原音韵》、钟嗣成《录鬼簿》、
朱权《太和正音谱》等都是注重音律、作家或作品等方面的评论。参见赵景深《曲论初
探》，上海文艺出版社 1980 年版，第 1—5 页。

近代戏剧，给日本戏剧演出以影响而使日本戏剧完成了近代化的过程。不可否认的是，随即涌入的西方戏剧观念也同样影响着人们。明治 20 年代发生的戏剧改良论争，就以亚里士多德的《诗学》中戏剧理论为基础，围绕着是以舞台为中心还是以作者为中心来展开论争的。① 亚里士多德的《诗学》是古希腊唯一有系统的戏剧理论著作，被誉为欧洲戏剧理论的开山之作以及奠基之石。亚里士多德《诗学》在戏剧理论上最重要的建树之一，就是通过对悲剧的定义，制定了历史上第一个完整的戏剧定义，并且明确了悲剧的六个组成部分即情节、性格、思想、语言、歌唱、造型。在这六个组成部分中，亚里士多德尤为重视情节，他指出"事件的组合，是成分中最重要的。因为悲剧模仿的不是人，而是行动和生活"，"人物不是为了表现性格才行动，而是为了行动才需要性格的配合。由此可见，事件，即情节是悲剧的目的，而目的是一切事物中最重要的"②。并且，把情节（行动）比作绘画中勾勒成像的素描，把其他成分比作色彩，用以说明情节（行动）是悲剧最本原的要素，是其成立的基础。由此可见情节是西方戏剧观中最为重要的因素。

　　而明治时代的文学史，离开了欧洲诸国的文学背景，根本就无法成立。③ 在这种大环境下，中国学界的中国戏曲研究，显然也摆脱不了用西方的戏曲观念来研究中国戏曲。第一部戏曲小说史的作者笹川临风，就是参照西方的戏曲观念来进行中国戏曲研究的。笹川在中国戏曲的研究中，关于结构的言说比比皆是。④ 例如："迨至入明，其角色亦变复杂，且用力于结构，然犹多推重词采。即在重曲。""然

---

① 参见野村乔《総説》，野村乔、藤木広辛编《近代文学評論大系（9）》演剧论，东京：角川书店，1975 年，第 570 页。

② 亚里士多德：《诗学》，陈中梅译注，商务印书馆 1996 年版，第 64 页。

③ 小岛德弥：《明治大正新文学史観》，东京：日本图书センター，1982 年，第 11 页。

④ 关于笹川注重结构的论述，参见黄仕忠《笹川临风与他的中国戏曲研究》，《文学遗产》2011 年第 3 期。

专用力与曲。其弊至于不重结构而沮害戏剧之进步。曲虽为戏曲之一要素，而戏曲之生命，非当在于其结构耶？中国戏曲之迟迟发达，亦全因乎此。"① "诗形之美，未应以诗想之浅薄而蔽之。若仅拘泥于诗形，终未能得诗想之妙。入清之后，中国戏曲稍稍似戏曲。全以此之故……如李笠翁，彼曲到底不及《西厢》《还魂》，然至于结构布局，则有深具用意之处。彼崇尚词采之平易，故不重词采。彼《十种曲》之有可观者，以用力于结构布局之故。"② "论词采虽不乏名篇，就其结构所见，若从戏剧意义观之，中国戏曲犹是稚气纷纷耳。"③ 等等，笹川所提到的这些所谓"结构"其实质就是情节结构，结合所引的有关结构的种种论述，可知笹川戏曲观为：第一，结构是戏剧的重要元素（戏曲之生命非当在于其结构耶？）；第二，以中国戏曲结构的变化推移，是判断中国戏曲的进步与否的重要依据。无疑，这两点都体现了西方戏曲观对笹川的影响。

此外，在南北框架形成的过程中给青木以影响的盐谷温，其戏曲研究的模式应该也是对青木有很大启发的。书中戏曲部分基本上是采用剧种、作者、剧的体例结构、作品梗概、评论这样一个模式展开，尤其是对剧情梗概进行介绍后，对其情节结构也会给予评论。如评论《汉宫秋》情节结构："在末折配以毛延寿被弃市的事实，以斩其首以慰昭君底幽魂结局，一洗千古不平，很足以补天公而快人心了，大体结构甚有趣。"④ 评论《西厢记》："一篇情话，虽不过叙述男女悲欢的情思，但其中有孙飞虎的暴举，起一波澜添了不少的变化，登场人物虽少却还是很活动。"⑤ 等等。

总而言之，西方戏剧观念下，重视戏剧情节结构的前期研究，无疑是青木正儿戏曲研究的一个大的前提。在吸收前期的研究成果上，

---

① 藤田豊八等：《湯临川》，东京：大日本图书株式会社，1898 年，第 46 页。

② 同上书，第 46—47 页。

③ 同上书，第 70 页。

④ 盐谷温：《中国文学概论讲话》，孙俍工译，开明书店 1933 年版，第 223 页。

⑤ 同上书，第 241 页。

青木进一步运用自己的理解，把对情节结构的评价与戏剧的演剧性质联系起来。例如对古来《拜月亭》与《琵琶记》优劣论争，青木指出：

> 况拜月关目弄奇，过于做作，如世隆与瑞澜；夫人与瑞莲错认一条，殆类儿戏，虽以此一剧构成之枢机，然不免于拙劣。观近世歌场所行者，《琵琶记》乾隆间《纳书盈曲谱》中选二十四出，《辍白裘》中选二十六出；近时《集成曲谱》中取三十六出，以此相较，《拜月亭》在三书中合计不过选其六七出而已。世人之好尚，亦略可知矣。①

针对古来关于两戏的辞采孰优孰劣的论争，青木从情节好坏与剧场表演联系起来，提出了自己更为独特、有效的论断。

尤其值得一提的是，在中国传统的戏曲评论家中，青木对李渔的评价非常高。对于李渔的戏曲论《闲情偶寄》，青木认为：

> 通论戏曲之书，如此完备者，未有也。古来有评品作品者；有论宫调音律者；有论曲词宾白科诨者；至于结构者笠翁外未之见也。凡做一艺术品时，结构为第一紧要事，无论矣，作剧者，岂可忽诸哉。②

青木对李渔重视结构的欣赏，其最根本原因就在于"笠翁的戏曲论，在结合实际演出这一点上，具有极高的价值"③。正如余秋雨在《戏剧理论史稿》中所说："重视结构于戏剧的创作作用，这是李渔

---

① 青木正儿：《中国近世戏曲史》，王古鲁译，商务印书馆 1936 年版，第 106—107 页。

② 同上书，第 341 页。

③ 青木正儿：《清代文学批评史》，杨铁婴译，中国社会科学出版社 1988 年版，第230 页。

与十七世纪以前欧洲的戏剧理论家大都是一致的。"① 青木之所以对李渔的评价如此之高，就是因为基于西方的戏剧观念对结构的重视这一点，在李渔的戏曲论中找到了某种共鸣。而"结构为第一紧要事"可以说在青木的戏曲史研究中得到充分的体现。

三　剧场结构的重视

德国戏剧理论作家赫尔曼在其《剧场艺术论》（1902）一文中说"戏剧史不是戏剧文学史，而必须是被上演的戏剧本身的历史"，② 并以剧场和舞台为中心，开创了一条独特的戏剧研究路线。赫尔曼的研究宣告了戏剧史研究中，剧场作为戏剧展示的地方，所承载的重要意义。在这种戏剧观影响下，戏剧研究不再以剧本为中心，而是涉及演员、舞台、剧场体制、戏曲音乐、舞台美术等戏剧表演的各个方面。

王国维是最早开创中国戏曲史研究范式的，在其所著的《宋元戏曲史》中虽然也涉及了戏曲音乐、角色、戏曲文学等剧的要素，并没有太多关注剧场性，尤其是剧场结构。同时，中国本土的另一位曲学家吴梅，与王国维一样也是着重于戏曲本位研究。近代中国戏曲史研究著作中，最初采用剧场观念模式的是日人辻武雄。③ 他的中文名是辻听花（1868—1931），是一位精通中国戏剧的剧评家。听花长年居住在中国，任北京顺天时报社记者，1931 年在中国去世。其所著《中国剧》（1920）一书，主要从剧史、戏剧、剧场、优伶（演员）、营业、开锣六大部分介绍了中国戏曲的起源和演变。其中剧场部分主要以北京和上海的剧场为主，详细地介绍了剧场所在地、外观、舞

---

① 余秋雨：《戏剧理论史稿》，上海文艺出版社 1983 年版，第 198 页。

② 转引自周宁主编《西方戏剧理论史》（下），厦门大学出版社 2008 年版，第 817 页。

③ 么书仪：《清末民初日本的中国戏曲爱好者》，《文学遗产》2005 年第 5 期，第 115 页，列举了 20 世纪 30 年代以前的"戏曲史"或广义"戏曲史"著作，从史述模式来看，1920 年出版的辻听花《中国剧》是最先采用剧场观念模式著作。陈维昭：《20 世纪中国古代文学研究史·戏曲卷》，东方出版中心 2006 年版，第 49 页，也有相关论述。

台、观众席、背景道具、剧场组织、剧场与警察等方面。正如他日文版《自序》中所说："稍有组织性的解析说明支那戏剧……"① 可以认为《中国剧》采用了系统完整的剧场观念叙述模式。由于其独特的史述模式，因而在当时中国引起了很大的轰动，欧阳予倩、章炳麟、梁士诒、王廷桢等各界名流分别为其作序，其轰动效果可见一斑。

近代戏曲史研究中与辻听花表现一致，注重剧场结构的应属青木正儿的《中国近世戏曲史》。而对剧场结构的重视，也体现了青木正儿与王国维研究的不同。

对于剧场的考察，青木是这样说的："先考近百年来剧场之制，道光初年之《金一残泪记》《梦华琐簿》二书中说及北京剧场，略举其要矣。又据北京精通戏剧之辻听花之言，则现在北京剧场中庆乐园、三庆园、广和楼，自乾隆以来，构造毫无若何变化，以迄今日云此数剧场，余曾目击，略存记忆，又乞辻翁之教得知后台之大体情状焉。"② 从这段引文以及青木多次引用《中国剧》内容来看，辻听花与其所著的《中国剧》对青木的剧场研究有很大的参考作用，陈维昭指出："青木正儿是在日本学者辻武雄写有《中国剧》的影响下，获得了他后来的史述框架。"③ 实际上，据青木《有关辻听花先生的回忆》来看，青木正儿与辻听花在对中国的戏曲认识上有较大的分歧。大正 14 年（1925）青木正儿北京游学，在北京通过《顺天时报》的记者松浦嘉三郎认识了辻听花。两人见面甚欢，但青木回忆："先生只有一件让我发怵的，那就是他本人是京剧通，而且是京剧的铁杆戏迷，可是他对昆曲却毫无同情理解，这方面不足托为我师。"④

① 辻聴花：《支那芝居》，东京：太空社，2000 年，第 1 页。
② 青木正儿：《中国近世戏曲史》，王古鲁译，商务印书馆 1936 年版，第 511 页。
③ 陈维昭：《20 世纪中国古代文学研究史·戏曲卷》，东方出版中心 2006 年版，第 49 页。
④ 青木正儿：《有关辻听花先生的回忆》，《琴棋书画》，卢燕平译注，中华书局 2008 年版，第 196 页。

青木正儿喜欢昆曲，对于辻听花主张"昆曲不足观不足听"自是非常不敢苟同，才有"不足托为师"的想法。那么，认为青木正儿戏曲史研究受辻武雄（听花）影响的观点似有失偏颇。

然而，两人的研究与中国本土的研究相比，都体现一种共通性，即剧场意识。从更深层次角度来分析的话，两人的共通性应该是源于一种戏曲观念的共识。这种共识就是日本步入近代化过程中，西方戏曲观念（剧场艺术）的熏陶。

日本明治维新，给日本的政治与社会带来很大的动荡。尽管如此，演剧界却并没有马上受到影响。直至明治中期，新政基磐渐稳，忙于政务的缙绅们逐渐有了闲暇，开始把目光投向艺术领域。很多有欧美留学经历的显官、学者再加上演剧圈内人士的共鸣，日本剧坛掀起一阵演剧改良热。演剧改良运动中，设立了改良会，改良会提出三项演剧改良目的：

第一　改良以往演剧，实际创出好演剧。

第二　创作演剧脚本，为荣誉之业。

第三　构造完备，建构演剧、其他音乐会、歌唱会等都可用的演技场。①

从三项目标可以看出改良的关键词就是演剧、剧本、剧场结构。在明治期唯洋学是崇的时代，演剧改良的三项目标无疑是参照西方戏曲观而提出的，而剧场结构成为其中这一项目标，可见其重要性。演剧改良运动中，末松谦澄《演剧改良意见》（1886）甚至认为凭借政府布告法律、警视厅颁布纸令以及学者的笔杆是无法成功对演剧——改良的，因而主张"改良会第一要务就是建设新剧场"，② 其理由就

① 井原敏郎：《明治演劇史》，东京：早稻田大学出版部，1933年，第387页。

② 末松谦澄：《演劇改良意見》，《明治文学全集79—明治芸術·文学論集》，东京：筑摩书房，1975年，第100页。

在于通过东京新建剧场，来慢慢影响到地方，以达到改良的目的。关于剧场的建设、构造与舞台更是提出要与西方国家的一样，并且涉及花道的废除、幕后解说、伴奏、角色等戏剧表演的各个方面。

由于改良会所提倡的完全是机械地照搬西方的剧场观念，太过于急进，表现出宁要舞台性，不要文学性的主张，因而被批评为"舍风趣而取外观"，持续了两三年就被演艺矫风会所取代。① 尽管如此，有关演剧改良的论争却不断发酵。鹿鸣馆欧化时代之后，文坛上以森鸥外（1862—1922）与石桥忍月（1865—1926）的"文园戏曲论争"引人注目。两人论争的核心就是要戏剧的文学性还是舞台性问题。森鸥外强调戏曲应是基于诗学的基础上进行创作，而主张剧场应简朴古雅。忍月等则持有不同观点，认为"戏曲是舞台上的行为。故彻头彻尾的舞台观是戏曲的要素，是演剧不可分离的"，强调舞台戏曲才是真正的戏曲。② 且不说论争结果如何，可以肯定的是，西方剧场艺术等戏剧学观念已深入日本学界，研究者们也不再拘囿于戏剧的文学性，开始关注与场上演出有关的演员、舞台、剧场等其他方面。大正13 年（1924），日本剧作家小山内熏等开设筑地小剧场，剧场拥有先进的照明、灯光、舞台背景等，成为当时日本新剧运动的据点。③ 日本新剧运动也由此掀开了新篇章。

在近代日本戏曲研究的这种大背景下，明治元年出生的辻武雄受西方剧场艺术观念的影响，自是毋庸置疑。明治中后期出生成长的青木正儿，自小就是喜欢日本传统曲艺净琉璃。④ 在西方戏曲观念的影响下，有关传统演剧的一系列改良论说，对于喜爱传统演剧的青木正

---

① 近代日本思想史研究会：《近代日本思想史》第 2 卷，李民、贾纯等译，商务印书馆 1992 年版，第 6—7 页。

② 野村乔、藤木宏幸编：《近代文学评论大系（9）演剧论》，东京：角川书店，1972 年，第 572 页。

③ みなもとごろう：《演劇・戯曲の近代》，《岩波講座・日本文学史》第 12 卷，东京：岩波书店，1996 年，第 147 页。

④ 青木正儿：《中国近世戏曲史・原序》，王古鲁译，商务印书馆 1936 年版，第 2 页。

儿不能不产生影响。尤其是前述青木正儿听王国维说"明清之曲死文学也"的反应，更能体现青木正儿的西方戏剧学观。因此，注重"场上观"的青木在其中国戏曲研究中自然也就容易关注剧场结构，并将其体现在研究中。

综上所述，王国维的《宋元戏曲史》确定了对中国戏曲史研究的框架，具有开拓性作用。但在方法论上，支撑其研究的主要还是传统的乾嘉学派的考证学。由此可见，王国维的研究在史学框架下更倾向于"考证"，[①] 注重的是材料的考证，用史实说话，因而在论述方面则稍显不足。青木正儿的戏曲史研究，虽然基于王国维确立的史述框架之下，但在具体操作上，显然更注重本国的学术成果的继承和发展，从而戏曲史研究方面取得了系列的创新。吴梅在王古鲁的译著中说："青木君偏览说部，独发宏议，诣力所及，亦有为静安与鄙人所未发者，不尤为难能可贵耶？"[②] 也正是源于此，青木自己也是非常有自信地在自序中说："先生既饱尝珍馐，著宋元戏曲史，余尝其余沥以编明清戏曲史，固分所以然也，苟起先生于九泉，而呈鄙著一册，未必不为之破颜一笑也。"[③] 可以说，青木正儿的戏曲史研究的创新不仅使本国日本的中国戏曲研究更推进了一层，更为中国的研究添砖加瓦，锦上添花。

小　结

在西方文学观念的传入以及影响下，日本首先打破了戏曲属于

---

① 具体参见叶长海《宋元戏曲史导读》，载王国维《宋元戏曲史》，上海古籍出版社2011年版。罗振玉说王国维"壬子（1912）以前，虽专治宋元戏曲，而所治者，仍为戏曲史料，而非戏曲之本身"。见《国学论丛》第 1 卷第 3 号（1928 年 4 月）"王静安先生纪念专号"第 193 页。

② 吴梅：《吴序》，载青木正儿《中国近世戏曲史》，王古鲁译，商务印书馆1936年版，第5页。

③ 青木正儿：《中国近世戏曲史·原序》，王古鲁译，商务印书馆1936年版，第1页。

"末技"的传统认识，开始了中国戏曲的近代性研究。但近代戏曲史的研究模式始创于王国维。在王国维的刺激下，近代日本中国戏曲研究取得了长足的发展。京都学派第二代学者青木正儿在利用本国的前期研究成果的基础上，充分运用西方戏曲观念，书写《中国近世戏曲史》和《元杂剧研究》。而其中，青木正儿的戏曲史研究不仅填补了明清戏曲史研究的空白，使中国戏曲有了完整的史述描述，同时在南北史述模式、重视情节结构、关注剧场结构方面也表现出与同时代王国维研究的不同，充分体现了日本本土研究特色，成为近代日本中国戏曲研究的里程碑。

第四章

青木正儿的中国文学史研究

日本步入近代，随着西方先进学术观念与方法的引进，日本的中国文学研究也发生近代化的转变。其主要表现之一就是文学摆脱了对经学的附庸，文学领域展开了以历史演进为线索的整体性文学研究。19世纪末到20世纪二三十年代，日本掀起了撰写中国文学史的热潮。青木正儿的中国文学文学史研究就是在这样的大背景下展开的，其主要著作有《支那文学概说》（1935）、《支那文学思想史》（1943）、《清代文学评论史》（1950）。① 正如前野直彬编的《中国文学史》中所说，"任何时代的文人，都会学习过去作家的作品，并从中摄取营养。且优秀的文人，对过去文学的潮流，都有大致了解"②。对于文学研究者而言，也同此理。青木正儿正是从日本近代文学史研究潮流这块肥沃的土壤中，吸收养分，开出自己独特的花朵。

第一节　近代日本文学观念的转变与中国文学史研究的兴起

日本明治维新前，"文学"观念受中国古典的影响，概念非常模糊。江户时代，"文学"包括了哲学、思想、历史等人文科学诸领

---

① 桥本循指出，这三本著作简而言之是文学史，但和以往的文学史大异其趣。参见桥本循《創見に満ちた文学史》，《青木正児全集》第1卷，东京：春秋社，1969年，第583页。

② 转引自川合康三编《中国の文学史観·資料篇》，东京：创文社，2002年，第120页。

域，尤以朱子学为中心的儒学为"文学"之首。尽管也存在戏作小说、俳谐、川柳、狂歌、净琉璃、歌舞伎等俗文学，但都被视为非正统，而置于"文学"之外。这与中国古代文学观念如出一辙，因此中国诗文在日本属于正统文学，而戏曲、小说等在日本则纳入非正统文学之列。随着日本近代化学术转型，"文学"概念也发生转变，逐渐与西方学术界的"literature"意义相通。文学观念的转变，加之西方史述模式等方法论的引进，日本的中国文学研究也发生近代化转变，其中中国文学史也就应运而生。

一　"文学"观念的近代性转变

徐复观指出："文学史是'文学的历史'，是通过文学作品以发现有代表性的心灵活动，及在此活动中所真切反映出的人类生活状态的历史。只有在值得称为'文学的作品'中，才显得出人类的心灵活动。"① 这段话表明只有了解什么是文学，什么是文学作品，才能再现文学的历史。显然，对于"文学"的定义与理解就成了文学史这类文学研究范式成立的至关重要的前提条件。而这一点应该说是具普遍性意义的，因此，了解日本近代中国文学史的研究前，有必要先厘清日本"文学"观念的近代嬗变过程。

1. 传统"文学"观念

古往今来，对于"文学"的理解纷繁驳杂，中日两国也概莫能外。日本明治维新以前，主要是学习和吸收以中国文化为代表的东亚文明，因此对文学的理解受中国影响巨大。在万延元年（1860）即德川幕府时期，为了获得日美修好通商条约的批准，新见正兴（？—1868）率团搭乘美国舰访问华盛顿。途经夏威夷，一位名为玉虫左太夫的使节团成员偶遇一名中国人，两人关于"文学"的笔谈记载于其所著的《航米日录》中，其部分内容如下：

---

① 徐复观：《中国文学精神·自序一》，上海书店出版社 2006 年版，第 3 页。

　　玉谊（玉虫左太夫）："现今，文学之盛，唯有贵国与我国。
而近来洋学流入，大损圣道。贵国亦受此患否？"

　　丽邦（中国人）："现下，文学唯我国与贵国同。而西洋之
学大悖于伦常，尤不足取。所思之处，近世人心常喜新厌旧，间
有附和之人。此亦世道人心之变，为取圣道者感慨不堪。"①

　　从这段对话的引文中，可以看出：第一，受中国文化的影响，中
日两国对于"文学"的理解是一致的，而这种"文学"显然是与
"圣道""伦常"紧密相连；第二，同时也表明这个时候的"文学"
受"西洋学"的影响，逐渐开始发生变化。

　　那么，对于同属汉字文化圈的中日两国，对于"文学"的理解到
底是怎样的呢？追溯历史，通常认为"文学"一词最先出现于《论
语》先进第十一中"德行：颜渊，闵子骞，冉伯生，仲弓。言语：
宰我，子贡。政事：冉有，季路。文学：子游，子夏"。② 在孔子所
说的"德行""言语""政事""文学"四门中，"子游、子夏"为文
学之士。此处"文学"的诠释即为"博学之意，或者学问之意"。③
当时的学问可以说是以诗书为主，因此孔门中的"文学"可以理解
为指的是诗书六艺的全部。至汉代，王充《论衡》中把五经六艺、
诸子传书、造论著说、上书奏记、文德之操等都谓之为文，并对各种
文提出了批评。显然，王充的"文"是没有散韵之区别的，凡文字
记述之物皆可为文学，文学的语义也就变得更为宽泛。因此，不管是
孔门的"文学"还是王充的"文学"，所指向"文学"内容的共通点
就是以语言文字为对象。此外，据日本《大言海》，"文学"还指

---

　　① 转引自礒田光一：《訳語〈文学〉の誕生—西と東の交点》，《鹿鸣館の系譜—近代
日本文芸史誌》，东京：文芸春秋，1983 年，第 9 页。括号内容为笔者所注。

　　② 朱熹：《四书章句集注》，中华书局 2011 年版，第 117 页。

　　③ 内田泉之助：《中国文学史》，东京：明治书院，1956 年，第 2 页。

"中国汉代诸州府学的博士更改后的称呼（魏晋以来甚至唐代都沿用此称）"①。也就是说"文学"除了有以语言文字为对象的学问、知识语义外，还有指称官职之义。

较之今日"文学"观念，可以看出古时"文学"所含语义的驳杂。同时，随着人类社会历史的发展，文学的目的，即文学到底是用来干什么的讨论也是古今中外争论不休的问题。汉代王充的《论衡》，基于儒学经世致用的思想，提出文人之笔在于劝善惩恶，并要求语言真实可信。首次对文学的效力以及文辞进行了讨论，因此被认为"预告着文学史上的一个新时代的到来"②。六朝时代，文学观念为之一变。昭明太子在编选《文选》时，除了诗、赋之外，文章选取以独立成篇而富有文采为标准，把儒家经典、诸子书及其他史学著作排除在外。其序言"事出于沉思，义归于翰藻"即具有美文辞的文才能为文章之本领，③ 体现了当时的文学观念。后世文学研究者认为，《文选》呈现了区分文学与非文学的意识，且较接近现代文学观念。④ 唐代，韩愈、柳宗元等倡导古文复兴，对六朝文学观念进行反拨。韩愈之婿李汉为其文集作序，曰"文者，贯道之器"，可以说充分表达了韩愈基于儒家思想的文学精神。唐代古文复兴的文学观延续到宋代。尤其是北宋中期兴起理学，对文与道的关系愈发苛刻，周敦颐提出的"文以载道"的口号更是明确了文学对于道的实用性作用，长期成为中国传统文学主张的中心内容。至近代，西方文学观念的涌入，产生一系列文学革新运动，给传统的文学观念带来极大的变动。

同为汉字文化圈的日本，近代以前一直深受中国文化的影响，对于"文学"的观念也大致与中国类似。尤其是德川幕府时代，宋明理学被推崇为官学，成为当时的主要意识形态，幕府采用偏激的作

---

① 转引自长谷川泉《近代文学研究法》，孟庆枢、谷学谦译，时代文艺出版社 1991年版，第 19 页。

② 章培恒、骆玉明主编：《中国文学史》上，复旦大学出版社 2005 年版，第 257 页。

③ 内田泉之助：《中国文学史》，东京：明治书院，1956 年，第 3 页。

④ 参见章培恒、骆玉明主编《中国文学史》上，复旦大学出版社 2005 年版，第 394 页。

反，完全否定过去的文学论，推行必须在儒学和文学两者之间择一，专从儒教的立场出发，来创作文学。因此"载道论""劝惩论""玩物丧志论"等文学思想占主导地位。在这种文学思想主导下，即便是娱乐性较强的小说，也要求必须兼有社会教化的效用。最显著的例子就是小说家曲亭马琴（1767—1848）劝善惩恶的文学主张，充满儒家的仁义观。

同时，受中国文学内容驳杂的影响，德川时代的文学内容也非常宽泛，包括相当于今天所说的学问的所有内容。而处于文学中心地位的毋庸置疑就是汉文学（汉学），也就是当时的武士社会所公认的第一文学。具体而言指的是传入日本的中国文学、经、史、子、集外，还有日本人自身所作的汉文学，如汉文、汉诗、历史、传记以及诸种思想性学问著作、随笔等。其次就是和文、和歌。这两类文学就是当时的代表性文学，即上层文学。与之相对应的，还有一类文学，包括戏作（稗史小说）、戏曲、俳谐、随笔、杂禄、狂文、川柳等，被称为下层文学。尽管下层文学比较接近于近代文学的概念，但当时的社会结构，是推崇上层文学的武士阶层为统治中心的，因此町人阶层的下层文学对上层文学只能是一种附随状态。① 这种文学观一直持续到明治维新初期。此外，据《日本国语大辞典》，"文学"词条还有"6. 指律令制中给有品亲王讲授经书的官职之称；7. 德川时代诸蕃儒员之称"的含义。②

2. "文学"语义的近代嬗变

如前所述，汉字文化圈的传统"文学"含义内容驳杂。至近代以来，受西方文学思想的影响和冲击，"文学"内涵和外延发生了变化。而这种变化肇始于日本。鲁迅曾在《门外文谈·不识字的作家》中辨识"文学"的古今用意，说古代人"用那么艰难的文字写出来

---

① 关于德川时代的文学概念详细论述，请参见柳田泉《明治初期の文学思想》上卷，东京：春秋社，1965 年，第 35—37 页。

② 日本国语大辞典第二版编集委员会、小学馆国语辞典编集部编：《日本国語大辞典》，东京：小学馆，2000—2002 年，第 1113 页。

的古语摘要，我们先前也叫'文'，现在新派一点的叫'文学'，这不是从'文学子游子夏'上割下来的，是从日本输入，他们的对于英文 literature 的译名"。① 鲁迅的话，可以说道破了近代"文学"变化的实质内涵，即近代"文学"概念则源于日本对英文"literature"的译名。

　　一般认为，近代日本启蒙思想家西周是使用"文学"来对译英文"literature"的第一人。明治 3 年（1870）西周在东京浅草的私塾育英舍开讲，其讲义命名为《百学连环》，② 主要是体系性讲述西方近代学术。在讲义《总论》中，西周将西方学问分为普通学与特殊学两种。所谓普通学就是一般通识学问，而特殊学也可以理解为专门之学。讲义中，涉及英语"literature"时，西周将其翻译为"文学"。但同时，西周讲义中，也出现"文章""文章学"与"文学"混用的情形。西周认为，"literature"是文章或学习文章之意，即文学。文章虽然不是学问，但是没有文章，则任何学问都无法传播，因而是其他学问重要的方面、媒介。文章之学即"文学"对人文的发达有着很重大的意义，因此与历史、地理、数学并列形成普通学。对于普通学中的文章学即文学，西周将其分为语言文字科、文章表现科、诗学科（即文学内容），并对文学中的几科内容进行了解说。西周首次以"文学"为研究对象，并将其纳入诸学之中，可以说对文学进行的一次"近代性"的洗礼。③

　　虽然西周是首次用"文学"来翻译英文"literature"，如上所述，并没有完全真正意义上固定下来用"文学"来对译"literature"。明

---

　　①　鲁迅：《门外文谈·不识字的作家》，《且介亭杂文》，人民文学出版社 1973 年版，第 76 页。

　　②　《百学连环》的"百学"是源于西方"百科全书"之义。"百学连环"即百种学问在"理"上是相互关联的。西周的讲义虽然已经完整地保存下来，但由于是个人的笔记形式，因而很难看懂。现在《西周全集》第四卷的《百学连环》是西周学生，当时育英舍的学监永见裕所遗留的讲义笔记。

　　③　参见柳田泉《明治初期の文学思想》上卷，东京：春秋社，1965 年，第 274 页。

治 8 年（1875）5 月 8 日《文部省报告》（第 21 号）颁布，其中的《开成学校课程表》出现修辞学、文学、逻辑、心理来对译"rhetoric""literature""logic""mental philosophy"四个英文词。铃木修次指出，这些学术术语的翻译在当时是首次出现，因而推断"literature"公众性翻译成"文学"是始于文部省的行政用语。①

　　尽管"文学"当作英语"literature"的译名逐渐被固定下来，但由于"literature"本身含义也是暧昧、含糊且多义的，② 因此作为近代含义的"文学"观念在日本被吸收和融合也就并非是一蹴而就的事情。就《日本国语大辞典》来看，其中"文学"的词条除前所引 6、7 两含义外，还有：

　　　　1. 学艺、学问或做学问；

　　　　2. 文章学；

　　　　3. 艺术体系的一种样式。以语言为媒介，诗歌、小说、戏曲、评论等；

　　　　作者通过想象力建构虚拟的世界，来表达人类感情、情绪的艺术作品；

　　　　4. 研究诗歌、小说、戏曲等艺术作品的学问；

　　　　5. 自然科学、法律学、政治学等以外的学问，包括词条 3 史学、哲学、心理学等诸学科。③

　　这些"文学"含义当中，1 和 2 属于传统文学含义。4 可以说是 3 的衍生。因此，3 和 5 应该是近代以后的用法。5 是关于文学学科

----

① 铃木修次：《〈文学〉訳語の誕生と日・中文学》，《中国文学の比較文学的研究》，东京：汲古书院，1986 年，第 333—335 页。

② 参见本间久雄《新文学概论》，东京：新潮社，1917 年，第 1 章：考察《新标准英语大辞典》有关文学的词条有七种含义。

③ 日本国語大辞典第二版編集委員会、小学館国語辞典編集部編：《日本国语大辞典》，东京：小学馆，2000—2002 年，第 1113 页。

的含义。关于文学学科的定义，本文暂不予讨论，接下来主要考察以上所示的文学词条的第 3 项含义，即英语"literature"的翻译的义项"艺术体系的一种样式。以语言为媒介，诗歌、小说、戏曲、评论等作者通过想象力建构虚拟的世界，来表达人类感情、情绪的艺术作品"是如何逐渐确定下来的。

最初把"literature"译文"文学"作为艺术类型的近代性含义来使用的是福地樱痴（1841—1906）。① 他在《东京日日新闻》（1875年 4 月 26 日）发表论说。在其论说中，提到了小说、演剧院本、诗歌与文学的关系，在福地的文学概念中，不仅指古典文学，而且还包含有小说、戏曲、诗歌等文学体裁。很显然其所指的"文学"概念明显与维新前的"文学"概念不同。同时，福地主张以西方文学的标准改良文学。尤其是福地认为小说不振，是文学衰微之征兆的观点，与江户时代以来认为小说蛊惑人心，有悖于"劝善惩恶"的主流文学思想大相径庭，可以说发前人之未发。

在西方学术思想的影响下，从西周对文学本质的介绍与分类，到福地确定文学的类型以及改良文学的主张，最终酝酿成坪内逍遥的《小说神髓》（1885—1886）的问世。《小说神髓》是一部近代写实主义文学理论著作，分上下两卷，主要观点：第一，明确小说是一种独立的艺术形态，其艺术独立性决定它从不属于其他目的，只受艺术规律制约。并对以往的戏作小说儒教劝善惩恶的功利性文学观进行了批判。第二，主张西方近代文学的写作技巧，即写实主义，规定"小说的眼目，是写人情，其次是写世态风俗。"所谓人情，即人的情欲，就是所谓的一百零八种烦恼。"② 《小说神髓》的刊行起了日本近代运用西方文学理论与封建主义文学意识相对抗的先声，因此具有文学思想的启蒙作用。尤其是坪内逍遥所主张的"小说的眼目，是写人情"

---

① 参见礒田光一《訳語"文学"の诞生—西と東の交点》，载礒田光一《鹿鸣館の系譜—近代日本文芸史誌》，东京：文艺春秋，1983 年，第 19 页。

② 坪内逍遥：《小说神髓》，刘振瀛译，人民文学出版社 1991 年版，第 47 页。

的文学观点可以说是对长期以来汉字文化圈内所主导的"文以载道"的功利性文学思想的反动，也可以说比较接近于西方文学思想中的"纯文学"的概念了。

梁实秋认为，在西方文学里，"纯文学"的概念最先大概是法国的波德莱尔（1821—1867）使用的，[①] 其含义就是强调文学独立的价值，文学是按照自身的规律发展，不从属于其他任何外在的道德、伦理目的。坪内逍遥的《小说神髓》刊行后，其文学思想使世人耳目一新，因此非常受欢迎，同时也引起了新旧文学思想之间的论争。1889 年 3 月三上参次在《皇典讲究所讲演》（5）[②] 发表演讲。三上参次与高津锹三郎于 1890 年编写发行了日本近代意义的第一部《日本文学史》，此次演讲即是《日本文学史》绪论的相关内容。在演讲中三上讲道：

> ……德川氏之世，文学所有种类俱完备，至稗史、小说、俳谐、狂歌、净琉璃文、狂言文、川柳、狂句等，其盛之极，但先辈诸氏，似轻视此等文章，文学范围内无有一席。其中有云"王朝文学，非真文学，所谓文学乃限于教化人心者"，欲将我辈尊敬的《源氏物语》《枕草子》从文学的世界放逐之大家。其志令人钦佩，然为文学本身之故，需充分辨其谬见。[③]

演讲中，三上首先肯定了文学的多种样式，然后就"先辈诸氏"的轻视态度用"需充分辨其谬见"表达自己对旧文学思想的不满，从中我们也得以看出三上等人对文学的内涵所持有的基本态度。而在正式刊行的《日本文学史》中，三上、高津两人针对已往文学观念的驳杂，非常明确地给"纯文学"下了定义，即"以某种文体巧妙

---

① 梁实秋：《梁实秋读书札记》，中国广播电视出版社 1990 年版，第 5—6 页。

② 皇典讲究所是国学院大学的前身，成立于 1882 年。

③ 转引自斉藤希史《文学史の近代—和漢から東亜へ》，古屋哲夫、山室信一编《近代日本における東アジア問題》，东京：吉川弘文馆，2001 年，第 171 页。

表现人的思想、感情、想象，兼有使人实用与快乐的目的，并传播智慧于大多数人者，谓之文学"。① 其定义强调文学注重情感表达，并通过"文体巧妙"强调艺术性，诚然已经完全吸收了西方文学思想中的"纯文学"的含义。而这部日本近代意义的第一部文学史所体现的"文学"观也意味着西方文学观影响下，文学语义近代嬗变的完成。

综上所述，从传统的文学观念的驳杂以及"文以载道"的实用功利主义文学思想到与西方文学思想的融合，确定文学内涵只为表达人的思想的美的作品，且内容外延至戏曲、小说等，以及纯文学观念结合西方史学模式编写的第一部《日本文学史》的问世，标志着文学观念的近代性蜕变。

二 中国文学史研究的兴起

1. 史学方法论导入

明治初期，在"文明开化"思潮下影响下，史学领域出现了变革，产生了一批文明史学的著作。其中代表作有福泽谕吉撰写的《文明论概略》《日本文明之来源》以及田口卯吉（1855—1905）的《文明开化小史》等。这些文明史学著作是明治初期的启蒙思想家们在法国基佐和英国巴尔克及斯宾塞的影响下，用近代的史学方法编撰地域文明发展史的一种尝试。主要体现为采用文明进化的观念，对研究对象进行"科学"的历史分期，从政治、学问、宗教、人情风俗、产业等方面整体考察地域文明发展规律。这种文明史叙述模式一反传统的旧汉学中的"君史"模式，体现了一种史学方法论革新的趋势，因此具有打破传统历史意识的启蒙作用。

真正近代学术意义的史学方法的移植则源于在"文明开化"中，明治维新的"学制"改革以及外国教师的聘任。这两项举措可以说为西方史学观念的导入提供了重要的条件。1877 年东京大学创立，

---

① 三上参次、高津鍬三郎：《日本文学史》上卷，东京：金港堂，1894 年，第 13 页。

标志着日本近代性大学制度诞生。在创立之时，东京大学设置了法学部、理学部、文学部及医学部四个学部。文学部下面分史学哲学及政治学科、和汉文学科两个学科。对于当时的学术与学风，有这样的描述："创设文学部，正是翻译西洋文物之风比较强劲的时代。尽管设和汉文学科体现尊重传统学问的意图，但概而言之还是以西洋的学问为主潮的。"① 在这种西洋学问为主的学风下，当日本还没有足够的人才时，大量聘请了外国教职人员。同时传统学问为主的和汉文学科也要求兼修英文学、哲学、史学课程。事实上，日本对西方史学的介绍态度近乎一往无前，甚至出现了一段时间日本学校只讲述西洋史，不讲日本史的情况。② 以西学为主的课程设置及外国教师的聘用为当时的学生开阔了视野。例如日本最早的《日本文学史》的著者三上参次、高津锹三郎在其《绪言》中所说：

> 著者二人在大学时，共翻阅西洋的文学书，感叹其编纂法的精妙。还有文学史之类的书，详细论述文学的发展，研究顺序之整备令人喜欢。同时本邦却没有如他们那样的书，更没有文学史之类。每每感叹，研究本邦文学比研究外国文学更难。不管是羡慕也好可怜也好，总之勃然产生一种要写出不逊色于他们，不让于他们的文学史的豪迈之念。③

二人可谓从西洋的文学书中大开眼界，文学史的模式也为其拓宽了学术视野。同时从中深切地体会到西方史学观念对当时学界的刺激作用。

明治 15 年（1882），东京大学在加藤弘之的要求下增设古典讲习

① 《東京帝国大学学術大観》，东京：东京帝国大学，1942 年，第 186 页。

② 鲍绍霖、姜芃、于沛、陈启能：《西方史学的东方回响》，社会科学文献出版社 2001 年版，第 62 页。

③ 三上参次、高津锹三郎：《日本文学史》上卷，东京：金港堂，1894 年，第 1—2 页。

科，主要的授课老师是中村正直、三岛毅、岛田重礼、重野安绎、井上哲次郎等。古典讲习科主要以中国古典为主，但在新学的风潮下，不免受到新学风的影响。从授课老师阵容来看，多为接触西学有开拓学术视野的学者。例如，重野安绎1884年发表著名的"世上流布史传事实多误说"的讲演，是日本最初提出"抹杀论"看法的学者，同时为了了解西方史学，重野曾托赴英国的末松谦澄调查英国的史学方法。此外，末松谦澄请匈牙利人翻译英国的《史学》也得到过重野的支持。古典讲习科的另一位老师井上哲次郎则是在新教育制度下成长的，大学期间美国人教师斐诺落萨对其影响很大，井上跟随他学习了英译的刘易斯《哲学史》、斯宾塞的《哲学原理》《伦理学》《社会学》等。① 老师们开阔的学术视野，可以说为西方史学观念的传入提供了方便之门。明治20年代到30年代，出现编撰"文学史"的潮流，而作者们大部分出自东京大学的古典讲习科、和汉文学科等，从事实上也证明了新学制下新的史学观念的影响。②

　　近代史学的成立，除了史学观念的转变外，还与立足于史料批判的实证主义方法论分不开。明治19年（1886）文部省颁布帝国大学令，东京大学改称帝国大学。文学部转变成文科大学，设哲学科、和文学科、汉文学科、博言学科四科。明治20年（1887）增设史学科、英文学科、德法文学科三科。同时，文科大学也迎来了非常优秀的外国学者，主要是哲学的Ludwig Busse、教育学的Emil Hausknecht以及史学的里斯（Ludiwig Riess）。这三位在各自的领域是新学风的领军人物，把新学风移植到日本学界，可谓功不可没。③ 里斯到帝国大学后主持史学科的教务，在他的推动下，设立史学会，并由国学史科教授、主持编纂《大日本编年史》的重野安绎担任会长，刊行《史学会杂志》，标志着日本学院史学的成立。在《史学会杂志》的创刊号

----

① 李庆：《日本汉学史》第1部，上海外语教育出版社2002年版，第285页。

② 详细论述见和田英信《明治期刊行の中国文学史—その背景を中心に》，川合康三编：《中国の文学史観》，东京：创文社，2002年，第161—164页。

③ 《東京帝国大学学術大観》，东京：东京帝国大学，1942年，第34页。

上，重野提出了对儒学名分论的批判："认为历史是以名教为主的说法……违背实事实理而发，则与历史的本意背道而驰。"明确表明了以事实考证为主要任务的考证史学立场。① 日本学界通过里斯，完整系统地接触到兰克学派的史学观念和研究方法，从而促成了传统史学到近代新史学的转变。

西方的史学观念与史学方法的导入，促进了日本各个文化领域史学的发展。中国史学方面，1888 年那珂通世撰写的《支那通史》问世，打破了传统的史学体例，采用西方的"通史"体例，是世界上第一本中国通史，影响广泛。随后 1891 年市村瓒次郎的《支那史》出版。中日甲午战争日本的胜利，使得其原有的中国观开始发生转变，通过古典产生的对中国的了解与崇拜开始颠覆，从现实中了解中国成了日本的迫切需求，这种需求投射到学术界促进了东洋史学的发展。1894 年那珂通世与三宅米吉（1870—1929）建议中学设立"东洋史"课程，并阐明"东洋史是叙说以支那（中国）为中心的东洋诸国治乱兴亡大势"，确定了"东洋史"的学科定义，② 文部省予以采纳。至此，中国历史被纳入"东洋史"范畴。一批东洋史教科书相继推出。例如儿岛献吉郎的《东洋史纲》、桑原骘藏的《中等东洋史》等。同时，史学的方法也推及至其他中国学领域，例如明治 28 年（1895）藤田丰八的《支那哲学史》出版。而文学领域则是在明治 20 年代到 30 年掀起了中国文学史撰写高潮。

2. 近代日本中国文学史撰述（1882—1940）

明治期随着史学方法的导入，各学术领域纷纷采用这种科学的治学方法。汉学领域文学研究也不例外，掀起一股撰写中国文学史的潮流。最先以中国文学史命名的是 1880 年俄罗斯的中国学家瓦西里耶夫（Vasili Pavlovich Vasili'ev）撰写的《中国文学史纲要》，但是鲜为

① 柴田三千雄：《日本におけるヨーロッパ歴史学の受容》，荒松雄编：《岩波講座·世界歴史 30》别卷，东京：岩波书店，1971 年，第 457—458 页。

② 李庆：《日本汉学史》第 1 卷，上海外语教育出版社 2002 年版，第 269 页。

学者所知，因而末松谦澄的《支那古文学略史》一度被认为是最早以"中国文学史"命名的著作。该书于 1882 年 9 月东京文学社出版，分上下 2 册共 63 页的小册子，没有目录。上册为《周官》《管子》《老子》《孔门诸书》《晏子》《杨朱墨翟》《列子》7 项；下册《孟子》《商子》《公孙龙子》《庄子》《孙吴兵法》《苏秦张仪》《屈原宋玉》《荀子》《申韩》《吕氏春秋、竹书纪年、左传、国语》10 项。此书是 1882 年末松在英国留学期间，在日本学生会所做的演讲稿的基础上编写而成，受当时西欧编写通史以及崇尚古典学之风潮影响颇深。① 从书的内容来看，并没有论及近代意义的文学样式，而是将重点放在诸子学与经学方面。这表明，末松时期，"文学"是包括思想、历史在内的广泛的、传统的"文学"意义。因此虽然最先冠有"文学史"之名，但实际内容更接近于先秦时代的学术思想史。其次，上册《孔门诸书》一项中着墨颇多，并写道"凡读古书，必须要想象作者当时的思想。而不可以后人的思想来做牵强附会之说"②。对朱子对孔门诸书的注释即宋代理学的方法进行了批判，且连带批判了荻生徂徕，体现出作者要正确理解汉籍，改变以朱子学为主的学问方法的意图。③ 书中小引写道："（末松）口演此篇，令后生知汉籍之梗概，譬之航海，先辈即按星相，测地维，定期缄路，制之图册，后生因得知其远近险易，礁洲津港，则事半而功倍焉，其为惠大矣。"④小引作者是何田熙，据说是读过《支那古文学略史》后写的个人评论，用词虽然不免有恭维之处，但也确实证实了末松在明治初期文明开化的思潮中，重新看待汉籍并改进汉学方法论的努力。

---

① 川合康三：《今、なぜ文学史か》，《中国の文学史観》，东京：创文社，2002 年，第 4 页。

② 末松谦澄：《支那古文学略史》上，东京：文学社，1882 年，第 20 页。

③ 松本肇：《末松谦澄〈支那古文学略史〉》，川合康三编：《中国の文学史観·資料篇》，创文社，2002 年，第 18 页。

④ 原文为汉文。河田熙：《支那古文学略史小引》，末松谦澄：《支那古文学略史》上，东京：文学社，1882 年，第 2 页。

　　文学领域，最早以日本文学为对象撰写文学史的是三上参次、高津锹三郎。两人共同撰写的《日本文学史》于1890年出版。明治20年代后期到30年代，出现"中国文学史"的高潮。对于其背景，川合康三指出西欧19世纪成立近代史学，由此各个领域开始撰述通史，文学史就是作为其中的一环而产生的。受西欧国别文学史的刺激，三上参次、高津锹三郎撰写了《日本文学史》，而作为连环效应，受三上两人撰写的日本文学史的刺激，近代的中国学者开始尝试撰写以中国文学为对象的通史。①

　　真正中国文学史的滥觞是明治24年（1891）刊行的教学讲义杂志《支那文学》中所收的儿岛献吉郎题为《支那文学史》的论文。②随后，1894年讲义录《支那学》刊登了儿岛献吉郎的《文学小史》。《文学小史》分时代叙述了诗歌与文章，对于文学的定义与起源，儿岛认为"文学是通过文字来发挥人的思想感情之物"，因此"要寻文学的起源，必须得回归文字创造时代"。③这种思想一直贯彻于其后撰写的《支那大文学史古代史》中，与末松时代相比，体现出文学与文学史的观念与思想的一种进步。

　　而日本近代所撰写的中国文学史中，最早的中国文学的通史一般认为是古城贞吉撰写的《支那文学史》（1897）。在书的范例中，作者表明该书是从明治24年（1891）秋天开始执笔撰写，历时五年之久才得以刊行。据浅见洋二调查，古城贞吉的这本《支那文学史》经过初版、订正再版、订正增补、4版、5版，多次发行，可见其当时的受欢迎程度。④该书在编写体例上以朝代更替为单元。在序论中，可以看出古城贞吉对中国文学史的一些认识。首先是古城认为中国的

---

　　①　川合康三：《今、なぜ文学史か》，《中国の文学史観》，东京：创文社，2002年，第4—6页。

　　②　三浦叶：《明治の漢学》，东京：汲古书院，1998年，第292页。

　　③　转引自三浦叶《明治の漢学》，东京：汲古书院，1998年，第293页。

　　④　浅見洋二：《古城贞吉〈支那文学史　完〉》，川合康三编：《中国の文学史観・资料篇》，东京：创文社，2002年，第37页。

地理环境对文学有很大的影响。"西北之地多高山峻岭，东南富有湖沼河泽"及"对文学影响之处，西北词气贞刚、音韵铿尔，而东南文学雍容和雅、济济治平之音每由此地而发"，并总结"支那文学之精彩，殆为山水烟景式立意"。① 关于文学的发展与环境的关系，源于 19 世纪法国文学史家丹纳撰写的《英国文学史》。丹纳采用实证的方法论证说明了时代、环境等外在因素决定文学史的发展。这一观点与方法成为 19 世纪文学史编写的主流。古城这一观点隐约显现了丹纳的国民性、环境、文学的史学观念的影响的痕迹。其次，对于文学与政治，古城指出"可谓支那文学最具贵族性文学倾向。且其文学之盛衰，每与王家之盛衰兴废相表里"。而对于儒学对文学的关系，则认为"由于儒教主义之要素，而富有政治道德之文言"，因此总结"支那所谓诗人文士者，多难免为夸张性文学者"。② 以现代的文学史角度而言，古城的文学史观显得过于片面。但在明治中期而言，经过初期启蒙思想家福泽谕吉的《劝学》《文明论之概略》的对儒学批判的洗礼，古城的观点可以说带有一定的时代特征。

　　明治时代在中国文学史撰述的热潮下，断代文学史、专门史（小说、戏曲史）等文学史书纷纷推出，根据川合康三所编的《中国的文学史观》的《资料篇》，除了上述著作外，还有儿岛献吉郎的《支那大文学史古代篇》（1909），藤田丰八的《支那文学史》（1895？），《支那文学史稿 先秦文学》（1897），笹川临风、白河鲤洋、大町桂月、藤田剑峰、田冈岭云编写的《支那文学大纲》（1897—1904），笹川种郎的《支那小说戏曲史》（1897），《支那文学史》（1898），高濑武次郎的《支那文学史》（1899？），中根淑的《支那文学史要》（1900），久保天随的《支那文学史》（1903），松平康国的《支那文学史》（不明），宫崎繁吉的《近代近世文学史》（不明），等等。截至 1942 年共有 28 种中国文学史出版。由此可见，中国文学史的著述

---

① 古城贞吉：《支那文学史》，东京：富山房，1902 年（訂正再版），第 4 页。

② 同上书，第 6—7 页。

在近代中国学研究领域中蔚为大观。

第二节　青木正儿的中国文学史研究

就近代中国文学史而言，日本是走在中国的前列的。如青木所指出的："明治以来支那文学研究的前辈们充分利用从欧洲先进国家文化中所学到的新研究法以及研究视点……就文科而言，其主要点就是采用新体系法即文学史的研究法……"① 而中国自身的文学研究者对此也是认同的。朱自清在为林庚《中国文学史》写的序中就写道："早期的中国文学史大概不免直接间接的以日本人的著述为样本，后来是自行编撰了，可是还不免早期的影响。"② 青木正儿中国文学的史的研究主要体现在《支那文学概说》《支那文学思想史》以及《清代文学批评史》三部著作当中。因此，可以说青木正儿的中国文学史研究，从一开始，并没有以对象国的前期研究为参照，而只能置身于日本的文学史研究的语境中。

正如王尔敏所说："学术风气，固然必有流变，然亦有其延续。当代固多遗存前代末流，但所有改进之著作，亦必承前代影响而吸取其长。"③ 青木正儿的文学史研究显然也不例外，本节主要考察青木在日本中国文学史研究的语境中，是如何吸纳前人的研究成果，并在其基础上进行改进和创新的。

一　他者视野的中国文学入门：《支那文学概说》

综观近代以来，中日两国所编著的数量庞大的中国文学史著作中，"中国文学概论"的存在却很少引起大家的注意。有学者指出："从宏观上介绍评价中国文学特点的著作可谓寥若晨星，我国学者似

---

① 《青木正儿全集》第 7 卷，东京：春秋社，1984 年，第 45—46 页。

② 朱自清：《中国文学史·朱佩弦先生序》，载林庚《中国文学史》，国立厦门大学出版社 1947 年版。

③ 王尔敏：《史学方法·叙录》，台湾东华书局 1977 年版，第 2 页。

乎不屑于此项工作……"① 此种言说虽说过于武断，但无疑也说明了一些问题。确实，较之数量庞大的中国文学史，宏观评价中国文学特点的中国文学概论的数量实属微小。此外，值得注意的是，最先采用"概论"的体裁形式介绍中国文学的是日本的中国学家盐谷温。② 青木正儿则是继盐谷温后第二位撰写中国文学概论的人。

然而作为日本人，采用本邦（中国）所没有的文学概论模式描述中国文学，作为一个"他者"，其视野中的中国文学又是怎样的呢？

1. "中国文学概论"的体例特点

如前所述，随着日本明治维新，全方位的吸收西方先进文化。在人文学科领域，以启蒙思想家们介绍西方文明为目的而撰写的文明史为契机，日本学界开始效仿西方这种科学、合理的史述研究方法。汉学研究领域，以明治 21 年（1888）那珂通世首次撰写近代性的中国概论《支那通史》为发端，掀起了"东洋史学"研究的热潮，进而各类中国文学史不断地问世。

随着各种断代史、通史、分类史等中国文学史的刊行，出现一类史述模式与一般意义上的文学史有所不同的"文学概论"。"文学概论的出现，可以说是大正期的新动向。"③ 首先采用"文学概论"的史述模式的是日本汉学家盐谷温，其最先出版的文学概论书名为《支那文学概论讲话》，刊行于大正 8 年（1919），是盐谷温 1916 年在东京文科大学夏季第一回公开讲演中讲述中国文学概论的演讲稿的基础上修订发行的。④ 中文翻译版本有陈杉酥翻译的《中国文学概论》，

---

① 张志强：《厚积薄发·鞭辟入里——〈中国文学概论〉评价》，《编辑之友》1994 年第 5 期。

② 参见陈玉堂《中国文学史书目提要》，黄山书社 1986 年版；吉平平、黄晓静《中国文学史著版本概览》，辽宁大学出版社 1992 年版；黄文吉《台湾出版中国文学史书目提要 1949—1994》，万卷楼 1995 年版；川和康三编《中国の文学史観·资料篇》，东京：创文社，2002 年。

③ 松本肇：《大正·昭和战前篇》，川和康三编：《中国の文学史観·资料篇》，东京：创文社，2002 年，第 85 页。

④ 盐谷温：《中国文学概论讲话·原序》，孙俍工译，开明书店 1933 年版，第 5 页。

1926年3月北京朴社出版发行；以及孙俍工翻译的《中国文学概论讲话》版本，1929年上海开明书店发行。《支那文学概论讲话》后经盐谷温增补修订，以《支那文学概论》为名1946年由东京弘道馆出版。

在孙俍工翻译的版本中，有盐谷温的学生日本中国文学研究者，时任武藏高等学校教授内田泉之助写的序。在序中，内田提到其师盐谷温博士游学西欧及中国，"归朝之后，发表其研究之一端而著《中国文学概论讲话》一书，在当时的学界叙述文学的发达变迁的文学史出版的虽不少，然说明中国文学的种类与特质的这种述作还未曾得见，因此举世推称，尤其是其论到戏曲小说，多前人未到之境，筚路蓝缕，负担着开拓之功盖不少"。① 其中"未曾得见"可知盐谷温对"中国文学概论"这种与一般意义不同的文学史述模式的首发之功。此外，从内田所做的序"说明中国文学的种类与特质"的字里行间，也间接地了解了"中国文学概论"这种史述模式的基本特点。

如前所述，文学史模式是西方的舶来品，毋庸置疑，其中的"文学概论"模式也发端于西方。盐谷温1906年赴德国留学，从盐谷温的西欧游学经历来看，接触到西方的这种史述模式应该是非常简单的。对于"中国文学概论"这样的史述模式的学理特点，盐谷温在序中对中国文学进行了宏观概括后，说："要之，中国文学史是纵底讲述文学底发达变迁，中国文学概论是横底讲述文学底性质种类的。"② 明确了"中国文学概论"这种文学史述模式的体例特点，也就是说"概论"就在于宏观地、共时性把握中国文学的特点。

《中国文学概论讲话》全书由六章构成，分上、下两篇。上篇分

---

① 内田泉之助：《内田新序》，载盐谷温《中国文学概论讲话》，孙俍工译，开明书店1933年版，第7页。

② 盐谷温：《中国文学概论讲话·原序》，孙俍工译，开明书店1933年版，第5页。

别为《音韵》《文体》《诗式》《乐府及填词》，下篇为《戏曲》《小说》。除《音韵》部分从语言学的角度介绍了中国语言特点外，其他篇章都采用先总说再分类介绍的形式。总说论述某种文学体裁的源流变迁、体制风格，再分类介绍该体裁所包含的各种文学样式，最后以有名的作品为依据，鉴赏其风格特色。文字通俗易懂，使读者看后对中国文学特点有宏观立体的把握。因此，可以说对文学初学者而言是一本入门书。

该书最大的特点除了之前所说的在体例上具有首发之功外，从内容而言就是对小说、戏曲等俗文学史述框架的建构。即内田序中所说的"论到戏曲小说，多前人未到之境，荜路蓝缕，负担着开拓之功盖不少"。译者孙俍工序中也说："中国文人向来论文都主'文以载道'而视诗赋为文人小技，鄙小说为街谈巷语道听途说，这书主张杂剧传奇为国民文学，戏曲宜以俗人为对象，可算把向来那种迂腐的见解完全打破了，只这一点以足为本书最重要的特色。"① 据川和康三所编《中国的文学史观》的资料篇来看，从1882年第一部以文学史命名的末松谦澄的《支那古文学略史》到盐谷温的《支那文学概论讲话》刊行的1919年，37年的时间内日本刊行的中国文学通史中，最初涉及小说、戏曲等俗文学的是1898年刊行的笹川临风的《支那文学史》②，其次是久保天随的《支那文学史》（人文社版）和《支那文学史》（早稻田大学版）。明治初期，西方文学思想的导入，传统文学观念发生近代性转变，戏曲、小说正式在文学史中出现。上述几类中国文学史就是文学观近代化转变的体现。但是，正因为是文学观念革新时期，所以对戏曲、小说等俗文学的研究可以说还是起步阶段，文学史中所涉及的戏曲小说也只是简单介绍而已，并不能称之为完整的史述描述。例如笹川临风的《支那文学史》尽管在金、元、明、

---

① 孙俍工：《译者自序》，载盐谷温《中国文学概论讲话》，开明书店1933年版，第10页。

② 芳村宏道：《久保天随とその著书〈支那文学史〉》，川和康三编：《中国の文学史观·资料篇》，东京：创文社，2002年，第70页。

清提到了戏曲小说，但只是介绍了几部作品，因此影响并不大。① 盐谷温的《中国文学概论讲话》下篇对戏曲、小说的源流发展进行了详细叙述，其本人也强调在这两方面所下的工夫，"于是修正增补一年有半，要在主要底叙述戏曲小说的发展欲以此补我中国文学界的缺陷"。② 确实，也如盐谷温所想，第 6 章《小说》1921 年由郭绍虞翻译成中文，名为《中国小说史略》，被称为"正式出版而有较大影响的一部早期中国小说史著作"。③ 而戏曲方面，尽管有王国维《宋元戏曲史》（1912），但其重点以元杂剧为中心，对南曲只是捎带而过。盐谷温《中国文学概论讲话》第五章《戏曲》可以说弥补了此方面的缺陷，展现了中国古代戏曲的全貌，为青木正儿的戏曲史撰写提供了借鉴。

然而，站在今人的角度考察，盐谷温的《中国文学概论讲话》的上篇第一章《音韵》也是最为有特色的，充分体现了其作为日本人著述中国文学入门书的他者意识。这一点，在此后青木正儿的《支那文学概论》中得到继承和强化。

2. 他者视野的中国文学入门：《支那文学概说》

青木正儿的《支那文学概说》刊行于 1935 年，并很快就被翻译成中文，中文版本有郭虚中翻译的《中国文学发凡》（1936）以及隋树森翻译的《中国文学概说》（1938）。尤其是隋版《中国文学概说》在上海、台北、重庆等地的多个出版社出版，其受欢迎程度可见一斑。④ 对于这本书的著作原委，青木正儿回忆："弘文堂老板退休，

---

① 笹川临风最早著有《支那戏曲小说史》，于 1897 年刊行，但内容简单，被认为是中国小说戏曲名作梗概。参见西上胜《人情の探求と小說史の構築—笹川種郎著〈支那小說戲曲小史〉をめぐって》，川和康三编《中国の文学史観》，东京：创文社，2002 年，第 241 页。

② 盐谷温：《中国文学概论讲话·原序》，孙俍工译，开明书店 1933 年版，第 6 页。

③ 黄霖、顾越：《盐谷温对中国小说史的研究》，《复旦学报》1999 年第 6 期。

④ 参见黄文吉《附录·中国文学史总书目（1880—1994）》，《台湾出版中国文学史书目提要 1949—1994》，万卷楼 1995 年版，第 364 页。

传给儿子。……其子的初次工作，要出一套'西哲丛书'，而支那方面，也想出点什么，因此就写了《概说》出版了。"① 因此，青木所著《支那学概说》就被纳入弘文堂刊行的"支那学入门丛书"。

《支那文学概说》主要由《语学大要》《文学序言》《诗学》《文章学》《戏曲学》《小说学》《评论学》七个篇章构成。从内容的结构构成来看，应该说，青木的这本著作是在盐谷温的《支那文学概说讲话》的基础上发展而来，也是从文学体裁的角度对中国文学进行了概要勾画。但其内容比盐谷温的更为翔实，也更具有文学的历史的整体性。例如第二章《文学序言》从"文学思想之发展""文学诸体之发达"对中国文学进行了综合性描述评价，使得读者在进入具体文学领域之前，就有了中国文学的整体印象。这样的内容是盐谷温的概说中所没有的。此外，对于两人同擅长的戏曲领域，盐谷温的书中是分唐、宋、金等各个时期对戏曲进行发展介绍，因而有种割裂分散的感觉；而青木正儿则按戏曲本身的消长，分"杂剧""戏文"，采用南北的框架来介绍戏曲的流变、特色，孰优孰劣自然就显现出来了。

对于此书，吉川幸次郎极为推崇，认为该书显示了青木对中国文学整体的认识与见解，且非常准确地概括了各文学领域的历史价值，并涉及研究法。② 说到研究法，可以说在《支那文学概说》序言中青木正儿非常生动地进行了说明，具体内容如下：

> 上下三千年，载籍甚多，文海极广。读何书，从何处问津？无疑什么都从自我兴趣着手，渐渐拓宽为好。然夜郎自大的暗中摸索，途中不定不迷失。因先有了解大体方向之必要。是为初学者作本书之所以，毕竟只为照夜途之小提灯。不久望黎明之曙光，朝文学之灵山进香，当有待于读者。

---

① 《学問の思い出—青木正儿博士》，《東方学》第 31 辑，东京：东方学会，1965年，第 171 页。

② 《吉川幸次郎全集》第 17 卷，东京：筑摩书房，1971 年，第 337 页。

文学须要玩味、陶醉。然而不可成为食不知其味，醉则足矣之类的牛饮马食之徒。需养成对些许盐味、微妙风味有灵感之味觉。味觉何也，鉴赏力。鉴赏力由何养成，求之于经验与批判。经验由读书而增进，批判由熟虑而得正当。即结论平凡：读书思索。但读法与思索法则是关键。

朱子谓读书之法曰："读书须是将本文熟读，字字咀嚼其味，若有理会不得处深思之；又不得，然后却将注解看，方有意味。如人饥而后食，渴而后饮，方有味，不饥不渴而强饮食之，终无益也。"洵为至言。其不单为读书要诀，文学之鉴赏等，凡以此心迈进，则心眼渐开，独创之天地几近可待也。[1]

在文中，青木正儿首先明确了兴趣的重要性，有了兴趣，再在《文学概说》的指导下，掌握大致方向。对于个人的文学发展而言，就是要培养鉴赏力。而鉴赏力的养成则需要经验和判断，这些最终又都是建立在读书和思索这两件最简单的事情上。至于怎样读书和思索，青木正儿通过朱子的话，强调个人独立性的重要，但又不是故步自封，在适当的时候对别人的东西也需要借鉴。整个说理，层次清晰，谆谆教导，娓娓道来，且不乏生动有趣。青木本人应该也是如此身体力行的，吴梅就曾经评论"青木君可云善读书者矣"。[2] 对于青木正儿《支那文学概说》的实际功效而言，桥本循指出，"网罗了中国文学的各领域，详细且明晰对其起源、进化发展的经过娓娓道来，读过的人心中，自然而然就了解了。……原本概说，其性质而言就没有对文学作品一一具体讲议说明，但这样一来，却不知不觉中，感觉被诱导入了中国文学的花园与殿堂之中"[3]。可见，"文学概论"这种

① 《青木正儿全集》第 1 卷，东京：春秋社，1969 年，第 257 页。

② 吴梅：《吴序》，载青木正儿《中国近世戏曲史》，王古鲁译，商务印书馆 1936 年版，第 5 页。

③ 桥本循：《創見に満ちた文学史》，《青木正儿全集》第 1 卷，东京：春秋社，1969 年，第 583 页。

体例的学理特点在青木的《支那文学概说》中尽得彰显。

　　然而，青木正儿的《支那文学概说》最大的特点就是他者意识的显现。对于青木所著《支那文学概说》，译者郭虚中是这样评价的："此书对戏曲一门有更精到的分析。至于其第一章的语学和末章的评论学，也都是论述中国文学所不可少的门类，但我们近来所有的《文学概论》等一类书，似乎还很少及到这方面。假如要说到这本书的好处，则以这点的所得为更多。"① 郭虚中所言其实就是基于一种中日的《文学概论》比较的基础上而得出来的结论。而笔者认为，通过这种比较恰好凸显了青木正儿撰写《支那文学概说》时体现的他者意识。

　　笔者以陈玉堂、黄文吉、吉平平和黄晓静三家编撰的《中国文学史书目》为基础，对"文学概论"体例的文学史进行了统计，列表如下：

表2　　　　　　中国人初版的《中国文学概论》一览②

序号	作者	书名	出版年	内容
1	胡云翼	中国文学概论（上编）③	上海启智书局1928年10月初版	一、导言；二、中国文学的起源；三、诗三百篇；四、屈原与楚辞；五、两汉的古典赋；六、古代的五言诗论；七、建安文学；八、汉魏的叙事诗；九、六朝的抒情诗
2	刘麟生	中国文学ABC	世界书局1929年5月初版	一、导言（文字与文学，如何研究中国文学）；二、散文与韵文；三、诗；四、词；五、戏曲；六、小说
3	段凌辰	中国文学概论（卷上）	瑞安籍古斋书社1929年7月初版	一、文学之定义；二、历代文学概念概述；三、文学之范围；四、文学之功效；五、文学之特质；六、文学之起源；七、文学之进化；八、文学与时代；九、文学与地域；十、文学家之个性；十一、创造；十二、文学与道德

---

　　① 郭虚中：《译者的话》，载青木正儿《中国文学发凡》，郭虚中译，商务印书馆1936年版，第1页。

　　② 参见陈玉堂《中国文学史书目提要》，黄山书社1986年版；吉平平、黄晓静《中国文学史著版本概览》，辽宁大学出版社1992年版；黄文吉《台湾出版中国文学史书目提要1949—1994》，万卷楼1995年版。

　　③ 没有下编。

续表

序号	作者	书名	出版年	内容
4	陈怀	中国文学概论	上海中华书局 1931 年 2 月初版	文性、文情、文才、文学、文识、文德、文时等，前后有叙论、总论
5	刘麟生	中国文学概论①	世界书局 1934 年 6 月发行	第一编文字与文学：一、字形；二、字音；三、子义。第二编文体的分析：一、总体文论；二、散文与骈文；三、诗词曲；四、小说；五、戏剧与话剧；六、联语与游戏文。第三编作风底概观：一、泛论作风；二、时代与作风；三、文体与作风；四、从作风方面观察作者
6	林山腴	中国文学概要	无出版年月	分五编，以经、史诸子为主，实属国学
7	袁厚之	中国文学概要	（上海）海云艺文社 1938 年初版	内容为包括文字、经史子集的国学杂编
8	谷世荣	中国文学简述	台湾中华书局 1974 年 10 月初版	一、总说（文学的意义、起源、性质、体裁）；二、中国最早的韵文作品；三、中国最早的散文作品；四、诗歌；五、辞赋；六、乐府；七、散文；八、词曲；九、小说；十、戏曲；十一、唱词；十二、中国文学的新局面
9	褚柏思	中国文学概论	台北幼狮文化事业公司 1970 年初版	自序；一、诗歌文学；二、词曲文学；三、文章；四、小说；五、戏曲；六、传记文学；七、游记文学；八、文学评论；附录：从欧美思潮论中华文艺复兴
10	尹雪曼	中国文学概论	台北三民书局 1991 年 8 月初版	一、绪论（我国文学作品的演进、儒家思想与我国文学创作、道家思想与我国文学创作、佛家经典与我国文学创作）二、诗歌词曲论；三、文章论；四、小说论；五、戏曲论
11	张书文	中国文学概要	中兴大学法商学院出版社 1987 年 9 月初版	弁言；一、诗经；二、楚辞；三、汉赋；四、骈文；五、唐诗；六、古文；七、宋词；八、元曲；九、明清小说；十、民国以来的新小说

---

① 还著有《中国文学泛论》收于《中国文学讲座》，内容大致相同。

续表

序号	作者	书名	出版年	内容
12	李鎏、邱燮友、王更生、郑明娳、沈谦编	中国文学概论（2 册）	空中大学 1987 年、1988 年初版	一、绪论，二、辞赋；三、诗歌；四、散文与骈文；五、词曲；六、小说；七、戏剧；八、文学理论与文学批评
13	袁行霈	中国文学概论	高等教育出版社 1990 年 6 月初版	绪论。总论：一、中国文学的特色；二、中国文学的分期；三、中国文学的地域性与文学家的地理分布；四、中国文学的类别；五、中国文学的趣味——儒释道三家思想对文学的浸润；六、中国文学的鉴赏。分论：一、诗赋论；二、词曲论；三、小说论，四、文论。余论，后记

据表 2，就大陆、台湾出版的"文学概论"体例的文学史统计情况来看：第一，有"中国文学概要"之名的 7 和 8，内容上是国学内容，并非是近代文学意义上的文学史，因此不予考察。第二，大陆、台湾出版的"文学概论"体例的文学史中，没有内容上同时涉及"语学"与"批评学"的著作。第三，涉及"语学"的有刘麟生所著的《中国文学 ABC》（1929）、《中国文学概论》（1934）以及《中国文学泛论》（1934）。从目录内容上来看，后两者都是在《中国文学 ABC》的基础上编写的，因此内容大致相同。第四，涉及"文学批评"内容有 1970 年褚柏思的《中国文学概论》（台湾），还有之后的李鎏等人编著的空中大学出版的《中国文学概论》（1988）。因此以下结合刘麟生《中国文学概论》以及褚柏思的《中国文学概论》来探讨青木正儿《支那文学概说》所体现的他者意识。

首先关于"文学概论"中语学部分与他者意识的体现问题。据表 2 统计，中国大陆及台湾出版的以"文学概论"为体例的文学史书著作中，只有刘麟生《中国文学概论》中涉及了"语学"内容。尽管如此，反而更加说明青木正儿的《支那文学概说》（包括盐谷温的《支那文学概论讲话》）中，有关文字的内容《语学》以及《音韵》

部分体现的他者意识。其理由就在于，刘麟生论述本国文字时，明显体现了自我与他者的比较意识，而这种比较意识就是来自他者。在第一章《字形》中，刘麟生论述："我国文字是偏重象形的，而西方文字是偏重注音的。……可是周礼上说'八岁入小学，保氏教国子，先以六书，一曰指示，二曰象形，三曰谐声，四曰会意，五曰转注，六曰假借。'那么中国文字并非全是象形，也有他种质素在内，不过偏重于象形，是无可疑的。"并通过梵文与汉文的比较来论证"所以中国文字是从视觉上感人，西方的文字先从听觉上感人"①。很显然，不管是论述字形也好，还是论述文字的视觉艺术效果，都是以外国文字作为参照的，是通过他者来看自己的。

刘麟生的这种比较意识来源于哪里呢？那就是参考了哲尔氏（Giles）的《华音词典》，服部宇之吉的《汉字之优点与缺点》，甚至更是引用了盐谷温《支那文学概说讲话》的第一个中译版本《中国文学概论》（陈杉酥译，1926年3月）的一段话。② 也就是说刘麟生将他者眼中的自我作为论述自我的一部分，因而不免带有比较的意识。这就可以理解为什么在众多"文学概论"中，刘麟生能够例外，在其所著的《中国文学概论》中涉及文字的内容。也就是说，刘麟生完全是受盐谷温的《支那文学概说讲话》这个他者的影响，在近代文学观念下依然强调文学中文字的意义。③

再看青木正儿的著作，他在书中即以《语学大要》开头，强调语言文字的重要性，说"韩愈说'人声之精者为言；文辞之于言，又其精也。'文学的研究须从语言文字的研究出发，且不可造次离之，这是不消说的"。④ 青木之所以如此强调文字，其主要原因就在于中国文学对他而言，是一种异质文化的存在。正如有研究者指出来那

---

① 刘麟生：《中国文学概论》，世界书局1934年版，第1—2页。

② 同上书，第5—6页。

③ 中国传统学问中非常注重小学，到了"五四"后，文学观念发生变化，文学与文字的关系分离。详细论述见戴燕《文学史的权力》，北京大学出版社2002年版，第173页。

④ 青木正儿：《中国文学概说》，隋树森译，重庆出版社1982年版，第1页。

样，"文字的特点及其使用不仅与一个民族的思维方式有关，而且直接影响着其文化的结构及其发展"。① 因此要了解学习不同于自己的异民族的文学和文化，显然必须得从语言文字开始。这也就是为什么海外汉学家们都重视中国传统语言文字学的学习与研究的原因。例如英国语言学家、汉学家詹姆斯·萨默斯（James Summers，1828—1891）1853 年任职于伦敦大学国王学院时，出版了他的首部中文研究著作《中国语言和文学讲义》，在著作中指出了研究中国及学习中国语言的重要性。② 此外，瑞典的汉学家高本汉（1889—1978）、俄国汉学家龙果夫（1900—1955）等都重视中国语言文字学的学习与研究。作为日本人的盐谷温、青木正儿正是作为一个他者，才有意识地在撰写另一个民族的"文学概论"时，从语学部分开始。他们的后辈仓石武四郎更是说："既然支那学属于外国文学研究的范畴，那么从语言学研究着手也是理所当然的。"③ 可见语言学对于域外中国学的研究者的重要意义。青木作为戏曲文学的研究专家，在论述过程中，就不时显现语言文字与文学研究的关系。例如训诂部分："古书的训诂，我们能够浴于清代学者之余泽中，是很幸福的；然至近世，俗文学之训诂则还在赤贫如洗的状态。"④ "读戏曲小说等必要的俗语文法，从现代中国语着手是一条捷径。"⑤ 著书过程中，青木为了达到更好的介绍效果，书中采用两国语言比较的方法。如讲解入声："例如发音如トウ的字中，有东、同、董、冻之区别，但是日本的汉字音，因为除了入声以外，都没有区别，所以难明此理。前人教初学者诗之平仄，传有'フックキ无平字'的话，这就是说汉字音语尾

① 转引自王清林《文字与文学的关系面面观》，《学习与探究》1991 年第 2 期。

② 詹姆斯·萨默斯：《19 世纪英国汉学中的汉语与汉字特征论述》，于海阔、方环海译，《海外华文教育》2012 年第 2 期。

③ 仓石武四郎：《本邦における支那学の発達》，东京：汲古书院，2007 年，第16 页。

④ 青木正儿：《中国文学概说》，隋树森译，重庆出版社 1982 年版，第 10 页。

⑤ 同上书，第 14 页。

带有フックキ者，总是限于入声。"① 相比之下，作为本民族的研究者即中国自身的文学研究者们，使用的是本国的语言，对初学者宏观描述本国文学特征时，自然大多是从"文学的定义""文学的起源"之类的俗套开始，因而在撰写"文学概论"时，鲜少涉及"语学"内容。

　　其次，青木正儿的《支那文学概说》中的第七章《评论学》也体现了作为外国人研究中国文学的他者意识，即能看到近代中国研究文学时所忽略的盲点。换言之，就是注意到中国近代学术意义上对古代文学批评研究的空白。罗宗强指出："中国古文论的研究史可以说从汉代就开始了，汉代的《毛诗序》对《诗经》的解读就可以作为文论研究。类似的研究历经了两千多年，两千多年都没有间断。但一直没有作为独立的领域，而其特点也是零散且随意涉及，且经常以经学的面貌出现，或者与其他学科混杂在一起。"② 而真正将其作为独立的学术研究对象则开始于日本的中国学家、青木正儿的老师铃木虎雄。他在《艺文》杂志上相继发表了《格调、神韵、性灵说》（1911）、《周汉诸家诗的思想》（1918）、《魏晋南北朝时代的文学论》（1918—1919），这三篇文章后编成《支那诗论史》于大正 14 年（1925）刊行。其中铃木虎雄关于曹丕《典论·论文》的文章昭示着中国文学自觉时代的到来的结论影响巨大，几近成为中国文学界的定论。

　　从中国本土的文学研究来看，虽然存在对古代文学批评方面的研究，但属于传统的文学研究的延续。直到黄侃在北京大学开设《文心雕龙》课程（1914—1919）才意味着中国古代文学批评作为一个现代学术关注对象，进入人们的视野。③ 黄侃的讲稿，其中最早是从

---

① 青木正儿：《中国文学概说》，隋树森译，重庆出版社 1982 年版，第 16 页。

② 参见罗宗强《20 世纪古代文学理论研究之回顾》，文章是《二十世纪古文论研究文存》的导言。北京师范大学文艺学研究中心下载：http://wenyixue.bnu.edu.cn/html/wenyixuexinzhoukan/xinzhoukandi42qi_gudaiwenlunxueshushifansi/2007/1125/1675.html。

③ 韩经太：《中国文学批评史研究》，福建人民出版社 2006 年版，第 13 页。

1919 年开始在《新中国》《华国月刊》上陆续发表，其结集《文心雕龙札记》的刊行则是于 1929 年，而此前铃木虎雄的《支那诗论史》其上卷已于 1928 年翻译出版。可以说当时的中国文学界对古代文学批评的近代学术认识还尚属萌芽状态。

　　正如吉川幸次郎谈到日本学者研究中国文学的特点所说："日本人的中国研究往往能够发掘中国人自己反而不容易注意的中国文明的历史与状态。不只是现代的研究者如此，江户时代儒学式的研究者也是如此。"① 铃木虎雄对文学评论史研究的开拓作用正好说明了这一点。而青木正儿在其师铃木虎雄的影响下，也注意到了古代文学评论的学术重要性，他在其第一部有关中国文学史著作《支那文学概说》中专设了《评论学》一章。他说：

　　　　研究文学把作品拿来熟读玩味，这自然是第一急务，而同时也必须倾听先贤的批评，受其引导。再进而更要识别批评作品之价值。于此有评论学之必要。不消说，文学之研究，自语学始，总要由此领略作品之意义，这是初步的阶段，直到最后也还离不开。识别作品的价值而评论之，这是最高的阶段，而从最初也要用批评的态度临之。只是埋头于字句之解释，仅汲汲探求一文一诗之意义，到什么时候也不能养成批评的眼光。虽然那么说，但是忽略了意义的研究而滥加批评，大概结局也不免流于空论，我想解释与批评参互而进，换言之，就是阅读与体味同时并行，这是切要的吧。②

　　青木的这段话显然与前面的序言遥相呼应，强调了从简单的读书到高层次的文学研究过程中，"文学批评"的不可或缺的借鉴作用。相比之下，中国大陆或台湾学者所撰写的"文学概论"涉及"文学

---

① 《吉川幸次郎全集》第 27 卷，东京：筑摩书房，1987 年，第 238 页。
② 青木正儿：《中国文学概说》，隋树森译，重庆出版社 1982 年版，第 177 页。

评论"的专题内容则迟至表 2 所示的 1970 年褚柏思所著的《中国文学概论》（台湾）中才出现。而有关褚柏思著《中国文学概论》缘由，研究者指出："作者有感于《美国文学概论》一书的问世，遂著手编写多种选集序目，以宣扬中国文化之广大，《中国文学概论序目》是其中之一。后来依序目分别著成专论，又集之而成专著。"①可以看出，褚氏的《中国文学概论》也是深受美国文学思想影响，才开始这种创新。反而言之，可以说中国大陆学者在运用"文学概论"这种宏观描述中国文学特征的模式时，一直没有把"评论学"作为一种单独的门类，即忽视了其作为文学而存在的意义。而站在海外汉学家"他者"的角度而言，自然成为研究的空白。

总而言之，青木以他者的角度，从文学研究法上确认了语学、评论学的重要性，这使得他撰写的《支那文学概说》也由此显得新颖而有独创性。而青木对文学批评的近代学术认识也为其此后撰述《支那文学思想史》《清代文学批评史》奠定了基础。

二 文学思想史研究范式的确立②

在日本文学界，最早对文艺思潮进行体系研究的是厨川白村（1880—1923），相关著作为《近代文学十讲》（1912），主要是解说、介绍欧美的文学思潮；其次为《文艺思潮论》（1914），是前者的补充，体现了追及源流史的方法论，因而可称为对文艺思潮研究具有启蒙性的介绍作用。③ 这种新兴的文学研究方式自然波及中国学界，青木正儿在所著的《中国文学思想史》的序中指出，"中日学术界，首

---

① 参见黄文吉《台湾出版中国文学史书目提要 1949—1994》，万卷楼 1995 年版，第 36 页。

② 青木正儿在《清代文学评论史》的序中说："本文系将以前印行的《中国文学思想史》第七章——仅三十页左右的清代文学思想部分扩大而成。"因此，本节内容将《清代文学评论史》纳入思想史研究部分，不予单独考察。

③ 长谷川泉：《近代文学研究法》，孟庆枢、谷学谦译，时代文艺出版社 1991 年版，第 82 页。

先研究此问题者为本师铃木豹轩先生之《支那诗论史》"，由此可知中国文学思想研究滥觞于铃木虎雄的《支那诗论史》。同时，青木也指出铃木的《支那诗论史》"然于唐宋二代，则只于第三篇之绪言中举其梗概，其范围除魏晋南北朝外，只限于诗学思想而已。此乃先生执笔之初，未作通盘考虑……当余为岩波讲座执笔时，乃致力于撷拾先生之所遗"……①显然，《中国文学思想史》是基于其师研究的基础上，又出于补充其师研究的不足而展开的研究。那么，青木承师之学所著的《中国文学思想史》内容又如何呢？后人评价是"篇章设立，均能掌握各朝的文学思潮脉动，就其突出特色，加以立说，文简意赅，可作为中国文学思想史导论的范本"，② 由此可见，青木正儿是确立文学思想史研究范式的第一人。

1. 文学思想史的对象和范围

如文学史的撰写一般都先界定"文学"的概念一样，"文学思想"的体系性研究，也必然从"文学思想"的界定开始，即研究主体对客体的一种设定。

如青木序中所述，最先涉及文学思想研究的是铃木虎雄的《支那诗论史》。《支那诗论史》的研究主体，如书名所示，即为诗的评论。评论可以理解为现代意义的"文学批评"，那么，从青木的逻辑来看"文学评论"是属于"文学思想"的范畴的。关于"文学评论"，铃木《支那诗论史》序中说："评论家或出自作家，或并非兼为作家。至其卓越之处，就在于善识别创作的好坏，指出长短利病，有时甚至能阐明作家自身尚未意识之处，适时彰显其价值，为将来垂示标准典范之效。"③ 从这段引文来看，"文学评论"与文学作品有紧密关系，

---

① 青木正儿：《中国文学思想史·原序》，郑梁生、张仁青译，台湾开明书店 1976 年版，第 1—2 页。

② 黄文吉：《台湾出版中国文学史书目提要 1949—1994》，万卷楼 1995 年版，第 3 页。

③ 铃木虎雄：《支那诗论史序》，《支那诗论史》，京都：弘文堂书房，1925 年，第 1 页。

"文学评论"对文学作品而言，具有两种内涵：其一"识别好坏""指出长短利病"等体现了"文学评论"对文学作品的一种静态审美；其二，"适时彰显其价值，为将来垂示标准典范之效"，无疑属于"对文学的原理、文学的范畴和判断标准等类问题的研究"① 范畴，因此，此种内涵的"文学评论"体现的即是现代学术意义的"文学理论"作用。不管是文学审美，还是文学创作指导，都可视为评论家或作家对文学的主观认识。即是说，"文学评论"属于文学思想史范畴。关于文学评论对了解文学思想研究的重要性，青木说："以前出版的《中国文学思想史》内篇通史，其叙述，大部分没有超出评论史范围，近代部分尤其这样。……但主要是因为我认为，整体思潮动向，大抵以评论形式出现，所以阅读评论是为了了解思潮的捷径。"② 也就是说文学评论本身就代表着文学思想，因而自然也就成为文学思想史的研究对象。

　　如前所述，受西方文学观念的影响，文学概念内涵和外延都发生了变化，戏曲小说等俗文学也开始被视为研究的对象。这种近代性纯文学观念在青木正儿所著的文学思想史中也得到了充分体现。青木在第六章《元明之文学思想》中，专设《口语文学之尊重》一节，并说："白话文学与文言文学之课题，于今尚不易评述，在此仅论以白话写作之戏曲小说。"③ 也就是说青木思想史研究对象并没有局限于传统的诗文评论，更是扩展到了小说、戏曲的评论，如此一来就更能充分地把握中国文学思想的脉动。这样，青木也就实现了对其师铃木虎雄的《支那诗论史》的超越。

　　然而，从青木《中国文学思想史》的构成来看，研究对象并没有

---

① 勒内·韦勒克·奥斯汀·沃伦：《文学理论》，刘象愚、邢培明、陈圣生、李哲明译，文化艺术出版社 2010 年版，第 32 页。

② 青木正儿：《清代文学评论史·序》，杨铁婴译，中国社会科学出版社 1988 年版，第 2 页。

③ 青木正儿：《中国文学思想史》，郑梁生、张仁青译，台湾开明书店 1976 年版，第 118 页。

局限于纯文学评论，他在序中说：

本书分内、外两篇。内篇专撷东洋思想之支那文学思想，用从世界思潮讲座摘取若干篇什，以补充其第一章绪论中之《文学之地方色彩》与《文艺思潮之三大变迁》两节，第二章第一节中之《原始的美之意识》。外篇之《支那文艺与伦理思想》，乃昭和十五年收录于岩波讲座之伦理学者。其《周秦之音乐思想》《周代之美术思想》《道家之文艺思潮》三文，乃支那文艺思潮之一部分，其《清谈》则取自东洋思潮讲座。以上各篇均为岩波讲座执笔，唯有篇末《诗文书画论中之虚实理论》，始为近日刊登于《支那学》杂志者。①

从内容来看，青木的外篇涉及了音乐、伦理、美术、宗教等方面，也就是说这些内容也是青木文学思想史的研究范围。之所以这样，归因于青木对"文艺"的诠释与理解。他说："昭和三年（1928年），余为岩波讲座《世界思潮》首次撰写一部支那文艺思潮。所谓文艺，通常虽指文学而言，然以当时之兴致与野心，乃广衍为文学与艺术，决定叙述范围及于音乐、美术思潮之沿革。"② 换言之，在青木的视域中，"文艺"不单指文学，而是指文学与艺术。

关于"文艺"的内涵，据铃木修次调查，"文艺"两字最先出现于《新唐书》与《金史》等正史之类的典籍中的《文艺传》，且两史书中的《文艺传》都是以这两个时代文学者的传记为中心的。此外，大多古典中所出现的"文艺"一词一般是针对"武艺"一词而来使用的。至明治维新时代，随着"文学"观念的革新，"literature"的创作活动被称为"文艺"成为一种流行，例如在高山樗牛

---

① 青木正儿：《中国文学思想史·原序》，郑梁生、张仁青译，台湾开明书店1976年版，第2页。

② 同上书，第1页。

《我邦现今文艺界批评家的任务》（《太阳》1897 年 6 月）、上田敏
《文艺世运的关联》（《帝国文学》1899 年 1 月）、岛村抱月《文艺
和道德》（《新声》1901 年 6 月） 等作家的著述当中均表现出这种
倾向。①

　　据《日本国语大辞典》"文艺"的词条："1 学问与技艺；2 写
好信的技能；3 通过语言表现的艺术。诗歌、小说、戏曲、随笔等
总称。文学。或有时包括绘画、雕刻等广泛艺术。"② 义项 2 虽然与
本文无关，但也可以看出，"文艺"的内涵比明治维新时期以来实
际运用中的含义要宽泛得多。如同近代"文学"观念的嬗变一样，
"文艺"观念的演变也是一个逐渐的过程。例如 1884 年末松谦澄在
东京日日新闻上连载《歌乐论》，倡导诗歌和音乐的一体化，③ 可见
"文艺"含义的广泛性。随着东西思想的冲撞与融合，"文艺"的
内涵缩小，出现上述如青木所言的"所谓文艺，通常指文学而言"
的趋势。对于这种倾向，青木的"广衍为文学与艺术，决定叙述范
围及于音乐、美术思潮之沿革"表现可视为是对传统的一种回归。
而这种回归，自然成为青木追溯"文艺"及其思想原始生成的推动
力，他说：

　　　　当吾人溯自上古文艺萌生之假想时，其所以萌生之动机在于
　　宣泄人性所具有之美的意识，当无可疑。美的意识与快感有密切
　　联系，即当意识美时则生快感，又当有快感时，便引发意识美。
　　若然，则以美感为基准之文艺在其所萌生之时，其目的在于使人
　　快乐，亦为不难想象之事。故以原始文艺作为实用的娱乐，嘉惠

---

　　① 鈴木修次：《〈文学〉の訳語の誕生と日・中文学》，《中国文学の比較文学的研
究》，东京：汲古书院，1986 年，第 345—346 页。
　　② 日本国语大辞典第二版编集委员会、小学館国語辞典编集部编：《日本国语大辞
典》，东京：小学館，2000—2002 年，第 1120 页。
　　③ 参见松本肇《末松謙澄〈支那古文学略史〉》，川合康三编《中国の文学史
観・资料篇》，东京：创文社，2002 年，第 18 页。

于原始人生活之调剂者。①

表明原始的美意识或快感就是原始文艺萌生的基础。那么，是些什么样的原始文艺呢？这就涉及原始文艺的形式，即原始艺术形式。李泽厚指出，原始的审美意识和艺术创作是一种狂烈的活动过程，它们所作的图腾所标记、所代表的是一种狂热的巫术礼仪活动，而后世的歌、舞、剧、画、神话、咒语等都是糅合在这个混沌统一的巫术礼仪活动之中。② 且不论这些原始艺术形式是否混沌统一在巫术礼仪之中，有一点可以确定，那就是现在所说的各种艺术形式在原始时期是一种"混沌统一"的"糅合"。青木正是认识到了各类艺术的这种同源性，即源于美意识或快感，因而反过来通过文学、音乐、美术等各种形式去探讨其背后蕴含的文艺思想（美意识或快感）就是自然而然且合乎逻辑的。

韦勒克指出，文学史应该是广泛探索作为艺术的文学的进化过程，对其进行连贯和有系统的分析。③ 从青木正儿的文学思想史研究对象与范围来看，可以说两人的观点呈现了某种暗合。因此，青木把文学评论、音乐、美术、伦理、宗教等纳入文学思想史的考察对象与范围中，以今人的文学思想史学科意识来审视的话，体现了一种宽广的学术视野。矶田光一在考察"文学"概念的变迁中，感叹"文学（文艺）"内涵的缩小，指出"我们今后，要努力恢复尘封在'文学'中的'文艺'的丰富性"④。以此来看的话，早在 40 年前的青木正儿的文学思想史研究对象和范围就涉及音乐、美术等，这无疑显示

---

① 青木正儿：《中国文学思想史》，郑梁生、张仁青译，台湾开明书店 1976 年版，第8 页。

② 李泽厚：《美的历程》，天津社会科学院出版社 2001 年版，第 22 页。

③ ［美］勒内·韦勒克、奥斯汀·沃伦：《文学理论》，刘象愚、邢培明、陈圣生、李哲明译，文化艺术出版社 2010 年版，第 293—294 页。

④ 矶田光一：《訳語〈文学〉の誕生—西と東の交点》，《鹿鳴館の系譜》，东京：文芸春秋，1983 年，第 30 页。

出青木正儿的一种超时代的学术自觉。

2. 文学思想史的时期划分①

郑振铎在《中国文学史的分期问题》中，指出文学史的编写首先接触到的就是历史的分期问题。②对于创立文学思想史研究范式的青木正儿来说，历史分期同样是需要解决的问题。在书中，青木主张的是历史"三分期"，他是这样描述中国文学思想史的发展的：

> 思潮随时间之推移而变迁，因各时代皆有复杂之原因，故形成具有各时代特色之思潮，而文艺亦大多数被卷入时代潮流之漩涡中。所以在文艺的种种表象观，文艺是最能看出反映时代者。综观中国历代之文艺思潮，其发达之过程，似经由如下之三阶段。上古：实用娱乐时代（上古至汉）；中古：文艺至上时代（六朝至唐）；近古：仿古低徊时代（宋至清）。③

仔细分析其逻辑，可以发现其对中国文学思想史"三分期"的重要依据，就是与历史时代特色结合，来观文艺思想之变迁。那么就必然涉及青木自身对中国历史的整体把握，因此此处有必要对青木前期日本中国史的研究情况进行梳理。

如前所述，1887 年东京帝国大学恢复史学科，并聘请兰克学派的主要学者里斯主持史学科，从而促进了近代日本史学的发展，产生了一批采用世界性广阔视野治史的学者，涌现出了一系列的史学书籍，主要有世界史（西洋史）、东洋史（中国史）、日本史、泰西国别史、杂史、史论、史学、传记八类。其中东洋指的是亚细亚洲，东

---

① 此部分内容参考了李勇博士《青木正儿中国文学理论史"三个时期"观点的形成》，《咸阳师范学院学报》2010 年第 1 期，在此表示感谢。

② 郑振铎：《中国文学史的分期问题》，《郑振铎文集》第 7 卷，人民文学出版社 1985 年版，第 68 页。

③ 青木正儿：《中国文学思想史》，郑梁生、张仁青译，台湾开明书店 1976 年版，第 8 页。

洋史的主体就是中国。① 东洋史学家们的著书中，关于历史分期各不相同。其中，主张历史"三分期"的代表有东洋史学家市村瓒次郎，在其所著的《支那史》的例言中，市村瓒次郎对于历史分期，指出"上古指周世以上，中古指由秦至宋，近世则指元至清"②。此外，持相同主张的还有那珂通世，其撰写的《支那通史》分七卷，在总目录中将中国历史分为三个大的时期，上古指的是唐虞三代春秋战国，中世指的是秦汉三国至五代宋辽金，近世则指元朝至清（包括著书的时代）。③ 持不同历史分期主张的代表有桑原隲藏，其所著《中等东洋史》采用"四分期"：

第一 上古期 汉族膨胀时代（三皇五帝到秦初）

第二 中古期 汉族优势时代（秦朝至隋唐时代）

第三 近古期 蒙古族最盛时代（五代至清朝的兴起）

第四 近世期 欧入东渐时代（清朝至现时）④

此外，就是按照朝代更迭，来描述历史的变迁的"朝代分期法。"对于这些历史分期法，史学家内藤湖南是如此评价的：

中国虽然时常发生革命，但各朝代之间是连续的，一般认为以此划分时代是最为方便。近来，又效仿西方，开始划分上古史、中世史、近世史。一般是这样划分的，即上古是从开天辟地以来至三代；中世为两汉、六朝；唐、宋为下一个阶段，元、明、清为再下一个阶段。但是，从作为代表东洋整体的中国文化

---

① 梁启超：《东籍月旦》，《饮冰室文集之四》，中华书局 1994 年版，第 82—90 页。

② 市村瓒次郎、竜川龟太郎：《支那史》卷 1、2，东京：吉川半七，1888—1892 年，第 1 页。

③ 那珂通世编：《支那通史》卷 1、卷 2 目录，东京：中央堂，1888—1890 年，第 1 页。

④ 《桑原隲藏全集》第 4 卷，东京：岩波书店，1968 年，第 25—26 页。

发展史来说，这种划分是无意义的。如果要作有意义的划分，就必须观察中国文化发展的浪潮所引起的形式变化。①

内藤的一席话可以说是对日本东洋史研究模式发展到一定阶段的总结评价，在他看来"朝代分期法"方便但琐碎的特点以及西方三分法的"外来性"都无益于描述"代表东洋整体中国文化发展史"。因此，他主张基于"中国文化发展的浪潮"的历史分期法，将中国历史分为（上古、中世、近世前期、近世后期）四个大的时代，即：

第一期　开天辟地到后汉中期—上古时代
第二期　从五胡十六国到唐的中期—中世时代
第三期　宋元时代—近世时代前期
第四期　明清时代—近世时代后期②

内藤的"历史分期法"与此前通行的西方基准的"三分法"最大的不同就是把宋朝纳入了近世。严绍璗指出，他这种"历史分期法"超越在此之前的几乎所有的日本中国历史学家，第一次依照中国历史的内容来描述中国历史的进程，是日本中国历史研究领域内第一次提出系统的中国历史分期理论，因此在日本中国学界影响深远。③

再回顾青木正儿的文学思想史"三分法"：上古：实用娱乐时代（上古至汉）；中古：文艺至上时代（六朝至唐）；近古：仿古低徊时代（宋至清）。二人在上古、中古/中世、近古/近世三个大的时间划分上是完全一致的，因此，可以得知青木是受内藤湖南的"中国史分期法"的影响，而对文学思想史进行划分的。

---

① 内藤湖南：《中国史通论》上册，夏应元、刘文柱等译，社会科学文献出版社 2004 年版，第 4—5 页。
② 同上书，第 5—6 页。
③ 严绍璗：《日本中国学史稿》，学苑出版社 2009 年版，第 264—265 页。

在众多的历史分期法中，青木接受内藤的学说的学理根据是什么呢？如前所述，青木正儿主张历史的时代特色决定文艺思想，而内藤是唯一提出依据"中国历史的本身"来描述历史的，因而从逻辑上，内藤的"中国历史分期法"自然成为青木的描述文艺思想历史演进的最佳分期法。郑振铎在《中国文学史的分期问题》提到，中国的少数《中国文学史》"受日本人著作的影响，把中国的文学的发展分为古代、中世纪、近代三个大时期。古代的往往是包括到前秦为止。中世纪的则是两汉开始到唐五代为止。近代的则往往是从宋代开始到清末"。并指出这种分期法"已经是从原始的或自然的分期法迈出了第一步，开始采用资产阶级的文学观，着重在文学自身的发展的规律或过程了"①。作为中国本土的文学研究者，郑振铎这段话无疑肯定了青木正儿等人的历史"三分法"注重文学自身发展规律的一面。

事实上，青木正儿文学思想史的分期法之所以能与内藤湖南的历史分法达成一致，与最先涉及文学思想研究的铃木虎雄也有很大关系。在《中国文学思想史》的序中，青木写道：

在中日学术界中，首先研究此一问题者为本师铃木豹轩（虎雄）先生之《支那诗论史》（1925年弘文堂）。其内容为：第一篇、《周汉诸家对诗之看法》。第二篇、《魏晋南北朝之文学论》。第三篇、《论格调神韵性灵》三诗说。（此三诗说为明清诗人思想之代表）凡此皆中国文学思想之精华。其范围除魏晋南北朝外，只限于诗学思想而已。此乃因先生执笔之初，未作通盘考虑，但将往时三篇论文缀辑而成有以致之。（据云先生自昭和三年至五年在京都帝国大学讲授唐宋诗论史惟迄今尚未公之于世）因此，当余为岩波讲座执笔时，乃致力于撷拾先生之所遗，其已

---

① 《郑振铎文集》第7卷，人民文学出版社1985年版，第69—70页。

为先生所详述者，则只谈其大意。①

从以上引文来看，青木正儿已经明确了其师铃木对中国文学思想精华的概括，同时也表明了自己的工作就在于扩充文学思想研究的范围以及文学思想史的整体描述。这也表明，铃木的《支那诗论史》实际上已经具备了中国文学思想史大致轮廓。从文学思想的发展规律和特点来看，第一篇《周汉诸家对诗之看法》与第二篇《魏晋南北朝之文序论》分别表示一个时代的文学特点且在时间上有连续性，关键就在于《魏晋南北朝之文学论》（魏晋南北朝）与《论格调神韵性灵》（明清）在时间上的断层，也就是隋、唐、宋、元、金的具体时代划分上面。对于隋、唐的文学情况，铃木说："唐代诗赋之盛之由来，或有归于制度之优越者，毋宁说文学佳否之标准，六朝以来已穷尽论究，而唐多为诚实遵奉之故。"② 由此可视为唐文学在文学思想上与创作上，实际是对六朝文学的延续，因此隋唐自然就与六朝划分为第二时期。

如此，第一期、第二期的时代划分，青木与内藤获得一致。而对于宋、元、金时代的文学发展与明清同划为第三时期，青木显然从内藤的学说中获得了理论依据。内藤的历史分期法最大的创见就在于把宋代纳入了近世，其理由就在于政治上，贵族政治的没落，君主独裁政治的兴起，而导致人民地位、官吏录用法、朋党性质、经济、文化性质等社会各方面发生了与前时代显著不同的变化。文学方面"无论诗与文，自唐迄宋，由重形式日益走向重内容。采取比较自由的题材。即使作四六文，其风格亦与唐以前不同。在形式的词句当中，日益喜好某种韵味含蕴在其中的形式"③ 这些其实就是明清的"神韵

---

① 青木正儿：《中国文学思想史》，郑梁生、张仁青译，台湾开明书店 1976 年版，第2 页。

② 铃木虎雄：《支那詩論史序》，《支那詩論史》，京都：弘文堂书房，1925 年，第 1—2 页。

③ 内藤湖南：《中国史通论》上册，夏应元、刘文柱、许世虹、郑显文、徐建新译，社会科学文献出版社 2004 年版，第 333 页。

说""格调说""性灵说"等文学思想的萌芽，正是青木所认为的时代特色决定文学思想的典型表现。因此宋元金自然与明清同划为第三期。吉川幸次郎指出，中国的历史也是可以像欧洲那样划分古代、中世、近代（近世）的。欧洲的近代是从文艺复兴开始的。而中国"历史上虽然没有文艺复兴那样显著的特点，但唐宋之间还是有类似于文艺复兴的东西发生，因此以中国风格的文艺复兴为轴，其后为近代（近世）、前面三国、六朝、唐初为中世，三国再往前为古代，这样的划分是可行的"①。作为后学的中国文学研究大家吉川幸次郎无疑从文化史的角度肯定宋朝近世化的合理性，其细微差别就在于唐朝的划分。事实上，内藤也指出，"唐宋之间，在政治、经济、文化等方面，都发生了变化，这就是中古与今世的差别。从这一点而言，中国的近世时期可以说自宋代开始。而为了要阐明近世的历史，必须先自了解在它之前的过渡时期开始"②。显然，内藤肯定了唐中后期到宋的过渡性，只不过在具体时间划分上所采用的技术处理不同。

综上所述，青木正儿对中国文学思想进行史的研究，是在其师铃木虎雄的《支那诗论史》的基础上，结合内藤湖南的"中国史三分法"而展开的。

3. 地理环境论的引入

在文学思想史的绪论中，青木分别以"文学之地方色彩""文艺思潮之三大变迁""儒道两大思潮与文学思想""在创作态度及表现方式中见文学思想之两极"为主题，描述了中国文学思想的特点。其中在《文学之地方色彩》中写道：

> 中国民族性向有南北之分。南方与北方既有天然之极大差异，其人种在上古时代亦有根本之分别，故其国民性自有不同之

① 吉川幸次郎述：《中国文学史》，黑川洋一编，东京：岩波书店，1982年，第43页。

② 内藤湖南：《中国史通论》上册，夏应元、刘文柱、许世虹、郑显文、徐建新译，社会科学文献出版社2004年版，第334页。

色彩。此地方色彩显现于文物上，乃当然之现象，而文艺亦不例外。故欲观其文艺思潮，必先横观其南北之地方色彩。（中略）此南北地方色彩之差异，肇因于其风土、民族之不同。盖南方气候温暖，土地低湿，草木繁茂，山水明媚而得天独厚。北方则气候寒冷，土地干燥，草木稀少。既无明媚之风光，天然产物亦复不多。故男人生活逸乐，得沉湎于空想或冥想之中，是以民性浮华，热情而富有诗意。其文艺思想则流于浪漫主义，而有逸乐的、华美的、放荡的倾向。反之，北人则必须为生活而努力，故其民性质朴而现实，富于理智。其文艺思想责流于功利的现实主义，具有力行的、质实的、拘谨的倾向。①

以上青木正儿的描述很明显地体现出其环境→人种→文艺思想的思维模式。在这种思维模式中，清楚表明环境对文学思想的决定性作用。这种"地理环境决定论"（又简称为"地理环境论"）并非青木正儿的独创，而是源于明治初期文学史编撰方法的影响，追根溯源则是西方近代史学方法论。②

"地理环境决定论"是西方实证史学的重要方法论之一。18世纪西方学者中，孟德斯鸠、黑格尔、巴克尔等人都是"地理环境决定论"者。孟德斯鸠指出地理环境与法制的关系："不同气候的不同需要产生了不同的生活方式，不同的生活方式产生了不同的法律。"③黑格尔在他《历史哲学》中论述研究历史的各种方法，其中《历史的地理》指出地理对于历史研究的重要性，他指出："我们所注重的，并不是要把各民族占据的土地当作是一种外界的土地，而是要知道这地方的自然类型和生长在这土地上的人民的类型和性格有着密切

① 青木正儿：《中国文学思想史》，郑梁生、张仁青译，台湾开明书店1976年版，第2页。

② 日本文学史中对"地理环境论"的运用，在川合康三编《中国の文学史観·资料篇》，东京：创文社，2002年中有多处提及，本书多有参考此书。

③ 孟德斯鸠：《论法的精神》上册，张雁深译，商务印书馆1995年版，第235页。

的联系。这个性格正就是各民族在世界历史上出现和发生的方式和形式以及采取的地位。"① 在他们看来，地理环境包括气候、土壤、海岸线等对人类社会的发展都有着很大的甚至是决定性的影响，因此各个国家、社会制度、文明进程差异都可以用地理环境的不同来说明。这种实证的史学方式在文学艺术领域被广泛运用。有名的法国批评家、史学家丹纳在他所著的《英国文学史》中，提出文学史研究的"种族、环境、时代"三要素说，并在《艺术哲学》中明确指出："要了解一件艺术品，一个艺术家，一群艺术家，必须正确地设想他们所属的时代的精神和风俗概况，这是艺术品最后的解释，也是决定一切的基本原因。"② 形成了他系统的以"地理环境论"为主导的文艺理论。

近代日本文明开化，西方学者的著作被大量翻译传入。"地理环境论"也逐渐被日本学者采纳吸收。其中巴克尔的影响巨大。明治维新后不久，巴克尔的《英国文明史》传入日本，1878 年由文明史学家田口卯吉翻译成日文刊行，③ 引起日本学界的极大兴趣。石川祯浩指出："巴克尔的文明论，已经脱离他的名字，成为关于历史与地理环境关系的普遍法则或常识，一直规范着明治知识分子的世界认识。"④ 这种西方实证史学的方法论的广泛运用，近代日本史学界也由此被推动发展起来。日本历史学家孚田和民的《史学通论》的第 5 章《历史与地理》（1898 年前后）就指出："历史与地理之关系如精神与肉体之关系。欲精神健全，必先求肉体之健全，此陆克氏之格言也，真正之历史亦与此同。有健全之地理而后健全之历史始得发

---

① 黑格尔：《历史哲学》，王造时译，上海书店出版社 2001 年版，第 82 页。

② 丹纳：《艺术哲学》，傅雷译，人民文学出版社 1996 年版，第 9 页。

③ 参见俞旦初《二十世纪初年中国的新史学思潮初考》，《史学史研究》1982 年第 3 期。

④ 石川祯浩：《梁啓超と文明の視座》，狭间直树编：《梁啓超—西洋近代思想受容と明治日本》，东京：みすず书房，1999 年，第 116 页。

达。"① 并从冷热、地势高低、海路等地理环境系统讨论与历史发展的关系，其观点被视为与巴克尔如同一辙。

如前所述，在第一部中国文学史通史古城贞吉所著的《支那文学史》（1897）序论部分，就有论及四周环境与文学关系指出"西北之地多高山峻岭，东南富有湖沼河泽"及"对文学影响之处，西北词气贞刚、音韵铿尔，而东南文学雍容和雅、济济治平之音每由此地而发"，并总结"支那文学之精彩，殆为山水烟景式立意"。② 体现了"地理环境论"在中国学史学著作中的萌芽。1898 年，松本文三郎（1869—1944）的《支那哲学史》问世，这是日本中国学史上第一部中国哲学"通史"。其内容的特色之一，就是提出以"地理环境论"来解释哲学流派的形成。他认为东北与西南地区风土气候形成了中国哲学流派"邹鲁学派""荆楚学派"的各自独特的思想内容。这是西方国家"地理环境决定论"的典型运用。这一观点在山路爱山（1864—1917）的《支那思想史》（1907）得到发展。③ 这也表明，这种西方史学方法论无疑被日本的中国学研究者完全接纳使用。④

就中国文学研究领域而言，明治初期到明治 30 年代的中国文学史中，处处可见地理环境论影响的痕迹。上述古城贞吉《支那文学史》外，藤田丰八在东京专门学校的讲义录《支那文学史》（东京专门学校藏版，1895？—1897？）序论中论及周末文学，就有北方文学与南方文学的内容。藤田丰八自己在随后的《支那文学史稿 先秦文学》（东京：东华堂，1897 年）深化了这种中国文学南北论，"以'北方''南方'区分中国思想、文学特质的观点，以藤田丰八为代

---

① 孚田和民：《史学通论》，武陵、罗大维译，开明书店 1904 年版，第 46 页。

② 古城贞吉：《支那文学史》（訂正再版），东京：富山房，1902 年，第 4 页。

③ 参见严绍璗《日本中国学史》第 1 卷，江西人民出版社 1993 年版，第 308—309 页。

④ 对中国古代哲学作地理因素的解释，似为藤田丰八首创。参见石川祯浩《梁启超と文明の視座》，狭间直樹编：《梁启超—西洋近代思想受容と明治日本》，东京：みすず书房，1999 年，第 128 页注释 27。

表，在当时的中国学、东洋学界为最有力的学说，随即就成为一种普遍"①。在这种观念影响下，被誉为中日文学史上第一部俗文学史、笹川临风（种郎）的《支那小说戏曲史》（1897）中风土决定论的论说处处可见，在第三章《青木正儿的中国戏曲研究》中已有详细论述，此处不再赘言。此外，笹川临风在《支那文学史》（东京：博文馆，1898 年）中提出孔子是代表北方人种的思想家，而老子是南方的思想家的观点。西上胜指出这是对藤田丰八观点的继承，是笹川将藤田的观点欲适用于整体中国文学历史，进而指出笹川在《支那文学史》中所示的论调，尽管局部不断修正，今天仍作为一种强有力的中国文学观史观沿用②。

随着研究的深入以及对中国的更多实际体验，日本学者对中国环境的特点以及环境与文学的关系的描述更为清晰、具体。儿岛献吉郎所编著的《支那大文学史古代篇》（1909），在第一章《支那文学的特质》及第二章《支那文学的共通性》就分别有设有与地理环境有关的《地方的特质》《文学与自然》等内容，这种风土、环境决定文学的观念成为儿岛编著的文学史的特色，幸福香织指出，直到儿岛在一连的文学史著作中的最后一部《支那文学史》（著者：文学博士 儿岛献吉郎讲述；早稻田大学出版部，刊行年不详）才不见风土、环境决定文学的观念。③ 而"地理环境论"却在中国文学史中成为一种定式。

京都学派中，明确提出中国"南北"地理特点对于史学研究价值的则是东洋史学京都学派创始人之一桑原骘藏。他在《历史上所见的南北中国》一文中，指出："支那有南北差别。……北支那于南支

① 钱鸥：《藤田丰八〈支那文学史稿〉先秦文学》，川合康三编：《中国の文学史観・資料篇》，东京：创文社，2002 年，第 40 页。

② 西上胜：《笹川種郎〈支那文学史〉》，川合康三编：《中国の文学史観・資料篇》，东京：创文社，2002 年，第 54—56 页。

③ 幸福香織：《兒島献次郎〈支那文学史・付記〉》，川合康三编：《中国の文学史観・資料篇》，东京：创文社，2002 年，第 32 页。

那，于地势、于土质、于气候、于物产及其他风俗人情百般，皆有显著差异。故南北支那之区别，由地理学者观之、地质学者观之、抑或对经济学者、语言学者、人类学者而言，皆可成为饶有趣味之研究课题，尤对历史学家为甚。"① 这便明确地确定了"南北地理环境论"在中国学领域的研究价值。铃木虎雄1917年在支那学会大会发表了题为《支那文学家的地理上的分布》的演讲。其中论究南北文学"周·战国时代，此时文化之地而言，北为山东、直隶、河南、山西、陕西，南仅为湖北、湖南。北有诗（《诗经》所收）、诸子之文章，南，湖北湖南即楚地有屈原等人的诗赋。诸子之文以经世致用为主，朴实雄健。骚赋于感情之间徘徊纡郁，驱使瑰丽文字自成南方色彩"②。"南北地理环境论"特色清晰可见。铃木这种南北框架论中国文学的观念自是被青木正儿全盘吸收。如前所引，青木在《文学的地方色彩》中确定了环境→人种→文艺思想的模式，深究中国南北文化之不同，认为其原因在于南北之自然观："就其内容相异处言之，则在于对自然观念之不同。因北人所获天然之恩惠不多，尤慑其威力之可畏而不知亲近，乃敬'天'而信其绝对威力，以之为命运支配者。是故彼等之宗教与道德，即以此观念为基准而发者也。……然南人或因其得天独厚，但知自然之可亲，故对天似无足敬畏也。"③ 表现了青木正儿对于"环境决定论"的绝对遵从，无疑也体现出明治以来，受西方实证史学方法论的影响，近代日本研究中国文学方法论的一个重要的特点。

青木正儿三次游学中国，对地大物博的中国南北之差异深有感受，加之日本学术界"地理环境论"之盛行，学术方法论的熏陶使青木正儿作为一个日本人以他者的眼光观看中国文化，运用南北框架对中国文学进行史的描述，显得愈加得心应手。

---

① 《桑原隲藏全集》第2卷，东京：岩波书店，1968年，第11页。
② 铃木虎雄：《支那文学研究》，东京：弘文堂，1962年，第626—627页。
③ 青木正儿：《中国文学思想史》，郑梁生、张仁青译，台湾开明书店1976年版，第4页。

总而言之，青木不仅以鸟瞰的视野把握各个时代的文学思潮，还基于艺术性的共通性，将文学与音乐、美术、绘画相联系，深层次探讨中国文艺思潮特点，无疑是"充满创见的文学史"。[①]

小　结

近代日本在西方先进的文学观念、方法模式的影响下，明治二三十年代掀起了中国文学史的著述高潮。青木正儿在前学的基础上，采用"文学概论"体例形式对中国文学进行了横向研究；并开创文学思想史研究范式，对中国文学思想史演进展开纵向研究。在宏观、系统的文学史的研究中，青木正儿充分吸收西方的文学观念和研究方法，以"他者"的眼光"观察"中国文学，并体现出近代中国学将中国文化作为一种"异质文化"进行研究时"自我"主体性的存在。

---

① 橋本循：《創見に満ちた文学史》，《青木正児全集》第 1 卷，东京：春秋社，1969年，第 583—585 页。

结　语

综合以上，通过以青木正儿为中心的近代日本京都学派的中国文学研究的梳理和考察，我们可以得知：

其一，对于中国文学研究步入近代学术的行列，以狩野直喜、铃木虎雄、青木正儿为代表的京都学派中国文学研究者做出了很大的贡献。

众所周知，日本汉学（中国学）的历史悠久，明治维新前的传统汉学几乎完全依附中国文化，以中国文化为主导。明治维新后，新进汉学家们在对传统汉学进行批判，并在此基础上结合当时欧洲学术思想、方法论以及研究模式对中国文学展开近代性研究的尝试，但真正标志着日本中国文学作为一门独立的学科却是 1908 年狩野直喜正式开始的"中国语学中国文学"的讲座授课。同年，铃木虎雄加入京都大学中国文学科。狩野直喜注重俗文学研究的开拓，铃木虎雄专攻诗文，并创立了文学批评史的研究范式。两人为近代中国文学科的确立发挥了举足轻重的作用。青木正儿在两人研究的基础上，对戏曲研究与文学史的研究进一步发展创新。这一时期，京都大学成为日本中国文学史研究的重镇，也成为中国本土的文学研究的效仿模本。正如梁启超对清末民初中国学习日本的情形所描绘那样"日本每一新书出，译者动数家，新思想之输入如火如荼矣"。① 京都学派的中国文学研究成果也迅速传入中国，近代中国文学界的有关建安时代的"文学自觉说"、文学批评史的书写等，无不有京都学派中国文学研究影

---

① 梁启超：《清代学术概论》，上海古籍出版社 1998 年版，第 97 页。

响的痕迹。所以"考镜源流"，梳理近代中国文学研究时，近代日本京都学派的中国文学研究的贡献是不可忽视的。

其二，以青木正儿为中心的京都学派的中国文学研究，具有的"本土文化语境"特征尤为明显。这也是近代日本中国学摆脱传统汉学的价值体系，运用西方传来的先进理论、研究方法来对中国文化进行研究，并将其作为异质化来凸显"自我"的一种表现。

一直以来，中国文化是日本文化存在的不可缺少的前提，尤其是江户时代朱子学成为官学，中国文化占日本文化主导地位的特征尤为明显。近代华夷秩序的改变，"为了日本及其文化作为自立的东西得以存在和确立起来，或者有可能去主张这种自立的存在，日本也需要将自己与中国及其文化差异化"。① 这种差异化的另一面就是建构"自我"，体现在意识形态领域就是"脱亚论"以及"兴亚论"的提出。福泽谕吉的"脱亚论"主张日本应该告别中国、朝鲜这样落后的恶友，转向西方文明；"兴亚论"则是冈仓天心（1863—1913）在著作《东洋的理想》中提出日本作为领袖回归亚洲的主张。"脱亚论"与"兴亚论"其实质就要摆脱近代以前日本在文化与政治上对中国的宗藩关系，同时也表现出一致对中国的贬低与轻蔑态度。② "脱亚论"与"兴亚论"长时间规范着近代日本人对世界的态度，③ 因而可以说是近代日本中国观的写照。

正如青木在研究文学思想史时所主张的"文艺是最能看出反映时代者"，尽管其本人在中国学研究中鲜少有涉及思想方面的言说，但近代日本社会意识形态在他的中国文学研究中依然有所体现。首先，青木对于吴虞的非儒回应，主张研究中国学就在于"第一是破坏中国旧思想，第二是输入欧洲新思想"，所呈现出的就是先进文明对后进

---

① 子安宣邦：《东亚论：日本现代思想批判》，赵京华编译，吉林人民出版社 2004 年版，第 78 页。

② 周宁：《跨文化研究：以中国形象为方法》，商务印书馆 2011 年版，第 230 页。

③ 竹内好、桥川文三编：《近代日本と中国》上，东京等：朝日新闻社 1974 年，第 17 页。

文明的一种指导姿态；其次，戏曲研究方面，针对领先于自己的王国维的戏曲研究成果，其著作中处处表现出针对王国维的观点以及否定王国维的观点，①来彰显自我；再次，青木正儿更是提出日本的中国文学研究"欲与之（中国本土研究）抗衡，必先攻其虚处"②的主张。由此，文学史的研究方面，青木正儿在《中国文学概说》中表现出了作为日本人"他者"所具有的独到问题意识，更是在其师铃木虎雄研究的基础上，开拓了文学思想史的研究范式。总之，对于落后的中国、领先于自己的戏曲研究、中国本身所没有的研究领域等方面，青木正儿都表现出强烈的"自我"意识，而这种强烈的"自我"凸显，可以说是近代日本社会意识形态在学术界的一种折射。

由是观之，近代日本京都学派的中国文学研究成果作为"他山之石"可以给我们很大的借鉴作用。借鉴的同时，也促使我们反思，为什么一直领先于世界文明的中国近代以来陷于落后的境地，而日本却能成为后起之秀。答案应该是具有启发性的，那就是近代日本之所以能够走在中国的前面，就在于日本自古以来对先进文明的敏感性，发现其长处而用于自己的文化特性。这一点，在当今多元的全球化时代，对于我们学术文化的发展应该多少会有些启迪作用吧。

① 陈维昭：《20 世纪中国古代文学研究史·戏曲卷》，载黄霖主编《20 世纪中国古代文学研究史》，东方出版中心 2006 年版，第 50 页

② 《青木正儿全集》第 7 卷，东京：春秋社，1984 年，第 46 页。

参考文献

一　中文著作或史料

B

鲍绍霖、姜芃、于沛、陈启能：《西方史学的东方回响》，社会科学文献出版社 2001 年版。

C

陈维昭：《20 世纪中国古代文学研究史·戏曲卷》，东方出版中心 2006 年版。

长谷川泉：《近代文学研究法》，孟庆枢、谷学谦译，时代文艺出版社 1991 年版。

陈玉堂：《中国文学史书目提要》，黄山出版社 1986 年版。

陈国球：《文学史书写形态与文化政治》，北京大学出版社 2004 年版。

D

戴燕：《文学史的权力》，北京大学出版社 2002 年版。

丹纳：《艺术哲学》，傅雷译，人民文学出版社 1996 年版。

F

孚田和民：《史学通论》，武陵、罗大维译，开明书店 1904 年版。

傅芸子：《正仓院考古记·白川集》，辽宁教育出版社 2000 年版。

福泽谕吉：《文明论概略》，北京编译社译，商务印书馆 2010 年版。

G

顾颉刚：《当代中国史学》，上海古籍出版社 2002 年版。

耿云志主编：《胡适研究丛刊》第一辑，北京大学出版社 1995
年版。

葛兆光：《域外中国学十论》，复旦大学出版社 2002 年版。

葛兆光：《西潮又东风：晚清民初思想、宗教与学术十论》，上海
古籍出版社 2006 年版。

郭绍虞：《中国文学批评史》上卷，百花文艺出版社 1999 年版。

沟口雄三：《日本人视野中的中国学》，李甦平、龚颖、徐滔译，
中国人民大学出版社 1996 年版。

H

《胡适文集》3，欧阳哲生编，北京大学出版社 1998 年版。

《胡适文存》第 1 卷，黄山书社 1996 年版。

韩经太：《中国文学批评史研究》，福建人民出版社 2006 年版。

黑格尔：《历史哲学》，王造时译，上海书店出版社 2001 年版。

黄文吉：《台湾出版中国文学史书目提要 1949—1994》，万卷楼
1995 年版。

哈罗德·布鲁姆：《影响的焦虑》，徐文博译，生活·读书·新知
三联书店 1989 年版。

J

近代日本思想史研究会：《近代日本思想史》第 1—3 卷，李民、
贾纯、华夏、尹文成、孙文康译，商务印书馆 1992 年版。

芥川龙之介：《中国游记》，秦刚译，中华书局 2007 年版。

吉平平、黄晓静：《中国文学史著版本概览》，辽宁大学出版社
1992 年版。

吉川幸次郎：《我的留学记》，钱婉约译，光明日报出版社 1999
年版。

加藤周一：《日本文学史序说》，叶渭渠、唐月梅译，外语教学与
研究出版社 2011 年版。

L

铃木虎雄：《中国古代文艺论史》，孙俍工译，北新书局 1929 年版。

连清吉：《日本京都中国学与东亚文化》，台湾学生书局有限公司 2010 年版。

李庆：《日本汉文学史》第 1、2 卷，上海外语教育出版社 2002、2004 年版。

刘家鑫：《日本近代知识分子的中国观：中国通代表人物的思想轨迹》，南开大学出版社 2007 年版。

刘岳兵：《日本近代儒学研究》，商务印书馆 2003 年版。

刘岳兵：《日本近现代思想史》，世界知识出版社 2009 年版。

刘正：《京都学派》，中华书局 2009 年版。

刘正：《京都学派汉学史稿》，学苑出版社 2011 年版。

六角恒广：《日本中国语教育史研究》，王顺洪译，北京语言学院出版社 1992 年版。

梁启超：《清代学术概论》，上海古籍出版社 1998 年版。

梁启超：《饮冰室文集之四》，中华书局 1994 年版。

梁实秋：《梁实秋读书札记》，中国广播电视出版社 1990 年版。

李泽厚：《美的历程》，天津社会科学院出版社 2001 年版。

刘麟生：《中国文学概论》，世界书局 1934 年版。

林庚：《中国文学史》，国立厦门大学出版社 1947 年版。

鲁迅：《且介亭杂文》，人民文学出版社 1973 年版。

罗根泽：《中国文学批评史》，上海书店出版社 2003 年版。

林明德：《日本近代史》，三民书局 2004 年版。

李占才编：《中国铁路史（1876—1969）》，汕头大学出版社 1996 年版。

M

孟德斯鸠：《论法的精神》上册，张雁深译，商务印书馆 1995 年版。

马里埃蒂：《实证主义》，管震湖译，商务印书馆 2001 年版。

N

内藤湖南、青木正儿：《两个汉学家的中国行记》，王青译，光明日报出版社 1999 年版。

内藤湖南：《中国史通论》（上、下），夏应元、钱婉约等译，社会科学文献出版社 2004 年版。

P

坪内逍遥：《小说神髓》，刘振瀛译，人民文学出版社 1991 年版。

Q

青木正儿、吉川幸次郎等：《对中国文化的乡愁》，戴燕、贺圣遂选译，复旦大学出版社 2005 年版。

青木正儿：《中国文学思想史》，郑梁生、张仁青译，台湾开明书店 1976 年版。

青木正儿：《清代文学评论史》，杨铁婴译，中国社会科学出版社 1988 年版。

青木正儿：《中国文学发凡》，郭虚中译，商务印书馆 1936 年版。

青木正儿：《中国近世戏曲史》，王古鲁译，商务印书馆 1936 年版。

青木正儿：《中国文学概说》，隋树森译，重庆出版社 1982 年版。

青木正儿：《元杂剧序说》，隋树森译，开明书店 1941 年版。

青木正儿：《中华名物考》，范建明译，中华书局 2005 年版。

青木正儿：《南北戏曲源流考》，江侠庵译，商务印书馆 1938 年版。

钱婉约：《从汉学到中国学——近代日本的中国研究》，中华书局 2007 年版。

漆永祥：《乾嘉考据学研究》，中国社会科学出版社 1992 年版。

R

任达：《新政革命与日本—中国：1898—1912》，李忠贤译，江苏人民出版社 1998 年版。

S

升味准之辅：《日本政治史》第1、2册，董果良译，商务印书馆1997年版。

孙歌、陈燕谷、李逸津：《国外中国古典戏曲研究》，江苏教育出版社2000年版。

《隋书》卷76，中华书局2000年版。

狩野直喜：《中国学文薮》，周先民译，中华书局2011年版。

W

王晓秋：《中日文化交流史话》，山东教育出版社1991年版。

王尔敏：《史学方法》，台湾东华书局1977年版。

王国维：《宋元戏曲史》，上海古籍出版社2011年版。

王晓平：《近代中日文学交流史稿》，湖南文艺出版社1987年版。

丸山真男：《日本政治思想史》，王中讲译，生活·读书·新知三联书店2000年版。

丸山学：《文学研究法》，郭虚中译，台湾商务印书馆1968年版。

勒内·韦勒克、奥斯汀·沃伦：《文学理论》，刘象愚、邢培明、陈圣生、李哲明译，文化艺术出版社2010年版。

吴虞：《吴虞文录》，黄山书社2008年版。

吴梅：《顾曲麈谈·中国戏曲概论》，上海古籍出版社2000年版。

武家隆、王家骅：《日本明治维新》，商务印书馆1984年版。

X

徐雁平：《胡适与整理国故考论：以中国文学史研究为中心》，安徽教育出版社2003年版。

徐复观：《中国文学精神》，上海书店出版社2006年版。

西原大辅：《谷崎润一郎与东方主义——大正日本的中国幻想》，赵怡译，中华书局2005年版。

Y

严绍璗：《日本中国学史稿》，学苑出版社2009年版。

严绍璗：《日本中国学史》第1卷，江西人民出版社1993年版。

盐谷温：《中国文学概论讲话》，孙俍工译，开明书店 1933 年版。

盐谷温：《元曲概说》，隋树森译，商务印书馆 1947 年版。

余秋雨：《戏剧理论史稿》，上海文艺出版社 1983 年版。

杨鸿烈：《史学通论》，商务印书馆 1939 年版。

杨栋梁：《近代以来日本的中国观·第 1 卷总论》，江苏人民出版社 2012 年版。

亚里士多德：《诗学》，陈中梅译注，商务印书馆 1996 年版。

野村浩一：《近代日本的中国认识：走向亚洲的航踪》，张学峰译，中央编译出版社 1999 年版。

Z

周作人：《中国新文学的源流》，华东师范大学出版社 1995 年版。

周宁：《跨文化研究：以中国形象为方法》，商务印书馆 2011 年版。

子安宣邦：《东亚论：日本现代思想批判》，赵京华编译，吉林人民出版社 2004 年版。

《郑振铎文集》第 7 卷，人民文学出版社 1985 年版。

章培恒、骆玉明主编：《中国文学史》，复旦大学出版社 2005 年版。

朱熹：《四书章句集注》，中华书局 2011 年版。

张次溪：《清代燕都梨园史料正续编》，中国戏剧出版社 1988 年版。

张宝三、杨儒宾编：《日本汉学研究初探》，华东师范大学出版社 2008 年版。

张哲俊：《吉川幸次郎研究》，中华书局 2004 年版。

中国革命博物馆整理：《近代历史资料专刊 吴虞日记》，荣孟源审校，四川人民出版社 1984 年版。

张小钢编注：《青木正儿家藏中国近代名人尺牍》，大象出版社 2011 年版。

郑彭年：《日本西方文化摄取史》，杭州大学出版社 1996 年版。

赵景深：《曲论初探》，上海文艺出版社 1980 年版。

二　日文著作或史料

あ

《青木正儿全集》第 1—4 卷，东京：春秋社，1969—1973 年。

《青木正儿全集》第 7 卷，东京：春秋社，1984 年。

《青木正儿全集月報》，东京：春秋社，1969—1975 年。

荒松雄编：《岩波講座・世界歷史 30》別卷，东京：岩波书店，1971 年。

安藤彦太郎：《日本人の中国観》，东京：劲草书房，1971 年。

い

石崎又造：《近世日本における支那俗語文学史》，东京：清水弘文堂书房，1967 年。

市村瓚次郎、竜川亀太郎：《支那史》卷 1、2，东京：吉川半七，1888—1892 年。

磯田光一：《鹿鳴館の系譜》，东京：文芸春秋，1983 年。

井原敏郎：《明治演劇史》，东京：早稻田大学出版，1933 年。

石田一良：《日本文化史—日本の心と形》，东京：东海大学出版会，1989 年。

色川大吉：《明治の文化》，东京：岩波书店，1970 年。

入谷仙介：《近代文学としての明治漢詩》，东京：研文出版，2006 年。

う

内田泉之助：《中国文学史》，东京：明治书院，1956 年。

海野弘编：《モダン都市文学IX—異国都市物語》，东京：平凡社，1991 年。

え

江上波夫：《東洋学の系譜》第 1、2 集，东京：大修馆书店，1992—1996 年。

お

《荻生徂徠全集》第 5 卷，东京：河出书房新社，1977 年。

太田雅夫：《大正デモクラシー研究―知識人の思想と運動》，东京：新泉社，1990 年。

《小川環樹著作全集》第 5 卷，东京：筑摩书店，1997 年。

か

鎌田正：《漢文教育の理論と指導》，东京：大修馆书店，1972 年。

狩野直喜：《漢文研究法》，东京：みすず书房，1979 年。

狩野直喜：《支那学文藪》，东京：みすず书房，1973 年。

狩野直喜：《中国哲学史》，东京：岩波书店，1967 年。

狩野直喜：《読書せん餘》，东京：みすず书房，1980 年。

狩野直喜：《御進講録》，东京：みすず书房，2005 年。

狩野直喜：《支那文学史：上古より六朝まで》，东京：みすず书房，1970 年。

狩野直喜：《清朝の制度と文学》，东京：みすず书房，1984 年。

川合康三編：《中国の文学史観》，东京：創文社，2002 年。

加々美光行：《鏡の中の日本と中国：中国学とコ・ビヘイビオリズムの視座》，东京：日本评论社，2007 年。

川本三郎：《大正幻影》，东京：岩波书店，2008 年。

関西大学中国語中国文学科編：《文学事象としての中国》，吹田：关西大学出版部，2002 年。

金文京：《漢文と東アジア：訓読の文化圏》，东京：岩波书店，2010 年。

川本皓嗣、上坦外憲一編：《一九二〇年代東アジアの文化交流》，京都：思文阁出版，2010 年。

き

六角恒廣：《近代日本の中国語教育》，东京：不二出版，1984 年。

《京都大学文学部五十年史》，京都：京都大学，1956 年。

《京都大学百年史》，京都：京都大学后援会，1997 年。

岸本緒美编：《東洋学の磁場》，东京：岩波书店，2006 年。

く

倉石武四郎：《本邦における支那学の発達》，东京：汲古书院，2007 年。

倉石武四郎：《支那語教育の理論と実際》，东京：岩波书店，1941 年。

窪寺紘一：《東洋学事始—那珂通世とその時代》，东京：平凡社，2009 年。

《桑原隲蔵全集》第 2、4 卷，东京：岩波书店，1968 年。

こ

小島徳弥：《明治大正新文学史観》，东京：日本图书センター，1982 年。

小島晋治：《近代日中関係史断章》，东京：岩波书店，2008 年。

子安宣邦：《日本近代思想批判—国知の成立》，东京：岩波书店，2003 年。

子安宣邦：《日本人は中国をどう語ってきたか》，东京：青土社，2012 年。

古城貞吉：《支那文学史》，东京：富山房等，1902 年。

五井直弘：《近代日本と東洋史学》，东京：青木书店，1976 年。

さ

坂出祥伸：《東西シノロジー事情》，东京：东方书店，1994 年。

笹川臨風：《支那小説戯曲小史》，东京：东华堂，1897 年。

斉藤文俊：《漢文訓読と近代日本語の形成》，东京：勉诚出版，2011 年。

し

白川静：《桂東雑記》1，东京：平凡社，2003 年。

斯文会编：《日本漢学年表》，东京：大修馆书店，1977 年。

新田議弘等编集：《脱西欧の思想》，东京：岩波书店，1994 年。

新村出编：《広辞苑》，东京：岩波书店，1978 年第二版补订。

す

鈴木虎雄：《支那詩論史》，京都：弘文堂书房，1925 年。

鈴木虎雄：《支那文学研究》，东京：弘文堂，1962 年。

鈴木虎雄：《陸放翁詩解》，东京：弘文堂，1952 年。

鈴木虎雄：《賦史大要》，东京：富山房，1936 年。

鈴木虎雄释解：《玉台新詠集》上，东京：岩波书店，1953 年。

鈴木虎雄、黒川洋一译注：《杜詩》第 1 册，东京：岩波书店，1963 年。

鈴木虎雄编：《狩野教授還暦記念支那学論叢》，京都：弘文堂书房，1928 年。

鈴木修次等：《文学史》，东京：大修馆书店，1968 年。

た

竹内好、橋川文三编：《近代日本と中国》上，东京等：朝日新闻社，1974 年。

テーヌ：《英国文学史》第 1 卷，平岡昇译，东京：创元社，1946 年。

田澤晴子：《吉野作造―人世に逆境がない》，京都：ミネルヴァ书房，2006 年。

竹田復、増田渉编：《中国文学史の問題点》，东京：中央公论社，1957 年。

高須梅渓：《近代文芸史論》，东京：日本图书センター，1982 年。

高田真治：《日本儒学史》，东京：地人书馆，1941 年。

つ

土方定一编：《明治芸術・文学論集》，东京：筑摩书房，1975 年。

辻聴花：《支那芝居》，东京：太空社，2000 年。

と

《東京帝国大学五十年史》，东京：东京帝国大学，1932 年。

《東京帝国大学学術大観》，东京：东京帝国大学，1942 年。

《東京大学百年史》，东京：东京大学出版会，1984 年。

东方学会编：《学問の思い出》，东京：刀水书房，2000 年。

东方学会编：《先学を語る》，东京：刀水书房，2000 年。

東郷豊治编著：《良廣全集》上卷，鈴木虎雄、堀口大学校阅，东京：创元社，1958 年。

な

那珂通世编：《支那通史》卷 1、卷 2 目录，东京：中央堂，1888—1890 年。

中村春作等编：《東アジア漢文世界と日本語》，东京：勉诚出版，2008 年。

長澤規矩也编：《支那文学概観》，东京：学友社，1951 年。

に

日本の英学一〇〇年編集部：《日本の英学一〇〇年・明治篇》，东京：研究社出版，1968 年。

日野龍夫：《江戸の儒学》，东京：ぺりかん社，2005 年。

《日本中国学会五十年史》，东京：日本中国学会，1998 年。

日本国語大辞典第二版編集委員会、小学館国語辞典編集部编：《日本国語大辞典》，东京：小学馆，2000—2002 年。

の

野村喬、藤木宏幸编：《近代文学評論大系（9）・演剧论》，东京：角川书店，1972 年。

は

狭間直樹编：《梁啓超：西洋近代思想受容と明治日本；共同研究》，东京：みすず书房，1999 年。

ふ

古田敬一编：《中国文学の比較文学的研究》，东京：汲古书院，

1986 年。

古屋哲夫、山室信一编：《近代日本における東アジア問題》，东京：吉川弘文馆，2001 年。

本間久雄：《新文学概論》，东京：新潮社，1917 年。

藤田豊八等：《湯臨川》，东京：大日本图书株式会社，1898 年。

福島甲子三编：《近世日本の儒学》，东京：岩波书店，1939 年。

藤井譲治、礪波護编：《京大東洋学の百年》，京都：京都大学学术出版会，2002 年。

藤井省三：《東アジアの文学・言語空間》，东京：岩波书店，2006 年。

ま

丸谷才一：《日本文学史の試み》，东京：文芸春秋，1996 年。

末松謙澄：《支那古文学略史》上，东京：文学社，1882 年。

松尾遵允编：《中国・朝鮮論》，东京：平凡社，1970 年。

松尾遵允：《大正デモクラシー》，东京：岩波书店，1974 年。

松本三之介：《吉野造作》，东京：東京大学出版会，2008 年。

松本三之介编：《明治思想集》1，东京：筑摩书房，1976 年。

町田三郎：《明治の漢学者たち》，东京：研文出版，1998 年。

み

三上参次、高津鍬三郎：《日本文学史》上卷，东京：金港堂，1894 年。

源了圓：《江戸後期の比較文化研究》，东京：ぺりかん社，1990 年。

三浦叶：《明治の漢学》，东京：汲古书院，1998 年。

も

森岡ゆかり：《近代漢詩のアジアとの邂逅—鈴木虎雄と久保天随を軸として》，东京：勉诚出版，2008 年。

む

村山吉廣：《漢学者はいかに生きたか—近代日本と漢字》，东京：大修馆书店，1999 年。

や

山田利明：《中国学の歩み：二十世紀のシノロジー》，东京：大修馆书店，1999 年。

山根幸夫：《大正時代における日本と中国のあいだ》，东京：研文出版，1998 年。

柳田泉：《明治初期の文学思想》上卷，东京：春秋社，1965 年。

山口察常编：《斯文と中等教育》，东京：斯文馆，1921 年。

山内久明、川本皓嗣编著：《近代日本における外国文学の受容》，东京：放送大学教育振兴会，2003 年。

安井小太郎：《日本儒学史》，东京：富山房，1939 年。

よ

吉川幸次郎述：《中国文学史》，黑川洋一编，东京：岩波书店，1982 年。

《吉川幸次郎全集》第 17、27 卷，东京：筑摩书房，1971、1987 年。

吉田精一、浅井清编：《近代文学評論大系（1）》，东京：角川书店，1971 年。

三　英文文献

Joshua A. Fogel，*The Literature of Travel in the Japanese Rediscovery of China：1862—1945*，Stanford：Stanford University Press，1996.

四　中文论文（按姓氏排列）

程华平：《王国维与日本的中国戏曲研究》，《中华戏曲》2006 年第 2 期。

传田章：《日本的中国戏曲研究史》，《文学遗产》2000 年第 3 期。

曹振：《民国时期中国学界对于青木正儿〈支那近世戏曲史〉的接受与批评》，《书品》2007 年第 6 期。

陈君宪：《"中国古代文学史论"的商榷》，《矛盾》1933 年第 2 卷第 3 期。

陈子展：《青木正儿的支那近世戏曲史》，《现代文学》1930 年第 6 期。

戴燕：《文学·文学史·中国文学史》，《文学遗产》1996 年第 6 期。

高津孝：《京都帝国大学的中国文学研究》，台湾《政大中文学报》第 16 期。

沟口雄三：《日本人为何研究中国?》，《新史学》1990 年第 1 卷第 2 期。

黄霖、顾越：《盐谷温对中国小说史的研究》，《复旦学报》1999 年第 6 期。

黄仕忠：《从森槐南、幸田露伴、笹川临风到王国维——日本明治时期（1869—1911）中国戏曲研究考察》，《戏曲研究》2009 年第 4 期。

黄仕忠：《借鉴与创新——日本明治时期对王国维的影响》，《文化遗产》2009 年第 6 期。

黄仕忠：《笹川临风与他的中国戏曲研究》，《文学遗产》2011 年第 3 期。

贺昌群：《日本学术界之"支那学"研究》，《图书季刊》1934 年第 1 卷第 1 期。

罗宗强：《20 世纪古代文学理论研究之回顾》，文章是《二十世纪古文论研究文存》的导言。北京师范大学文艺学研究中心下载：http://wenyixue.bnu.edu.cn/html/wenyixuexinzhoukan/xinzhoukandi42qi_gudaiwenlunxueshushifansi/2007/1125/1675.html。

李勇：《诸种"文学自觉"学说的回顾与反思》，《吉昌学院学报》2011 年第 6 期。

李勇：《青木正儿中国文学理论史"三个时期"观点的形成》，《咸阳师范学院学报》2010 年第 1 期。

李学智：《地理环境与人类社会——孟德斯鸠、黑格尔"地理环境决定论"史观比较》，《东方论坛》2009 年第 4 期。

刘岳兵：《"京都支那学"的开创者狩野直喜》，《读书》2003 年 7 月。

刘萍：《青木正儿对中国儒学的思考——日本中国学读书札记》，《多边文化研究（第一卷）：北京大学比较文学与比较文学研究所学术纪要》，新世界出版社 2001 年版。

刘师培：《美术篇·原戏》，《国粹学报》1907 年第 34 期。

陆胤：《明治日本的汉学论与近代"中国文学学科"之发端》，《中华文史论叢》2011 年 2 月。

么书仪：《清末民初日本的中国戏曲爱好者》，《文学遗产》2005 年第 5 期。

钱婉约：《日本中国学京都学派刍议》，《北京大学学报》（哲学社会科学版）2000 年第 4 期。

孙歌：《"汉学"的临界点——日本汉学引发的思考》，《世界汉学》1998 年第 1 期。

唐振常：《吴虞与青木正儿》，《中华文史论丛》，上海古籍出版社 1981 年版。

仝婉澄：《久保天随与中国戏曲研究》，《文化遗产》2010 年第 4 期。

仝婉澄：《狩野直喜与中国戏曲研究》，《广州大学学报》（社会科学版）2010 年第 5 期。

童岭：《汉唐经学传统与日本京都学派戏曲研究刍议》，《戏曲》2009 年第 2 期。

荣新江：《狩野直喜与王国维——早期敦煌学史上的一段佳话》，《敦煌学辑刊》2003 年第 3 期。

王魁伟：《青木正儿与中国文学研究管窥》，《日本研究》1992 年第 1 期。

王清林：《文字与文学的关系面面观》，《学习与探究》1991 年第
2 期。

汪超宏：《一个日本人的中国戏曲观——青木正儿的〈中国近世
戏曲史〉及其影响》，《戏剧艺术》（上海戏剧学院学报）2001 年第
3 期。

武军：《地理环境论与梁启超的“新史学”理论》，《北京科技大
学学报》（社会科学版）2007 年第 1 期。

严绍璗：《日本近代中国学的实证论与经院学派》，《岱宗学刊》
1997 年第 2 期。

俞旦初：《二十世纪初年中国的新史学思潮初考》，《史学史研
究》1982 年第 3 期。

张志强：《厚积薄发·鞭辟入里——〈中国文学概论〉评价》，
《编辑之友》1994 年第 5 期。

张杰：《王国维和日本的戏曲研究家》，《杭州大学学报》1983 年
第 4 期。

张杰：《简论日本近代的中国戏曲研究》，《社会科学战线》1984
年第 2 期。

张晨：《鲁迅与铃木虎雄的“文学自觉说”》，《求是学刊》2003
年第 6 期。

张小钢：《青木正儿博士和中国——关于新发现的胡适、周作人
等人的信》，《吉林大学社会科学学报》1994 年第 1 期。

赵彩芬：《青木正儿先生〈中国文学思想史〉稚语片言》，《邢台
学院学报》1994 年第 1 期。

周阅：《辻听花与中国京剧》，《中华读书报》2010 年 5 月 19 日
第 20 版。

周阅：《盐谷温与青木正儿的中国戏曲研究》，《中国文化研究》
2012 年夏之卷。

周维强：《在新的和旧的之间——青木正儿说西湖》，《西湖》

2005 年第 10 期。

　　詹姆斯·萨默斯：《19 世纪英国汉学中的汉语与汉字特征论述》，于海阔、方环海译，《海外华文教育》2012 年第 2 期。

五　日文论文

　　井上洋子：《芥川龍之介の中国旅行と〈支那趣味〉の変容—（その一）中国到着まで》，《福岡国際大学紀要》No. 3，2000 年。

　　井上進：《好むことと知ること—青木正児の学問にちなんで》，《名古屋大学中国語学文学論集》2008 年第 20 号。

　　小島祐馬：《〈支那学〉創刊当時の事ども》，《支那学》特別号，東京：弘文堂，1969 年。

　　小島祐馬：《狩野先生の学風》，《東方学報》第 17 冊，京都：东方文化学院京都研究所，1949 年。

　　小島祐馬：《通儒としての狩野先生》，《東光》支那学別巻，東京：弘文堂，1969 年。

　　鈴木虎雄：《李夢陽年譜略》，《芸文》第 20 年第 1 号，1929 年。

　　銭鷗：《京都時代の王国維と鈴木虎雄》，《中国文学報》1994 年第 49 冊。

　　銭鷗：《羅振玉·王国維と明治日本学界との出会い》，《中国文学報》1997 年第 55 冊。

　　本田成之：《〈支那学〉発刊前後の思い出》，《支那学》特別号，東京：弘文堂，1969 年。

　　三浦叶：《明治年間における日本漢学史の研究》，《斯文》第 35 号，斯文会発行，1967 年。

　　古城貞吉：《狩野博士と私》，《東光》支那学別巻，東京：弘文堂，1969 年。

　　宮崎市定：《狩野直喜著〈中国哲学史〉を読む》，《東洋史研究》1954 年第 13 巻第 4 号。

六　学位论文

李勇：《论青木正儿的中国文艺思想研究》，博士学位论文，北京师范大学，2012年。

李群：《近代中国文学史观的发生与日本》，博士学位论文，北京师范大学，2007年。

杨鹏：《中国史学界对日本近代中国学的迎拒》，博士学位论文，华中师范大学，2011年。

泊功：《日本式的东方学话语：近代日本汉学与中国游记》，博士学位论文，东北师范大学，2007年。

李楠：《论日本汉学家青木正儿的中国戏曲史研究》，硕士学位论文，华东师范大学，2008年。

后　记

　　本书是在我的博士学位论文基础上修改而成。本书从写作到付梓得到了众多师长、友人的热情指导和帮助。

　　我本科、硕士一直读的是日语语言文学专业。博士考入上海师范大学的比较文学与世界文学专业。这里要深深感谢我的导师刘耘华教授。是刘师的接纳，让学术功底浅薄的我有机会倾听老师的教诲，开始了解科研的真谛。我凭着自己的兴趣选择了做日本汉学领域的研究，但随着不断深入，我开始极度缺乏自信，是老师的鼓励和支持，让我有足够的勇气去探索这个原本不太熟悉的领域，并能集结成今天这本小书。老师的恩情，让我永远铭感于心，老师知识的渊博、高尚的人品也将成为我今后努力的方向。

　　还要感谢日本大妻女子大学比较文化学部的钱国红教授。在钱老师的帮助下，我有幸得以到日本访学，为本书的撰写搜集资料。钱老师在繁忙的教学之余，及时解答我关于日本近代史方面的疑惑，使我受益良多。另外，大妻女子大学人间生活文化研究所的高桥寿美子以及同事兼好友黄轶男两位女士，在我访学期间，为我查找资料提供一切便利，感激之情无以言表。东北师范大学的王升远教授，上海师范大学的山本景子女士、郑克鲁教授、陈红教授、严明教授，华东师范大学陆晓光教授等莅临开题或答辩会，对本书的写作及修改提出了许多宝贵意见，在此向众位老师深表谢忱。

　　本书顺利付梓，还要感谢湖南大学外国语学院及刘正光院长。学院通过审核和举荐，使本书有幸在中国社会科学出版社出版。此外，本书还得到湖南省哲学社会科学基金资助，在此一并表示深深的谢意。

二零一七年九月于湖南大学